Pecado, penitencia y expiación

Abril Camino

© Abril Camino
1ª edición, junio de 2015
2ª edición, marzo de 2017
ISBN: 978-8460692898
Imagen de cubierta: Westend61/Biederbick&Rumpf
Diseño de cubierta: Abril Camino

A Maca,
por no asustarse ya cuando me surgen ideas tan locas como este libro.
Y por todo lo demás. Que lo es todo.

«*Para algunos, la vida es galopar un camino empedrado de horas, minutos y segundos. Yo, más humilde soy, y solo quiero que la ola que surge del último suspiro de un segundo me transporte mecido hasta el siguiente*».

Salir, Extremoduro.

PRIMERA PARTE:

EL PECADO

Veía amanecer desde la cama el día de mi treinta cumpleaños. Los treinta, que sobre otras personas se cernían implacables y les hacían plantearse crisis, rumbos de la vida y giros copernicanos, estaban despertando en mí una sensación que quizá nunca antes había interiorizado tanto. La vertiginosa sensación de tenerlo todo. Sí, yo, Carmen Wheeler Tejado, lo tenía absolutamente todo.

El camino hacia aquel día de junio había sido tortuoso a veces, plácido otras, pero nada de todo lo que tenía en aquel momento habría sido posible sin él. Él. Sin más palabras. El amor de mi vida. El hombre en el cual todo empezaba y acababa, mis días, mis semanas, mi vida y mis sueños.

Acabábamos de recuperar el aliento tras un asalto amoroso mañanero, una especialidad perfeccionada en los años en que nuestros horarios laborales eran incompatibles. Mientras lo veía vestirse, aún con las rebeldes gotas de agua de su pelo negro empapando el cuello de su siempre impecable camisa blanca, me costaba entender cómo la vida me podía haber regalado algo tan maravilloso. Quizá no me lo había regalado, quizá siempre había estado ahí.

No recuerdo un momento de mi vida en que no conociera a Gonzalo. Es la consecuencia natural de haber nacido en casas contiguas. Él tenía seis años cuando yo nací, y, dada la tendencia de mis padres a tener cosas mejores que hacer que cuidarme, me pasé la mitad de mi infancia en su jardín trasero. Él me enseñó todo lo que tendría que haber hecho un padre, o un hermano mayor, dos cosas que yo soñaba tener y no tenía. Perdidos en la bruma de la nostalgia, siempre coincidimos al recordar el día en que se forjó nuestra amistad infantil.

1

Yo volvía del colegio llorando, acurrucada en mi asiento habitual del autobús escolar, acomplejada porque los profesores de tercero y cuarto habían organizado una actividad nueva para un par de fines de semana después. Gonzalo era por aquel entonces un adolescente de quince años a quien las niñas de mi edad, las mayores, las más pequeñas, y yo creo que hasta las profesoras, miraban con admiración. Era el chico perfecto: guapo a rabiar, el mejor estudiante del colegio, el más educado, el que mejor jugaba al fútbol, el que ganaba todos los certámenes artísticos escolares. Mi mejor momento del día, de cada día de mi solitaria infancia, era aquel en que Gonzalo entraba en el autobús del colegio, me tiraba de la goma de la coleta hipertirante que cada mañana me hacía mi tata Concha —«las señoritas siempre deben llevar el pelo recogido»— y me sacaba la lengua, mientras me soltaba el pelo. Era nuestro pequeño juego, él lo hacía para hacernos rabiar a Concha y a mí a partes iguales, y yo me sentía la niña más especial del mundo solo porque él, al contrario que el resto del mundo, me prestaba atención.

—Eh, eh, enana, ¿qué es lo que pasa? —me preguntó aquel día gris en que yo no podía parar de llorar.

—Déjame en paz, Gonzalo.

—No te voy a dejar. ¿Qué te pasa?

—No quiero hablar contigo, déjame. Y no me llames enana. Y vete con tus amigos, que te están llamando.

—Que les den. Dime lo que ocurre.

—Tengo un problema. Ha… Ha pasado algo en clase, y no quiero que te metas. Ya está.

—¿Se ha metido alguien contigo?

—Noooo. Aún no. —Y volví a llorar desconsolada cuando la emoción de que Gonzalo se hubiese sentado conmigo en el autobús dio paso al recuerdo de lo que me atormentaba desde esa mañana.

—Vamos, enana, suéltalo ya.

—Bájate del autobús y déjame en paz.

—Y tú no te bajas, ¿no? Anda, vamos. —Me agarró la mano para arrastrarme detrás de él por las escaleras del autobús.

—Déjalo ya, Gonzalo.

—Ahora estamos solos, Carmen. —Me asustó el sonido de mi propio nombre, acostumbrada a que él me llamara *enana*, algo de lo que siempre protestaba, pero que en el fondo me encantaba.

—Está bien… Me muero de vergüenza, jolín, me da muchísima vergüenza.

—Joder, enana, estoy empezando a preocuparme, ¿qué es lo que ocurre?

—Dentro de dos sábados los de mi clase tenemos una marcha en bicicleta para no sé qué causa benéfica.

—Ah, sí, lo sé. Estoy en el comité que organiza todo.

—Genial —sollocé.

—Espera un momento. No sabes montar en bicicleta, ¿verdad?

—No —dije con un hilo de voz, la cabeza enterrada entre las manos, con más vergüenza de la que podía soportar.

—¿Y qué es lo que pasa?

—¡¿Que qué pasa?! —estallé al fin; aún no sé hoy el porqué de aquel momento, tras años de sentimientos reprimidos—. ¿Quién podría haberme enseñado? ¿Concha? ¿Con sesenta años? ¿Es que no hablan tus padres de los míos? Ellos tuvieron que conocerlos, ¡sabrán más de ellos que yo! Yo… yo… —Las lágrimas ya no me dejaron continuar. Cuando me quise dar cuenta, Gonzalo me estaba abrazando. Supongo que una de las ventajas de vivir en una urbanización alejada de la civilización es que nadie presenció una escena tan surrealista como aquella: un tipo de quince años y un metro noventa, abrazando a una niña de nueve que apenas le llegaba por la cintura.

—Bueno. No se me da demasiado bien hablar —era mentira, se le daba fenomenal—, así que dejémonos de charlas. Tenemos dos semanas.

—¿Qué dices?

—Que espero que no te quede demasiado grande mi casco o te desnucarás pinar abajo.

Así comenzó todo. Por supuesto, como todo lo que Gonzalo se proponía, estuve aquel sábado en la marcha ciclista del colegio. Y ese se convirtió en nuestro gran secreto, el primero de muchos, y también en la primera tradición temeraria de una larga lista de ellas. Todos los viernes, al salir del colegio, cogíamos nuestras bicicletas de montaña —la mía, como no podía ser de otra manera, regalo de Navidad de sus padres, mi única familia— y nos lanzábamos por las pistas de tierra del pinar que había detrás de nuestras casas. Yo no tardé mucho en superar el pánico; desapareció de golpe la primera vez que vi en la cara de Gonzalo un gesto de orgullo hacia su *pupila*, como a él le gustaba llamarme aunque yo ni siquiera sabía lo que significaba. Acabamos coleccionando esguinces y puntos de sutura en la misma medida que anécdotas y carcajadas.

Aún recuerdo el día en que fui consciente de lo mucho que Gonzalo había cambiado mi vida. Yo acababa de volver del centro de salud de la urbanización, con cinco puntos en la barbilla (por tercera vez en ese invierno). Los padres de Gonzalo me acercaron a mi casa en coche y aún no habían terminado de gritarle porque, según ellos, «por tu culpa se va a acabar matando», cuando Concha, mi fiel tata Concha, intervino:

—Dejen al chico. ¿Es que no ven que Carmen está viva por primera vez en diez años? ¡Bendito sea Dios!

Con aquella frase de la mujer que me había cuidado desde que mis padres decidieron desaparecer de mi vida, fui consciente de que me había enamorado de él, del chico que había hecho que yo fuera lo que siempre había querido ser sin ni siquiera saberlo.

3

Gonzalo y yo vivíamos en una urbanización de clase acomodada de las afueras de Gijón. Nuestras casas habían sido construidas en los años sesenta por dos hermanos que se dieron cuenta demasiado tarde de que no era buena idea que sus esposas fuesen, además, vecinas. Los padres de Gonzalo, Rosa y Alfredo, compraron una de ellas, y mis padres la otra, con algún tiempo de diferencia. Gonzalo era casi un bebé cuando se mudaron, y unos años después nací yo. Las casas, al igual que sus propietarios originales, eran gemelas, aunque a mí siempre me gustó más la de su familia que la mía. Lo mismo me ocurría, en realidad, con la familia en sí. Los padres de Gonzalo eran arquitectos, y su casa destilaba una sobria elegancia. La mía, en cambio, la había decorado mi madre cuando nací yo y decidió mudarse junto a mi padre a Gijón. La decoración era, siendo generosa, demasiado ostentosa. Claro que para mis padres eso no fue un problema. Aún no se habían acabado las reformas cuando ellos decidieron no quedarse a vivir allí.

Gracias a las similitudes entre las dos construcciones, ambos sabíamos movernos por la casa del otro con los ojos cerrados. Ahora entiendo que sus padres dejaban siempre la puerta de la cocina abierta para que yo pudiera entrar a mi libre albedrío, sabiendo que no tenía otro lugar en el mundo a donde ir.

Viviendo sola con una señora de sesenta años que no sabía conducir, teniendo que moverme desde muy pequeña en taxi cuando los padres de Gonzalo no estaban disponibles o Concha no me dejaba molestarlos, podría definir mi infancia como muy atípica. Lo único que no nos faltaba era el dinero. Mis padres le pasaban a Concha una generosísima asignación mensual para mi manutención, que ella ahorraba hasta límites insospechados por miedo a lo que pudiera ser de mí en el futuro si mis padres se desentendían de forma definitiva. Así que mi tiempo de ocio transcurría en casa de Gonzalo, en verano en su piscina, en invierno jugando a la consola y, ya un poco mayores, haciendo locuras por los alrededores de la urbanización.

Hasta que Gonzalo se graduó en el colegio, pasé tanto tiempo pegada a él que a veces me sentía una lapa. Me había convertido en su hermana pequeña, su protegida, su mejor amiga. Nunca entendí el porqué de que todos esos títulos los ostentara una cría seis años menor que él cuando todos los chicos del colegio querían ser sus amigos, y todas las chicas, su novia. Éramos una extraña pareja, él tan alto y guapo, yo tan bajita y acomplejada. Salvo con él. Con él salía mi verdadero yo. Me gustaba dejar de lado a aquella niña en apariencia tímida y apocada, traumatizada durante toda su vida por el motivo que podría haber llevado a sus padres a tenerla cuando estaban demasiado preocupados por sus propias existencias y demasiado poco por la que habían traído al mundo. Gonzalo hacía surgir mis estados de ánimo cambiantes, mis ganas de comerme el mundo a bocados y mis locuras. Y él las disfrutaba, todas y cada una de ellas. Como el día que fingió estar enfadado conmigo por obligarle a que compartiéramos una botella de whisky cuando yo tenía catorce años y quería saber cómo era eso de emborracharse. Pero incluso entonces sabía que, en el fondo, se estaba riendo de mis tonterías y enorgulleciéndose de mi aguante. A él le debo lo más importante que he sido capaz de hacer en mi vida, alejarme de mis miedos y mis complejos y sacar a la luz a la persona que yo era en realidad. Cuando le pregunté años después qué extraña situación lo llevó a pasar toda su adolescencia con una niña como yo, Gonzalo me dijo que yo nací debajo de su piel y que nunca saldría de ahí. Que primero fui su hermana pequeña, luego su mejor amiga y, al final, el amor de su vida.

Recuerdo con horror el día en que él se fue a vivir a Salamanca, a cumplir su sueño de estudiar Bellas Artes, y cómo a mis doce años sentí que se me desgarraba algo dentro, algo que no podía sentir por alguien que solo era un hermano. Mi vida iba a cambiar de forma radical en los siguientes meses, me daba pánico no tener ya una casa a la que ir a pasar mis tardes y, hasta con su ausencia, Gonzalo acabó haciéndome el mayor favor de mi vida. Porque las tardes que ya no ocupaba lanzándome en bicicleta con él por los peores caminos de tierra imaginables o nadando en su piscina aun en pleno invierno, empecé a ocuparlas en la cocina con Concha.

Mi vieja tata-cocinera merece un capítulo de excepción en la historia de mi vida. Ella, que había criado a mi madre (como ella misma me dijo años después, con resultados dudosos) y que cuidaba de mí durante las largas ausencias de mis progenitores, fue lo único que tuve hasta aquellos días de mi infancia en que me di cuenta de que también Gonzalo y su familia habían estado siempre ahí. Con ella descubrí la pasión por la cocina, que marcaría mi vida y mi futuro como nada hasta entonces, salvo la existencia de Gonzalo, había hecho.

Gonzalo volvía en las vacaciones de Navidad, Semana Santa y algún puente largo. Entre tanto, yo vivía pendiente del buzón. En aquella era pre internet, recuerdo haberles pedido a sus padres la dirección de su residencia y escribirle, aún en la inocencia infantil de mis doce años, una carta narrando vivencias tan relevantes para mí como mis exámenes de inglés o el hecho incomprensible de que a mis amigas empezaran a gustarles los chicos. Visto desde mi prisma de hoy, debería haber sido una gran sorpresa que un universitario respondiera a aquellas cartas infantiles, pero el hecho es que a mí, en aquel momento, no me sorprendió en absoluto porque, al fin y al cabo, él era Gonzalo, mi Gonzalo. Nuestra relación epistolar duró todos los años que transcurrieron hasta la aparición de internet. Alguna vez que releí sus cartas, observé con ojo adulto el cambio de tono de Gonzalo, desde aquellas primeras en que me contaba que le gustaba una chica de su clase y me recomendaba que estudiara mucho, hasta sus últimos años de universidad, en que me ponía al día de todas y cada una de sus conquistas con pelos y señales.

☙

El verano de mis quince años tuvo un sabor agridulce. La alegría que sentía todos los veranos por el regreso de Gonzalo estaba empañada ese año por la noticia de que el año siguiente se iría a Viena con una beca Erasmus. Él estaba tan feliz e ilusionado que yo apenas me atrevía a decirle cuánto lo iba a echar de menos. La realidad es que lo iba a ver más o menos lo mismo que cuando estaba en Salamanca, pero saber que estaba tan lejos de mí me rompía el corazón.

Dos noches antes de irse a Austria, celebró una fiesta de despedida con todos sus amigos. Pese a llevar ya tres años fuera de Gijón, seguía conservando un enorme grupo de amigos —todo lo contrario que yo, que, aun habiendo vivido allí toda mi vida, apenas tenía un par de amigas—, y estaban todos invitados. Yo miraba desde la ventana de mi habitación, pensando cuándo me llegaría a mí el turno de ir a una fiesta con amigos y llorando en anticipación de la pena que sentiría al despedirme de él al día siguiente.

—¿Puedo pasar? —Me sequé las lágrimas al oír que alguien llamaba a mi puerta.

—¡Gonzalo! ¿Qué estás haciendo aquí?

—Lo mismo venía a preguntarte.

—¿Cómo dices?

—¿Se puede saber por qué no has venido a la fiesta?

—¿A la fiesta? Pero… ¿estaba invitada?

—Joder, enana. ¿Desde cuándo hace falta que te invite a mi casa? Ponte algo bonito, anda, que nos vamos.

—Jo, Gonzalo, me muero de vergüenza, tus amigos tienen veinte años.

—Veintiuno. Y tú ya no tienes nueve, tienes quince. Anda, vamos, que, como siga aquí mucho tiempo, me va a pillar Concha y va a andar pendiente de a qué hora vuelves.

—Dame tres segundos.

La vergüenza en aquella fiesta se me pasó volando. Ningún amigo de Gonzalo hizo comentario alguno, aunque era evidente que estaban sorprendidos con mi presencia allí. A mí todo me producía curiosidad, desde las parejas que se magreaban en un rincón del jardín hasta un grupo que, al abrigo de la parte del patio que no se veía desde ninguna de las dos casas, fumaba marihuana.

—¿Quieres? —me dijo un amigo de Gonzalo, ofreciéndome un porro.

—Bueno… no sé… —Mi curiosidad innata siempre en conflicto con mi timidez. Alargué la mano mientras Gonzalo se acercaba por mi derecha.

—¿Que no sabes qué? Déjate de gilipolleces. Pablo, a lo tuyo —intervino Gonzalo con su peor cara de mal humor.

—Gonzalo, ¡basta ya! No te vayas de hermano mayor, que no te pega nada —le respondí yo, envalentonada por el par de copas que me había tomado y avergonzada por que me hubiera humillado delante de sus amigos.

—A mí no me hables en ese tono. ¿Qué pretendes? ¿Beber y fumar porros con quince años?

—No me hables como si tú no lo hicieras.

—¡Pero yo tengo veintiún años, Carmen, por Dios!

—Me voy a mi casa —le dije, haciendo ademán de marcharme—. Eres un gilipollas y siempre me haces sentir como una cría.

—Anda, vente a la cabaña. Estos se van ya, y no me quiero ir de Erasmus de mal rollo contigo.

—¡Es que no, Gonzalo, estoy harta! ¡Tengo quince años! Mis amigas se emborrachan todos los fines de semana y salen y beben y fuman. Y yo siempre estoy metida en casa con Concha.

—Tú también fumas, a ver si te crees que no lo sé.

—¿Ah, sí? ¿Y con quién empecé?

—Pues por eso mismo. Siempre me convences para hacer cosas que crees que son de mayores, y yo quiero cuidar de ti.

—Pero yo no quiero que cuides de mí. Quiero cuidarme sola, no he tenido más remedio, por si no te acuerdas.

—Venga, vamos.

Sus amigos se marcharon, y nosotros nos refugiamos en la cabaña de la piscina. Una vieja construcción de madera junto a la piscina de su casa, donde sus padres guardaban tumbonas, toallas y todo tipo de enseres a los que Gonzalo y yo hacíamos compañía en invierno mientras esperaban su veraniego momento de gloria. Cuando yo era una enana de nueve años, una noche había visto humo salir de la ventana posterior de la cabaña y había corrido hacia allí pensando que aquella parte de la casa de Gonzalo, casi desconocida para mí hasta entonces, estaba ardiendo. Descubrí allí a Gonzalo, fumando a escondidas de sus padres y, aunque en mi mente infantil me había llevado una gran decepción al ver que Gonzalo tenía un defecto, todo quedó compensado cuando me guiñó un ojo y me dijo que aquel sería otro de nuestros secretos. Unos cuantos años después, como él me recordaba ahora, era yo la que se escondía de sus padres y de Concha para fumar allí.

—A ver, enana, ¿se puede saber por qué querías fumarte un porro?

—Pues porque nunca lo he hecho. Mis amigas lo hacen, y yo siempre digo que no, pero ahora resulta que tú también lo haces. —Me miró fijamente arqueando una ceja—. Oh, vamos, ¿de verdad me consideras tan tonta? Llevas con los ojos rojos desde que me viniste a buscar a mi casa y te has reído de más gilipolleces de lo habitual.

—Carmen, yo no quiero ser una mala influencia para ti. —Para mi sorpresa, empezó a liar un porro mientras me decía esto.

—¡Es que no lo eres! Una mala influencia serían mis amigas, que se emborrachan con tequila a morro. Pero sabes que me gusta experimentarlo todo, y si no lo hago contigo lo haré con cualquiera. ¡Y me parece increíble que me eches un sermón mientras te fumas un porro!

—Toma. —Me lo acercó.

—¿Qué? —Pensé que bromeaba.

—En serio, toma. Te conozco, ahora ya tienes la curiosidad y no vas a parar. Y te vas a pillar un *colocón* tremendo y no me apetece que acabes vomitando con tus amigas en el aparcamiento de una discoteca o que Concha tenga que lidiar con lo insoportable que te vas a poner. —Se rio, mientras yo probaba aquello que me daba tanta curiosidad.

Nos recostamos en las tumbonas de la piscina y, tras reírnos hasta del vuelo de los mosquitos, nos quedamos adormilados.

—Cómo te voy a echar de menos este año, enana. —Y con esa frase, que me convirtió por un momento en la persona más feliz del mundo, me quedé dormida.

෬

El año de Gonzalo en Viena coincidió con mi gran cambio. Con dieciséis años recién cumplidos, empezaba a parecerme en algo a una mujer. Mi cuerpo había cambiado, al fin me había venido la regla (por algún motivo que no comprendo, en aquel momento eso me hacía ilusión), me habían quitado —también al fin— la ortodoncia, Concha me había dejado algo de libertad para elegir mi ropa y yo misma me había dado cuenta de que era mejor para mi autoestima desterrar chándales y pantalones informes a lo más profundo del armario. Me había quedado en mi metro sesenta y cinco de estatura, siempre sería una enana para Gonzalo, pero ya no tenía cuerpo de niña, y los chicos de mi colegio empezaban a darse cuenta. Pero a mí nada me hacía ilusión. Estaba pasando un año muy duro sin Gonzalo, al que solo había visto durante las vacaciones de Navidad.

Recuerdo la Semana Santa de aquel año, esperando detrás de la ventana de mi habitación que llegara con sus padres del aeropuerto. Cuando los vi bajarse solos del coche, no pude resistir más la angustia y me abalancé sobre ellos para saber dónde se lo habían dejado. Una tormenta de nieve había retrasado a Gonzalo camino del aeropuerto de Viena y había perdido el vuelo. No vendría a casa. Algo debía de estar cambiando dentro de mí, por efecto de las hormonas adolescentes o de algo más, pero no me dio vergüenza llorar como nunca antes lo había hecho, sin importarme que sus padres no comprendieran la intensidad de mis sentimientos.

Al fin, el veintiuno de junio, solo tres días antes de mi décimo sexto cumpleaños, Gonzalo volvió a casa. Tenía veintidós años y se preparaba para su último verano como universitario. Aunque cualquier persona en su sano juicio entendería que el Erasmus se le hubiera subido a la cabeza, y no quisiera pasar ni un minuto de su tiempo con su amiga / hermana pequeña, yo sabía que él era diferente. Apenas oí el motor del coche de sus padres, salí corriendo por la pequeña puerta que comunicaba los jardines de ambas casas y me lancé a sus brazos con una euforia descontrolada. Y algo vibró dentro de mí. Ambos hablamos muchas veces con el paso de los años de lo que sentimos en aquel abrazo. Por primera vez, ninguno de los dos sintió que estuviera abrazando a un amigo o un hermano. Ese día, me di cuenta de lo guapo que era, con los ojos ya de una mujer y no los de la niña que había sido hasta entonces. También me percaté de cómo sus ojos negros se clavaban, con un calor que yo nunca había visto antes, en las partes de mi cuerpo que habían cambiado en aquellos seis meses sin vernos. Con el tiempo, ambos llegamos a la conclusión de que el amor siempre estuvo ahí. Un amor extraño, inusual. Yo no lloraba en mi habitación cuando lo veía llegar a casa con una chica de su edad, cosa que desde que tenía dieciséis años ocurría de forma continua. Solo esperaba a que la chica se marchara para colarme por la ventana de su cuarto y que me contara si era guapa o fea, si era simpática o si le gustaba de verdad. Y él, desde que consideró que tenía edad suficiente para oír sus aventuras, me contaba las tonterías que ellas le decían para conquistarlo. Y si bien Gonzalo era todo lo promiscuo que puede ser un postadolescente que solo tiene que chasquear los dedos para que las mujeres caigan a sus pies, yo ni siquiera sabía lo que era haber dado o recibido un triste beso en toda mi vida.

Tras unos momentos dubitativos al separarnos de aquel abrazo magnético, miró a sus padres y ellos, pese a que probablemente lo habrían echado de menos tanto o más que yo, sonrieron y le dijeron sin palabras que sí, que se fuera conmigo a la casa de la piscina.

Aquel era nuestro refugio, hacía muchos años que lo era, y allí pasamos aquella primera tarde después de su Erasmus.

—Estás preciosa —me dijo en cuanto cerramos la puerta—. Hace seis meses que no te veo, y pareces otra persona.

—Gra… gracias. —No entendía de dónde salía aquella timidez que me agarrotaba la garganta.

—¿Alguna novedad por aquí? Dime que no has caído en las redes de algún imbécil del colegio.

—No, no, nada. Estoy a tres días de cumplir dieciséis años y sigo siendo invisible para los chicos.

—Tú no puedes ser invisible. Nunca lo has sido. —Me costaba comprender aquella intensidad con la que me miraba y me hablaba.

—Pues parece que lo soy.

—¿Te gustaría que te dieran tu primer beso antes de los dieciséis años?

Y ya no tuve tiempo a responder. Como si lleváramos toda la vida haciendo aquello mismo, sus labios se pegaron a los míos, y no dudé un segundo en darle acceso a su lengua. Sus manos se aferraron a mi cintura con una fuerza que me hizo pensar que me quedarían marcas. Yo me colgué de su cuello deseando que el tiempo se parara. Tras lo que me pareció al mismo tiempo un segundo y toda la eternidad, nos separamos y… ya nunca nos volvimos a separar.

3

Tres días después, sus padres celebraron la fiesta de San Juan que preparaban todos los años con la excusa de festejar mi cumpleaños. O, mejor dicho, celebraron mi cumpleaños con el pretexto de hacer una fiesta de San Juan. Dado que mis padres ese año en concreto ni siquiera se dignaron llamarme, no se me ocurrió nada mejor que pasar la tarde viendo prender las pequeñas hogueras que sus padres preparaban en el jardín y recibiendo a nuestros amigos, los de Gonzalo, los de sus padres y los míos.

Cuando ya era cerrada la noche más corta del año, la fiesta comenzó a decaer, y empecé a llevarme los regalos a mi casa. Le pedí ayuda a Gonzalo, pero él se disculpó diciendo que tenía que ayudar a su madre y que me esperaba en quince minutos en la cabaña de la piscina para darme mi regalo.

Cuando entré en *nuestra cabaña*, me encontré una imagen que no podría arrancar de mi cabeza aunque quisiera. Gonzalo había llenado toda la cabaña con decenas de pequeñas velas de té encendidas. Nada más. Sin pétalos de flores, sin grandes gestos. Solo las velas y una sábana blanca encima de la cama balinesa en la que en verano tomábamos el sol. Él me miraba con una profundidad que me hizo pensar que podría ver hasta qué punto el corazón parecía desbocárseme en el pecho. Me acerqué a él y solo pude susurrar:

—¿Y esto por qué?

—Porque eres tú, porque siempre has sido tú y porque no quiero esperar ni un día más para estar contigo.

—¿Te refieres a…?

—Me refiero a lo que tú quieras. Tienes dieciséis años, no seré yo quien te presione a hacer nada, pero tampoco me gustaría que acabaras haciendo lo mismo que la mitad de tus amigas, follándose al primero que les da dos besos y les ofrece el asiento trasero de un coche.

—¡Eh! ¡Te conté eso como confidencia! Y no son la mitad de mis amigas, son solo dos, y tampoco las veo yo muy arrepentidas que digamos.

—¿Es lo que tú quieres?

—No, claro que no. Yo, desde que tengo uso de razón, solo te he querido a ti. —Me armé de valor y fui capaz de continuar—.

Contigo sí me valdría el asiento trasero de un coche. Me valdría cualquier cosa con tal de que fueras tú.

—¿Estás segura de que no te sientes presionada?

—¿Por qué no dejamos ya la charla, Gonzalo?

Y en cuanto pronuncié esas palabras, se echó sobre mí, tumbándome contra su cuerpo en la cama. Sentí su aliento, caliente y con un leve deje a cerveza, muy cerca de mis labios. Esperó unos segundos antes de besarme, sus ojos fijos en los míos. Me embriagué de su mirada, con el corazón acelerado y su erección firme sobre mi muslo. Me besó con profundidad y solo se separó de mí para deshacerse de su camiseta y de mi vestido. Se quitó los pantalones con rudeza, casi con violencia, y desabrochó mi sujetador con cuidado.

—¿Estás asustada?

Negué con la cabeza, moviéndola a un lado y otro con fuerza. Nunca en toda mi vida había tenido menos miedo. Dejaría que él me llevara a donde quisiera; agarrada a él, el miedo no era una opción.

Empezó a besar mis pechos sin preliminares. Noté un calor desconocido entre mis piernas. Como si él pudiera adivinar el momento exacto en que ese pensamiento se adueñó de mi cabeza, bajó una mano y la introdujo en mis bragas blancas de algodón.

—Eres preciosa. Perfecta. Eres perfecta.

—Gonzalo. Te quiero.

—Ya lo sé. Y ojalá algún día sepas cuánto te quiero yo a ti.

Me besó de nuevo, más duro, más firme. Su lengua devoraba mi boca y se llevaba por delante parte de mi cordura. Creía que iba a explotar de felicidad, de excitación, mientras sus dedos acariciaban mi clítoris con una mezcla perfecta de ternura y deseo.

Se deshizo de la ropa interior que aún llevábamos puesta y cogió un condón del bolsillo de su mochila. Me tensé. No estaba asustada, pero sabía que aquello iba a dolerme; había oído a mis amigas contar demasiadas historias sórdidas sobre ese desgarro.

—No te va a doler, te lo prometo. Y si en algún momento quieres parar, enana, no tienes nada que demostrarme, ¿de acuerdo?

—No tengo miedo, Gonzalo. Quiero hacerlo.

Cuando se dio la vuelta y vi su erección, sentí pudor y excitación. Alguna vez había visto a Gonzalo desnudo, como aquella vez que acabó una borrachera tirándose a la piscina sin ropa. Pero aquello no tenía nada que ver con lo que tenía ahora ante mí.

Se colocó el preservativo sin dejar de mirarme. Lo veía tan experimentado, tan mayor… Me daba vergüenza no saber qué hacer.

—¿Has estado con muchas vírgenes?

—Con ninguna.

—Ah. ¿De verdad?

—Solía estar con chicas mayores. —Me encantó que usara el pasado—. Bueno, tú ya lo sabes, claro.

Se fue acercando a mí con lentitud. Se recostó a mi lado y me acarició la mejilla, sonriente. Estaba tan guapo a la luz de las velas que me dejaba sin respiración.

—¿Lista?

Asentí. Se colocó encima de mí, apoyado sobre sus codos para no aplastarme. Noté la punta de su erección cerca de mi entrada y me estremecí. Le acaricié el pecho; su piel estaba caliente, casi febril. Se hundió dentro de mí, y no sentí dolor.

—¿Bien?

—Bien. Sigue.

Me penetró poco a poco, y no me pareció que nada se rompiera dentro de mí. Estaba tan excitada, tan húmeda, tan cuidada por él, que no recuerdo ese latigazo de dolor que debería haber sentido. Dejé que me hiciera el amor lentamente, sin prisa, que él llevara toda la iniciativa, que marcara los ritmos. Me sentía flotar.

—¿Quieres probar a ponerte encima de mí?

Asentí, nerviosa, tratando de aparentar seguridad. Qué tontería. Él me conocía demasiado bien.

—No te preocupes. Te va a gustar.

Me monté encima de él a horcajadas, y volvió a penetrarme. Con sus manos en mis caderas, dejé que me enseñara lo que tenía que hacer. Pasados unos minutos, noté que se tensaba, que apretaba la mandíbula, y creí distinguir el temblor en su respiración. Alargó la mano hacia mi clítoris y empezó a estimularlo al compás de sus embestidas. Sentí un placer dentro de mí que iba más allá de lo que jamás pensé que un cuerpo humano podría experimentar. Notaba olas de fuego ascender por mis muslos y esa sensación en el estómago de bajar a toda velocidad la entrada a un túnel. Hasta ese momento, yo creía que el placer que llevaba sintiendo desde que había empezado a tocarme era lo máximo a lo que se podía aspirar. Pensaba que eso era el orgasmo. No sabía que había algo más.

—Juntos. —Fue su única palabra, y, pese a mi inexperiencia, supe a qué se refería.

Entendí por qué en las películas chillaban al llegar al orgasmo. Sin importarme nada más que la necesidad que tenía de hacerlo, grité cuando aquella sensación nueva llegó a lo más profundo de mí. Gonzalo jadeó, gritó y se agarró a mis pechos como si cualquier otro lugar no lo hubiera podido mantener a flote.

Cuando recuperamos un poco la respiración —con la sensación de que ya nunca la recuperaríamos del todo—, salió de dentro de mí y me tumbó a su lado. Se deshizo del preservativo y me miró fijamente. Yo tenía a la vez ganas de reír, de llorar y de gritarle al mundo que la felicidad completa existía.

—¿Estás bien, enana?

—No he estado mejor en toda mi vida. Y no es una frase hecha, de verdad.

—Me acabas de robar la vida. Ya no sé ni quién soy, solo... solo soy un trozo de ti. Esta noche ha sido... no sé ni qué decir.

—Así que te ha gustado tu primera vez con una virgen, ¿no? —Le sonreí.

—Esta no ha sido mi primera vez con una virgen —me dijo, mirándome muy serio—. Esta ha sido mi primera vez. Si ha habido alguna anterior, ni siquiera la recuerdo.

—Te quiero tanto...

—Y yo a ti, pequeña. Ahora, duerme.

Me acurruqué contra él y no debí de tardar ni un minuto en dormirme. Acababa de perder la virginidad el mismo día que cumplía dieciséis años con el hombre al que más querría en toda mi vida. El cuento de hadas no había hecho más que empezar.

2

Los dos años siguientes transcurrieron de forma increíblemente plácida. En mis dos últimos cursos de Bachillerato, tuve unas notas excelentes, y mi tutor estaba convencido de que debía estudiar Derecho, Medicina o alguna Ingeniería —sí, mis padres *compraron* un tutor que se encargaría de orientarme en los campos académico y laboral, ya que ellos se acababan de comprar una casa en Biarritz a la que habían trasladado su residencia sin consultarme ni contar conmigo—. Aquel hombre tan aburrido con el que me veía obligada a decidir mi futuro me hablaba de carreras que no tenían nada que ver entre sí ni conmigo, pero que sonaban muy bien en los currículos. Yo, por mi parte, tenía cada vez más claro que mi futuro estaría entre fogones. Soñaba con acceder a alguna de las grandes escuelas de cocina de España o de cualquier otro lugar del mundo y hacer con mis platos una experiencia artística similar a la que Gonzalo hacía con sus cuadros.

Muy bohemio todo. El pintor y la cocinera. Gonzalo hacía ya un año que se había licenciado en Bellas Artes como el número uno de su promoción. Mi último año de colegio él lo pasó en Bélgica, estudiando un MBA en la Universidad de Lovaina. Allí viajé yo poco antes de cumplir los dieciocho, cuando ya había acabado mis clases y la selectividad. Pueden haber pasado mil años, pero jamás olvidaré los días paseando por Brujas, Bruselas o Gante. Y el fin de fiesta, con el que yo no contaba, en el que Gonzalo me llevó por sorpresa a París, donde pasamos tres días en un pequeño hotelito de Montmartre, muy cerca de la Basílica del Sacré Cœur. Me avergüenza reconocer que apenas conocimos la ciudad, aunque ambos habíamos estado ya varias veces en viajes de intercambio de nuestro colegio, de programa educativo francés. Pero en aquel viaje lo único importante éramos nosotros, recuperar el tiempo perdido de los dos cursos que habíamos pasado separados. El viaje podría haber durado veinte años que no nos habría saciado de todo lo que nos habíamos echado de menos. Y lo que nos quedaba por delante.

En nuestro último día allí, a pocas horas de volver a Lovaina y recoger todas sus cosas para viajar juntos a casa a pasar el verano, Gonzalo me llevó a los pies de la torre Eiffel. Había comprado las entradas anticipadas para asegurarse de que estaríamos allí al atardecer. Un espectacular crepúsculo parisino fue el telón de fondo para una cena maravillosa con París a nuestros pies, con el mundo a nuestros pies.

—Carmen, tengo dos proposiciones que hacerte. —Así es Gonzalo. Franco, directo, sencillo.

—¿Debo asustarme?

—Quizás. —Me sonrió, y me derretí como siempre hacía con ese gesto suyo.

—Habla, no me tengas en ascuas.

—Este año empiezas la universidad, te vas a estudiar fuera, tienes todo un mundo de posibilidades ante ti.

—Sí, lo sé. ¿Y?

—Y no quiero ser un impedimento para nada de lo que quieras hacer en el futuro. Estás llena de sueños, lo sé desde que eras una niña, y no quiero que nuestra relación te impida cumplir todos y cada uno de ellos.

—Gonzalo, ¿me estás dejando?

—Déjame terminar.

—No, no quiero dejarte terminar —alcé la voz lo suficiente para que los ocupantes de la mesa de al lado echaran un vistazo a la extraña pareja que formábamos. Yo, que tenía diecisiete años y aparentaba catorce. Y él, que tenía veinticuatro y aparentaba treinta.

—Sí, me vas a dejar terminar. —El Gonzalo inflexible había hecho su aparición.

—De acuerdo —dije, conteniendo unas lágrimas que pujaban por salir.

—Lo que te estoy pidiendo es que durante los años de universidad no te prives de nada. Me has oído bien, *de-na-da*. Quiero que conozcas chicos, que salgas con ellos, que os divirtáis, que te emborraches si quieres, que hagas locuras y que alguna mañana te despiertes en una cama que no sepas a quién pertenece.

—Pero… pero… ¿cómo vas a querer eso?

—Tú ahora no lo entiendes. Sabes de sobra que nunca te he tratado como a una niña, pero en esto déjame que te dé mi visión desde los seis años que te llevo. Yo viví mis primeros años de universidad sin pareja, hice todo lo que te puedas imaginar…

—No me lo tengo que imaginar, Gonzalo, me lo contabas con pelos y señales. Sé hasta las posturas en las que te tirabas a las chicas de tu facultad, dos profesoras incluidas.

—¿Te dolía oírlo?

—No. —Reflexioné unos momentos sobre aquello, era algo que jamás me había planteado—. No, supongo que no. Solo… eras tú, Gonzalo. Llevo viéndote entrar con chicas en tu casa desde que no tenía ni siquiera edad para imaginar lo que hacíais allí dentro. Para mí era natural, y nunca tuve celos, aunque ahora tengo suficiente conocimiento de mí misma como para saber que, en el fondo, siempre estuve enamorada de ti.

—¿Y por qué no te molestaba? No, no, no me contestes rápido. Piensa en ello y, cuando lo sepas, dímelo. Estoy seguro de que sé la respuesta.

Tomamos el postre en silencio, mientras mi cabeza trataba de buscarle una explicación lógica a que no me molestara llevar toda mi vida viéndolo con chicas —a cada cual más guapa, por cierto—, pese a estar enamorada de él como una loca. Con la última cucharada de *crème brûlée*, comprendí al fin lo que intentaba decirme.

—Porque sabía que daba igual con quién pasaras la noche, nadie era más importante para ti que yo. Nadie estaba por encima de mí. Podrías estar teniendo la noche de sexo más salvaje con la tía más buena del mundo que, si yo te llamaba porque mis padres me habían vuelto a fallar o porque los deberes de matemáticas se me estaban complicando, tú lo dejarías todo para venir a mi lado.

—Exacto. Lo has comprendido.

—¿Por eso quieres que yo viva lo mismo que tú has vivido?

—Quiero que vivas lo que tú sueñes vivir y…

Con el paso de los años y la bruma del recuerdo, no sé de forma exacta cómo sucedió todo. Sé que después de esa frase, Gonzalo estaba de rodillas ante mí, y el resto de comensales nos miraban.

—… y cuando hayas cumplido tus sueños, cuando hayas viajado por el mundo, conocido a toda clase de personas, cometido errores y acumulado aciertos, vuelvas a casa y te cases conmigo.

—Gonzalo, ¿me estás…? ¿Me estás pidiendo matrimonio?

—Te estoy pidiendo que hagamos oficial lo que ya es una realidad, que tú y yo vamos a estar juntos toda la vida. La fecha la pones tú, esperaré dos años, diez o cincuenta. Y lo único que te puedo prometer es que te esperaré, que jamás te juzgaré por las cosas que hagas y, sobre todo, que si dentro de unos años esto te parece una locura, y has rehecho tu vida con otra persona, no te dejaré en paz.

—Querrás decir que me dejarás en paz.

—No. No lo has entendido. Lucharé toda mi vida por tenerte a mi lado, aunque tenga que pasar por encima de una nueva pareja o de quien sea.

—¿Y no sería más sencillo comprometernos desde ahora en una relación monógama y no arriesgarnos a que algo así pueda pasar?

—No. Quiero el riesgo. Quiero saber que lo nuestro es tan fuerte que nada lo destruirá. Jamás. Y, sobre todo, no quiero que dentro de veinte años te levantes de la cama pensando que nuestra relación te privó de ninguna vivencia. Vive, Carmen, tú no sabes hacer otra cosa que eso, que vivir como si cada día fuera el último.

—¿Sabes? He estado la mitad de esta conversación enfadada contigo, pensando que buscabas una excusa para acostarte con otras, para serme infiel…

—No digas eso jamás. Nada de lo que te estoy proponiendo es una infidelidad. Infidelidad es otra cosa. Infidelidad es hablar mal de tu novia a tus amigos, infidelidad es coquetear con tu compañera de trabajo a espaldas de tu mujer, infidelidad es mentir. Esto es una relación abierta. Quizá seas un poco joven para comprenderla, pero tú y yo sabemos que no hemos nacido para renunciar al sexo durante los meses que estemos separados.

Esbocé una sonrisa sabiendo que tenía razón. Gonzalo y yo éramos iguales, dos hermanos que se han criado juntos. A los dos nos gustaba el riesgo, el sexo, la velocidad, la noche, la diversión y las locuras. Habíamos retenido todo eso durante los dos últimos años porque yo era una niña que se merecía vivir el cuento de hadas. Pero no aguantaríamos sin reproches y sin dolor cuatro o cinco años más. O el tiempo que yo tardara en encontrar mi lugar en el mundo.

Esa noche, de vuelta en nuestro hotel, follamos como las almas necesitadas del otro que éramos. No hicimos el amor, el amor entre nosotros ya venía hecho, como una marca de nacimiento. Nos limitamos a cabalgar como salvajes y a practicar posturas de las que yo ni siquiera había oído hablar. Esa noche en París, en la que yo cumplía dieciocho años al lado de la persona a la que más quería, él me enseñó que el amor puro no está reñido con los tirones de pelos, las palabras soeces o una mezcla apoteósica de dolor y placer.

París sería, para siempre, nuestro lugar en el mundo.

3

Los siguientes cuatro años se convirtieron para mí en una locura de estudios, experiencias y desenfreno. Cuando algunos amigos me comentan que no entienden por qué la universidad tiene fama de ser un lugar de depravación... quiero decir, *diversión*, asumo que no estudiaron en el mismo lugar que yo.

Empecé mis estudios de Cocina en Vitoria, en un campus pequeño y una licenciatura con pocos años de antigüedad, aunque con bastante prestigio en el mundo de la gastronomía. Éramos solo treinta alumnos, por lo que todos nos conocíamos, y, aunque las horas en las cocinas eran a veces interminables, la materia teórica era tan escasa que nos permitía pasar muchas noches de fiesta.

Lo mínimo que se puede decir de aquellos años es que hubo mucho alcohol, bastante sexo, algunas drogas y poco aburrimiento. Gonzalo y yo seguíamos viéndonos siempre que podíamos, lo cual era bastante menos de lo que nos habría gustado. Yo pasé un año de Erasmus en Manchester, y él otro diferente de estudios de posgrado en California. Pero, cuando nos encontrábamos, volvíamos a ser nosotros. Y, por muy extraño que le parezca al mundo, nos poníamos al día de nuestras aventuras —sexuales o no— como los grandes amigos que siempre habíamos sido.

Con el paso de los años, fuimos convirtiendo en nuestro juego erótico privado la narración de nuestras experiencias con otras personas. Estábamos ambos tan seguros de nuestro amor que nunca existieron celos entre nosotros. Y las historias que nos contábamos, al principio como en una prolongación natural de nuestra amistad, se convirtieron con el tiempo en un estímulo sexual. A mí me producía morbo imaginar a Gonzalo con otras mujeres, sabiendo que con ellas nunca tendría tantas cosas que conmigo eran naturales. Y él se excitaba cuando le narraba mis aventuras de experimentación universitaria con mis compañeros y compañeras. Estas últimas, claro, eran sus favoritas.

Gonzalo siempre había respetado la vida que yo llevaba desde que había entrado en la universidad. Desde el primer momento, conecté de manera especial con dos compañeros de clase: Ana y Julio. Ana era una chica preciosa, un par de años mayor que el resto de alumnos, que había acabado en la Facultad de Cocina por obligación familiar, ya que sus padres regentaban un restaurante en Gijón. Es curioso que no la hubiera conocido antes, pese a haber comido en ese restaurante muchas veces con los padres de Gonzalo. Habíamos vivido siempre a cuatro pasos de distancia y fuimos a conocernos cuando estábamos a más de trescientos kilómetros de nuestra ciudad. Ana era alocada, divertida, se notaba a la legua que había vivido más que nosotros. No era la mejor cocinera del mundo ni le apasionaba la cocina, así que tenía muy claro que los cuatro años en la facultad tenían que ser su última oportunidad de divertirse antes de regresar al opresor entorno de su tradicional familia.

Julio, en cambio, era un apasionado de la cocina. A lo largo de mi vida he conocido a muchísimos cocineros, pero jamás he encontrado un talento ni remotamente cercano al suyo. Desde el primer día de clase, se vio que estaba varios puntos por encima de nosotros, pese a ser uno de los más jóvenes de la clase —ni había cumplido los dieciocho cuando empezó la carrera—. Los profesores se volcaban en él, todos sabían que podían estar ante una futura estrella de la gastronomía. Y, además de todo esto, era muy atractivo. No era tan guapo como Gonzalo, ni siquiera como otros compañeros de clase, pero tenía algo magnético. Quizá eran sus ojos, de un verde tan claro que parecían transparentes, su cuerpo trabajado con muchas horas de gimnasio o, simplemente, la seguridad en sí mismo que desprendía.

๑

Unas semanas después de instalarnos todos en la residencia, decidimos celebrar una fiesta. El relativo aislamiento social en que había vivido hasta entonces me hizo tener tentaciones de inventar una excusa para quedarme en mi dormitorio. Me daba miedo conocer gente, no encajar en un ambiente diferente a aquella burbuja en la que había pasado mi infancia y adolescencia. Pero, dentro de mí, también había una persona que quería salir, destacar, hacer amigos, divertirse. Así que decidí unirme a aquella locura de alcohol —y ojalá solo hubiese sido alcohol— en que se convirtió la sala común de la residencia.

A las seis y media de la madrugada, cuando ya solo quedábamos unos cuantos borrachos forzando el límite de la noche, Julio y Ana desaparecieron. No sé qué me impulsó a ir detrás de ellos —había visto que se dirigían a la cocina—, pero supongo que ya entonces mi personalidad morbosa empezaba a hacer su aparición. Los encontré cuando él estaba recorriendo la pierna de ella con su lengua y me quedé mirándolos como hipnotizada. Ellos no podían verme, pero me descubrieron cuando, ya semidesnudos, me escucharon ahogar un jadeo.

—Ana, creo que tenemos público.

—¿Carmen? ¿Qué estás haciendo aquí? —me preguntó ella sin hacer ningún ademán de cubrir su desnudez.

—Yo... yo no... —No sabía qué decir, ni siquiera sabía responderme a mí misma a esa pregunta.

—¿Quieres mirar o quieres participar? —Julio no se anduvo con rodeos, se acercó a mí y metió su lengua en mi boca con una dureza y una sensualidad que no se correspondía en absoluto con sus incipientes dieciocho años.

Así fue como empezó una época de desenfreno universitario que, pese a la añoranza constante que tenía de Gonzalo, aún hoy recuerdo como una de las mejores etapas de mi vida. Si entre mi primer beso y mi primera relación sexual, apenas dos años atrás, habían transcurrido solo tres días, esa noche viví de golpe mi primera experiencia sin Gonzalo, mi primer trío y mi primera relación sexual con una mujer.

Al día siguiente, llamé a Gonzalo aún turbada por lo que había pasado y le narré todo tal como había ocurrido. No me sorprendieron sus jadeos cuando entendí que se estaba masturbando con mi experiencia como telón de fondo.

Volví a acostarme varias veces con Julio y con Ana, aunque por separado. Con ella, todo desprendía sensualidad y morbo, quizá con el aliciente de que las dos sabíamos que éramos heterosexuales, pero disfrutábamos de la nueva experiencia que nos proporcionaba mantener sexo entre nosotras. Con Julio siempre eran arrebatos locos, agresivos, extenuantes. Ni una sola vez dormimos juntos, ni siquiera lo hicimos nunca en una cama.

G

Gonzalo era mi referente, mi gran amigo y mi gran amor, y lo noté más que nunca en aquellos años en que por primera vez viví lejos de mi casa. Para una persona como yo, que pasó muchos años de su infancia envidiando a las familias en que los padres se preocupan por sus hijos, el hogar no eran más que mi tata Concha y los padres de Gonzalo. Ni más ni menos. Ellos eran mi familia. No tengo ningún recuerdo de mis padres presentes en mi vida. Mi padre era un hombre mayor y con un carácter complicado, un empresario tejano hecho a sí mismo que conoció a mi madre en unas vacaciones en la Mallorca de finales de los setenta, en las que celebraba su cuarto divorcio. Mi madre era una camarera treinta y dos años menor que él que se quedó embarazada a los tres meses de una boda relámpago en Montecarlo. Muy glamuroso. Nunca conseguí sacarle demasiada información a Concha sobre las circunstancias de su matrimonio y mi nacimiento, pero siempre he deducido algo así como que él le concedió el seguro de vida económico que suponía darle una hija en el caso de un más que probable divorcio. Como el divorcio nunca llegó, mi utilidad en este mundo era muy limitada. Mi madre recurrió a la señora de su pueblo que la había cuidado cuando era pequeña para que hiciera de tata / abuela / madre conmigo, y se fue a vivir a Dallas con mi padre. Los primeros años volvían un par de veces, después solo una, hasta los últimos años, en que ya ni siquiera aparecían. Cuando se instalaron en Francia, yo ya había perdido la esperanza de que me quisieran y, pese a estudiar la carrera en Vitoria, a solo hora y media de Biarritz, jamás tuve el menor interés en ponerme en contacto con ellos.

ʒ

Una llamada en mitad de la noche me despertó un frío día de noviembre en mi segundo año de carrera. Mi fiel Concha me comunicaba que mis padres habían tenido un accidente de coche camino de París y habían fallecido en el acto. El cuerpo humano está programado para reaccionar a una noticia como esa. Y quizá por ello me sentía nerviosa cuando colgué el teléfono. Nerviosa, no triste. Comprobé el cambio horario —Gonzalo estaba en California— y me di cuenta de que era probable que él estuviera conectado al Messenger, aquel invento que tanto nos había acercado y que había hecho soportable estar separados por tantos kilómetros como hay entre Los Ángeles y Vitoria. Como siempre hacía, él lo comprendió todo. Comprendió que no estaba triste y que me resultaba extraño estar así.

> **Carmen dice**: Gonzalo, estás ahí?
>
> **Gonzalo dice**: Carmen, qué haces levantada?? No son las 4 de la madrugada en España?
>
> **Carmen dice**: Gonzalo, tengo que decirte algo. Me acaba de llamar Concha.
>
> **Gonzalo dice**: Qué ha pasado?
>
> **Carmen dice**: Mis padres, Gonzalo... Mis padres han tenido un accidente.
>
> **Gonzalo dice**: Qué dices?? Qué ha pasado? Estás bien??

Carmen dice: Están muertos, Gonzalo. Los dos. En el acto.

Gonzalo dice: Dios… Cómo estás?

Carmen dice: No lo sé. Ojalá pudiera decirte que estoy llorando, que estoy destrozada.

Gonzalo dice: Estás mal porque no estás mal, verdad?

Carmen dice: Exacto. Joder, te necesito aquí.

Gonzalo dice: No me digas eso, por favor. Estoy ahí, recuerda, siempre lo hemos dicho. Los dos estamos donde está el otro.

Carmen dice: Ya lo sé.

Gonzalo dice: Aunque yo tampoco me acabo de creer eso. También querría estar de verdad ahí.

Carmen dice: Tengo que levantarme en tres horas. Debería irme a dormir.

Gonzalo dice: Duerme, pequeña. Hoy me odio por no estar ahí.

Carmen dice: Tú te odiarás, pero yo te quiero más que nunca.

Gonzalo dice: Yo también te quiero. Mucho, joder. Lo siento.

Una de mis mentiras favoritas resultó ser mi mejor aliada en los días siguientes. Cuando había ido conociendo a mis compañeros de residencia y los oía hablar de sus familias, de cuánto los echaban de menos, de cómo sus madres insistían en llenarles las maletas de comida, había decidido decirles a todos que mis padres habían muerto cuando yo era pequeña. Desde que había entrado en la universidad, no tenía contacto con mis antiguas compañeras de colegio, por lo que los únicos que sabían la verdad de mis desgraciadas circunstancias familiares eran

Gonzalo, sus padres y Concha. Mejor así. Me fui a dormir agradecida por que esa mentira me permitiera ir al día siguiente a clase sin tener que recibir las condolencias de mis amigos. Sería un día normal, como si nada hubiera pasado. Nada había pasado.

3

Ese año de Gonzalo en California, solo nos vimos una vez. Tras las vacaciones de Navidad, Gonzalo debía reincorporarse a sus clases el día dos de enero, por lo que sus padres decidieron que era mejor que no viniera a España, e ir nosotros a verlo. Sí, nosotros. Los padres de Gonzalo me habían *adoptado* como hija ya desde hacía tiempo. Volamos a Los Ángeles el veinte de diciembre, recién terminados mis exámenes trimestrales, y nos quedamos allí hasta el nueve de enero. Fueron tres semanas maravillosas, en las que recorrimos Los Ángeles, San Diego, San Francisco… Los padres de Gonzalo, siempre tan generosos con nosotros, nos regalaron el día de Navidad una escapada de cuatro días para nosotros dos solos a Las Vegas y el Gran Cañón. Allí, en la inmensidad de esa obra de la naturaleza, fui consciente de que, con solo veinte años, ya había recorrido algunos de los lugares más bellos del mundo y, lo más importante de todo, lo había hecho de la mano del amor de mi vida.

—¿Te he dicho alguna vez lo increíblemente guapa que estás después de hacer el amor? —me dijo una mañana en aquel hotel de ensueño de Las Vegas en el que pasamos dos noches.

—Podría acostumbrarme a oírlo más a menudo.

—¿Qué te apetece hacer hoy?

—Mmmmm —ronroneé junto a su oído, nunca saciada de él.

—No te voy a decir que no a eso, pero ¿y si nos casamos?

—¡Estás loco! —Me reí abrazándolo.

—Vale, no voy a darles el disgusto a mis padres de que acabemos casándonos en Las Vegas, aunque igual eso es lo que pretendían cuando nos regalaron este viaje. Pero ¿no estás deseando que nos casemos?

—No lo sé. Supongo que siempre he pensado que ya lo estoy. ¿Tú no te sientes ya casado conmigo?

—Sí. Desde que éramos unos críos. No sé si casados, pero siempre he sentido que no nos íbamos a separar jamás.

—Y no lo vamos a hacer. Nunca.

—Dios mío, te quiero tanto…

—Y yo a ti. La distancia empieza a hacerse insoportable.

—Todo lo que no sea verte despertar por las mañanas es insoportable.

—Bueno, dejémonos de dramas. ¿Qué hacemos hoy? —dije, pasándole el programa del hotel para buscar alguna actividad que nos distrajese de aquel bajón recurrente que sentíamos cuando recordábamos los años que podíamos tardar en tener una vida juntos.

—A ver, déjame echar un vistazo —dijo, echando mano de algo en su neceser.

—¿Desde cuándo usas gafas? —le pregunté, entre risas, besándole el pecho.

—Desde que descubrí que algunos difuminados de mis obras estaban solo en mis ojos. ¿No te vas a reír de mí ni a llamarme viejo ni nada? Qué decepción.

—La verdad es que pensaba hacerlo, pero resulta que estás asquerosamente sexy con ellas —le dije, aún riéndome, mientras me subía a horcajadas sobre él y lo besaba.

—Oh, Dios. Si lo hubiera sabido, me habría revisado la vista antes.

Y, de nuevo, sin darnos tregua, nos enredamos en una mañana de pasión desenfrenada. Ningún plan del programa del hotel era tan importante como seguir disfrutando el uno del otro.

En ese viaje descubrí que el amor se convertía en un sentimiento mucho más intenso cuando se acompañaba de admiración. Yo ya sabía que Gonzalo había conseguido una buena reputación como pintor en sus años universitarios. Mi desconocimiento del mundo artístico en general, y de la pintura en particular, me impedía valorar en su justa medida el talento de Gonzalo. Él se había pasado años intentando explicarme conceptos relacionados con el volumen, el color o el espacio. Todo era en vano. Pero en California descubrí que se estaba convirtiendo en un pintor muy valorado. Su minúsculo apartamento —sus padres habían tenido la deferencia de irse a un hotel a pasar las vacaciones para dejarnos intimidad— estaba plagado de bocetos, lienzos y obras terminadas. Pero lo que más me llamó la atención fue descubrir varios recortes de revistas especializadas en los que se le mencionaba, siempre en términos laudatorios.

Su trabajo constante en sus obras no había impedido que hiciera un numeroso grupo de amigos en Los Ángeles. Los conocí al regresar de nuestra escapada, cuando ya habían vuelto a incorporarse a la rutina de clases después de Año Nuevo. Cuando me sentí demasiado observada por Janie, una de las mejores amigas de Gonzalo, presentí que algo extraño estaba pasando allí.

—Te has acostado con Janie, ¿verdad? —le pregunté una noche, mientras fumábamos en la intimidad del diminuto balcón de su apartamento.

—¿Estás celosa? —Me abrazó, hundiendo los labios en mi pelo y bajando las manos bastante más allá del límite de mi cintura.

—No, idiota, pero me ha dado la sensación. Y de ella nunca me habías hablado.

—Sí, hemos estado follando bastante —dijo en mi oído con voz ronca.

—¿Bastante? ¿Cuánto es *bastante*?

—Bastante es más o menos la millonésima parte de lo que haría contigo ahora mismo si dejaras la charla.

—Hablo en serio. ¿Tengo que preocuparme?

—¿Preocuparte? ¿Estás de coña? Claro que no. Me he acostado con ella, no sé, diez o doce veces. Casi siempre borrachos al volver de algún club.

—¿Acostarse diez o doce veces con alguien no se parece un poco a una relación?

—No. Para mí no. Tú también has repetido con tu compañero de facultad, ¿no?

—Sí, pero cinco o seis veces en dos años. Tú me hablas de diez o doce en tres meses que llevas aquí. ¡Eso son casi todos los fines de semana!

—Déjate de matemáticas. Si no quieres que me vuelva a acostar con ella, no lo haré.

—No es eso. Es que quizá nunca dejamos claros los términos de con quién nos podíamos acostar y con quién no.

—Pues hagámoslo. Siempre hemos dicho que la clave de todo es hablarlo, ¿no?

—Vale. Pero mañana. Ahora me apetece mucho más que me enseñes qué es eso que decías que me harías si me callaba.

Con una exhibición de sexo semipúblico en un balcón, se acabó el conato de discusión. Porque ni eso había entre Gonzalo y yo. Pese a mi carácter a veces endemoniado, pese a la distancia, pese a las diferencias entre nosotros... las discusiones duraban lo que tardábamos en recordar cuánto nos gustaba reconciliarnos.

En mi último día en Los Ángeles, y ya con el dolor de la despedida presente entre nosotros ante la perspectiva de no vernos en los siguientes seis meses, Gonzalo apartó las preocupaciones de mi cabeza y me hizo ver que aquella chica, Janie, jamás significó nada para él, aunque los dos sentíamos la necesidad de aclarar un poco los términos de nuestra relación abierta.

—Pongamos cada uno dos normas —sentenció Gonzalo con esa forma suya de analizar los pros y los contras de cada pequeña situación.

—De acuerdo.

—Empieza tú. —Me cedió el turno.

—Bien. Mi primera norma es que no se puede repetir con nadie. Si te acuestas con alguien más de una vez, pasa a ser algo más que un polvo ocasional.

—De acuerdo. Mi norma es que jamás podrá ser alguien conocido del otro. Es decir, mis amigos o conocidos vetados para ti; tus amigas y conocidas, vetadas para mí.

—Perfecto. Mi segunda norma es que jamás se podrá hacer sin condón. Además del palo que supondría un embarazo o lo que sea, me niego a que te corras dentro de alguien que no sea yo.

—Joder. Esa era mi segunda norma también. —Nos echamos a reír. Éramos demasiado iguales.

—Bien, ¿trato hecho?

—Trato hecho. —Me estrechó la mano y tiró de mí hacia la cama para sellar el pacto de la forma que mejor sabíamos hacerlo, entre sudores y jadeos.

4

Después de pasar mi último año de carrera en Manchester, me licencié con el número dos de mi promoción, solo por detrás de Julio. Él estaba obsesionado con experimentar con la cocina asiática de vanguardia, por lo que se marchó a Tokio a trabajar en uno de los mejores restaurantes del mundo. Apenas nos habíamos visto en los dos últimos años de licenciatura, ya que él había pasado un año de Erasmus en Londres el año anterior a mi experiencia en Manchester. No voy a negar que eso facilitó que no volviéramos a acostarnos y poder cumplir así, con facilidad, la norma que Gonzalo y yo nos habíamos impuesto.

En esos dos últimos años de carrera, Gonzalo y yo conseguimos vernos con más frecuencia. Él ya contaba con un cierto prestigio en el mundo del arte, y alternaba exposiciones de pintura con trabajos *freelance* como ilustrador. De vez en cuando me sorprendía instalándose una temporada conmigo, tanto el año que pasé en Vitoria como el de Manchester. En las épocas que pasábamos separados hubo otros hombres, siempre relaciones esporádicas en las que la mayor parte de las veces me limitaba a disfrutar del sexo sin saber siquiera el nombre de mi compañero de faena. Nunca me sentí sucia o extraña. Por algún motivo que desconocía, y cuyo origen aún hoy no comprendo, el sexo siempre ha sido para mí una forma más de diversión, una que no implica principios morales o normas de cortesía.

Gonzalo se convirtió en uno más de mi grupo de amigos, pese a la diferencia de edad, con sus continuas visitas al campus. La última noche en Vitoria, recién llegada yo de Manchester, y ya con la licenciatura en la mano, ninguno de los estudiantes que habíamos encontrado en aquella residencia nuestro segundo hogar queríamos asumir que nuestra época universitaria tocaba a su fin y que nuestros caminos se separarían para siempre. Organizamos una gran fiesta, en apariencia muy parecida a aquella primera de cuatro años atrás, pero muy diferente en sentimiento. Brindamos, lloramos, reímos, repetimos hasta la saciedad anécdotas que ya todos nos sabíamos y, cuando empezaba a amanecer, los locos más habituales —Gonzalo incluido— nos enredamos en una especie de orgía de sexo y drogas como colofón final a cuatro años en los que todos nos habíamos convertido en aquello con lo que soñábamos.

Al llegar a mi dormitorio, a Gonzalo aún le quedaban ganas de más:

—¿Hacéis esto muy a menudo? —me preguntó, pretendiendo sonar serio, pero con una voz ronca que lo delataba.

—Podría decirte que sí. De hecho, apostaría a que te apetece oír que sí, pero la verdad es que nunca había habido, digamos, tantos participantes.

—Cuéntame otra vez lo de tu trío —me dijo mientras hundía sus manos en mis nalgas.

—¿El que hice con dos desconocidos el día que salimos las chicas de la residencia por Bilbao? —bromeé, sabiendo a la perfección a qué se refería.

—No, el que hiciste con Ana y su amiga italiana.

—No me apetece hablar, Gonzalo. En realidad, me apetece dormir, aunque presiento que tienes otros planes para mí.

—¿Por qué no te haces un *piercing* en los pezones como tu amiga Ana?

—¿Ah, sí? ¿Eso te gustaría?

—Eso me gustaría —asintió con los ojos brillantes, más por la excitación que por el alcohol.

—¿Sabes? Lo haría por complacerte…

—¿En serio?

—… si no fuera porque sé que no te gustan los *piercings*. ¿O ya no te acuerdas de cómo te chivaste a Concha de que me iba a hacer uno en la nariz cuando tenía dieciséis años?

—¡Pero si te lo hiciste igual! ¡Y ahora me dejas sin mi capricho! No solo eres vengativa, sino que encima mencionas a Concha cuando tengo una erección. Debería dejarte ahora mismo.

—Pero no vas a hacerlo, ¿verdad?

—Jamás. Ven aquí y deja que te haga el amor, que ya hemos follado suficiente por esta noche.

Así, con esa mezcla de amor y sexo que siempre éramos Gonzalo y yo cuando estábamos juntos, se terminó mi etapa universitaria.

3

Gracias a la obsesión de Julio por marcharse a Tokio —las prácticas se concedían por orden de expediente, y él podría haber seleccionado cualquier destino—, conseguí uno de mis sueños, las prácticas más deseadas de las que ofertaba la Universidad: un curso en París, nada más y nada menos que en L'Espadon, el restaurante del mítico hotel Ritz. Allí conocí a Marcel, un jefe de cocina mayor, con un carácter endemoniado, pero que pareció quererme desde el primer día como a una especie de protegida. Mi aspecto aniñado siempre ha provocado en los demás esa especie de necesidad de protección, aunque la vida me ha enseñado que por dentro suelo ser más fuerte que la persona que intenta protegerme.

Marcel me cedió una habitación en su impresionante, aunque desastrado, apartamento del *17e arrondissement*, ya que él vivía en aquel momento con una bailarina cuarenta años menor que él. Y, como si los sueños por cumplir fuesen cayendo uno detrás de otro, Gonzalo consiguió un semestre casi sabático en el que lo único que haría sería impartir unas conferencias en la Universidad de la Sorbona. Con su pequeña maleta de cuero entrando por la puerta de mi habitación en el apartamento de Marcel, empezó la que siempre recordaré como la mejor época de mi vida. Seis meses en París, con mi gran amor, trabajando en el lugar de mis sueños. Una vez más, París se convertía en un personaje, más que un escenario, de la historia de nuestras vidas.

El único pero a aquella época era que empezaba a sentirme fuera de lugar en mi vocación de ser cocinera. La cocina molecular, la pujante entrada en aquellos años de la química en la cocina, me gustaba como forma de experimentar, pero no le veía aplicación práctica al tipo de chef en que quería convertirme. Viendo el trabajo del personal del Ritz, cada vez iba obsesionándome más con la idea de dirigir mi propio negocio, diseñando menús y metiéndome de vez en cuando en los fogones, pero cediendo el primer plano de la responsabilidad. Gonzalo, siempre pendiente de que yo cumpliera mis sueños como él iba cumpliendo los suyos («el pintor europeo más influyente de los últimos treinta años», lo denominó la revista más prestigiosa del sector), apoyó desde el primer momento mi idea. Él también me veía más como empresaria que como chef.

ᘓ

Así fue como me trasladé al año siguiente a Londres para realizar lo que sería la última etapa de mi formación académica, un máster en dirección de restaurantes. Gonzalo volvió a Estados Unidos a realizar una exposición itinerante por diferentes ciudades, y ese año apenas pudimos vernos. La añoranza se cebó conmigo de tal manera que apenas recuerdo nada positivo de mi año en Londres. Se habían acabado las salidas nocturnas, mi yo fiestero había quedado atrás, y se abría paso una nueva Carmen que solo quería asentarse con Gonzalo, después de toda una vida separados por quehaceres académicos y laborales.

Renqueante de ánimo y sin ganas de nada más que de verlo, terminé el máster el mismo día en que Gonzalo aterrizaba en el aeropuerto de Heathrow con una noticia que acabaría por cuadrar el círculo de mis planes de futuro: le habían concedido una plaza de profesor adjunto en la universidad de nuestra ciudad. Por supuesto, Gonzalo nunca fue tan normal como para decírmelo en la terminal del aeropuerto en cuanto logró que me despegara de la postura koala en la que estaba desde que nos encontramos. En lugar de eso, me dijo de forma críptica que hablaríamos al llegar a nuestro destino… Destino que adiviné en el momento en que enfilamos hacia la estación de Waterloo. De nuevo, Gonzalo me llevaba a París para darme una noticia que cambiaría nuestras vidas para siempre.

5

Con la decisión de montar mi propio restaurante tomada de forma definitiva, faltaba el *pequeño* detalle de conseguir los fondos suficientes y encontrar al chef que supiera entender mi proyecto. Nunca quise tocar la herencia dejada por mis padres, me parecía dinero sucio, un dinero con el que comprar a una hija a la que no quisieron y ni siquiera se molestaron en disimularlo. Los padres de Gonzalo nos ofrecieron todo su apoyo, pero, pese a que eran unos padres para mí, tampoco me pareció buena idea aceptar su dinero.

Una de las primeras cosas que hice cuando volvimos a nuestra ciudad fue ponerme en contacto con Ana. La distancia, los diferentes caminos que habían tomado nuestras vidas en los dos años transcurridos desde el final de nuestros estudios, y una cierta dejadez por parte de ambas nos habían hecho perder el contacto. Cuando oí su voz, sentí que no habían pasado esos dos años y, a la vez, odié haber estado tanto tiempo sin saber de ella. Sobre todo cuando me puso al día de las novedades de su vida con un café de por medio.

—Me caso, Carmen.

—¿¿Qué??

—Pues eso, que me caso. En verano. Cuando me has llamado, estaba pensando en llamarte yo para saber a dónde enviarte la invitación.

—Pero ¿con quién?

—Con Marcos, el administrador del restaurante de mis padres.

—¿¿El pijo estirado??

—¡Carmen! ¡Él no es así para nada!

—Joder, perdona, se me ha escapado.

—Nada, no te preocupes. Hasta él sabe que lo llamaba así. —Se rio Ana, radiante.

—¿Y cómo surgió el amor? ¡Cuéntame!

—Pues no sé decirte, yo quería asentarme, él me confesó que siempre había estado enamorado de mí… Mis padres están encantados con la noticia.

—No suena precisamente a historia de amor loco.

—Ya lo sé, Carmen. Es una historia de amor cuerdo. La Ana loca se quedó en Vitoria. Ahora voy los domingos a comer con mis padres y mis suegros, salgo a correr por las mañanas, me cuido. ¡Si hasta he dejado de fumar!

—Dios mío, ¿quién eres tú y qué has hecho con mi mejor amiga?

—Soy una mamarracha que se ha convertido en todo aquello que juramos no ser nunca, Carmen. Pero soy feliz.

—Pues eso es lo único que me importa. —La miré, aún incrédula, pero con lágrimas en los ojos. Cuánto la había echado de menos.

—Eso sí. Puede que la Ana del pasado regrese en dos fines de semana —dijo, entregándome un sobre—. Despedida de soltera en Madrid. Está todo reservado, ahí tienes el billete. No aceptaré un no por respuesta.

Dejando unas monedas en la mesa para pagar las consumiciones, se esfumó.

☙

Vaya si volvió la Ana fiestera en aquel fin de semana de despedida de soltera. Justo cuando esperaba encontrármela en el aeropuerto rodeada de sus amigas de toda la vida y sus hermanas, descubrí que sus planes eran muy diferentes.

—No me mires así. Sí, nos vamos solas.

—¿Pero qué dices, loca?

—Te he echado tanto de menos que la única manera que me apetecía de celebrar esto era contigo, como en los viejos tiempos.

Llegamos a Madrid un viernes por la mañana e hicimos todo aquello que se espera de dos amigas que se van de viaje después de una larga temporada sin verse: compras, turismo, spa, cañas y tapas. El sábado, nos preparábamos para nuestra gran noche, la última como solteras —al final, habíamos consensuado que la despedida era doble, ya que yo no tardaría mucho en casarme con Gonzalo—.

La noche no decepcionó y, a las cinco de la madrugada, solo el insoportable dolor de pies —nos habíamos empeñado en estrenar los carísimos zapatos que habíamos comprado esa tarde— nos hacía plantearnos batirnos en retirada. Ana representaba a la perfección su papel de la Ana loca, y yo… bueno, yo simplemente seguía siendo la de siempre.

Decidimos sentarnos y pedir algo cuando el camarero apareció con dos whiskies solos, nuestra bebida de siempre en el campus de Vitoria.

—Están invitadas por el caballero del final de la barra.

Con las mandíbulas desencajadas por la sorpresa, vimos como Julio, nuestro Julio, alzaba su copa en un brindis imaginario hacia nosotras.

—¿Qué coño estás haciendo aquí? —le gritó Ana al oído mientras lo abrazaba. Allí estaba Julio, su compañero de correrías en la facultad, su novio postizo, como ella solía llamarlo, cuando yo me refugiaba en brazos de Gonzalo, y ellos quedaban el uno para el otro. Nunca llegué a enterarme del verdadero alcance que había tenido su relación.

—Os juro que no me puedo creer que estéis aquí. Dios, estáis radiantes.

—Muchas gracias, caballero. Lo creas o no, estamos de despedida de soltera.

—¡Carmen, felicidades! Así que ese *pringao* de Gonzalo al final te va a hacer sentar la cabeza, ¿no?

—Ay, Julio, Julio, qué equivocado estás.

—Joder, Carmen, ¿qué me dices? ¿Ya no estás con él?

—¡Sí! ¡Claro que estoy con él! Y de hecho nos vamos a casar pronto, pero no es de mí de quien estamos hablando. ¡Hay otra persona por aquí celebrando su despedida de soltera!

—¿Ana? —Los ojos casi transparentes de Julio se incendiaron, mientras Ana apenas era capaz de balbucear su respuesta. Sí, definitivamente, yo nunca había sabido cuál era el alcance de su relación.

—¡Sorpresa! —atajó ella.

Y con esa noticia tan sorprendente como mal comunicada, decidimos pasar el resto de la noche bebiendo y brindando por los viejos tiempos. Cuando Julio estaba ya en un nivel etílico preocupante, y tras lograr ambas sacar sus zarpas de nuestros culos (Ana se había convertido en una mujer decente, y yo debía cumplir la norma número uno, no repetir con el mismo amante), nos explicó que acababa de llegar de Tokio. La experiencia japonesa no le había gustado demasiado, y no estaba seguro de valer para trabajar a las órdenes de otros chefs. Parecía muy decidido a montar un restaurante por su cuenta, algo pequeño, no un gran proyecto. Aún no sabía en qué ciudad, estaba en Madrid solo de paso.

Desde el momento en que nos contó sus proyectos, ya no pude seguir pensando en divertirme. La cabeza empezó a funcionarme a cien mil revoluciones por minuto, y no fui capaz ni siquiera de dormir cuando llegamos a la habitación del hotel.

Así que me lancé. Conocía mejor que nadie el talento de Julio y sabía que era el mejor chef con el que podría soñar para mi proyecto del restaurante. A las doce de la mañana, no aguantaba ya ni un minuto más sin entrar en acción.

Dejé a Ana durmiendo y me lancé a la calle a coger un taxi. El móvil de Julio estaba apagado desde que lo habíamos dejado en su hotel la noche anterior, y necesitaba hacerle la gran propuesta antes de volver a casa. Por más que le insistí al recepcionista de su hotel, se negó a darme el número de su habitación, así que me arriesgué a dejarle un mensaje en recepción y cruzar los dedos para que el recepcionista se lo diera: «Te quiero para mi restaurante. Si de verdad te apetece, y la resaca te lo permite, te veo en la terminal 2 de Barajas, y lo hablamos. Mi vuelo sale a las 19.30, estaré allí desde las 17.30. Carmen».

Regresé a nuestro hotel y encontré a Ana acabando de empaquetar su maleta.

—¿Dónde te habías metido?

—Estaba en el hotel de Jul...

—¿Qué? ¿Te lo has tirado?

—No, no, no, nada que ver.

—¿En serio?

—Joder, claro que sí. Ana, quiero que Julio sea el chef de mi restaurante.

—Carmen, ¿tú crees que es buena idea? Ya sabes cómo es Julio, un día está aquí, otro día allá. Hace dos años parecía que lo único que deseaba en el mundo era irse a Japón, y mira ahora cómo habla de su experiencia allí.

—Ana, es el mejor. Y lo sabes.

—Sí, sí que lo es. Pero también es un tío complicado.

—Ana, ¿algún día me contarás qué pasó entre vosotros en Vitoria?

—Ay, ay, mi pequeña Carmen, por supuesto que no.

Entre sus risas y mi intriga, emprendimos camino al aeropuerto. Y allí estaba Julio. Tan guapo como en los tiempos universitarios, tan atractivo con solo una camiseta, unos pantalones vaqueros y unas zapatillas de deporte, tan... tan Julio. Se plantó delante de mí, dejó a sus pies una bolsa de deporte en la que yo apenas habría podido meter una décima parte de mi ropa —zapatos y bolsos aparte, por supuesto— y se sentenció en una sola frase.

—Sí, acepto. Acabo de comprar el billete. Nos vamos.

6

Tres semanas después de la llegada de Julio, el restaurante echó a andar. Con algunos permisos y licencias pendientes, pero ya formada la sociedad entre nosotros. Decidimos que Julio aportaría un tercio del capital, y Gonzalo y yo, los dos tercios restantes. Estábamos planeando nuestra boda para unos meses después, pero decidimos pasar por el juzgado a arreglar los papeles antes de cerrar la sociedad del restaurante para que nuestra parte fuera eso, nuestra, de los dos, del todo que formábamos juntos.

Empezamos la selección de personal para el negocio teniendo claro que necesitaríamos un ayudante de cocina para Julio y dos camareros, uno de ellos con la suficiente experiencia como para dirigir el trabajo del otro.

Fabio fue nuestro primer trabajador. Queríamos un jefe de sala con experiencia en el mundo de la hostelería, y él fue el primero al que entrevistamos. Ya no hizo falta conocer al resto de candidatos. Nos contó que había nacido en Argentina, pero que vivía en Gijón desde los catorce años, y siempre había trabajado en la hostelería. Alucinamos cuando supimos que solo tenía veinte años, pero suplía su falta de experiencia con un carisma que lo convertía en una persona especial. Con el tiempo, lo fuimos conociendo y descubrimos que su vida había estado mucho más llena de sombras que de luces. Su padre se había desentendido de su madre cuando esta se quedó embarazada a los quince años, y ella siempre descargó en cierto modo en él sus frustraciones. Desde que habían emigrado a España, apenas se veían, pese a compartir domicilio durante algunos años. Sabíamos de ella que trabajaba en algo extraño y, por una especie de pacto tácito, todos decidimos no averiguar mucho más. Fabio era alto, más incluso que Gonzalo, y tenía un físico tan espectacular, con su impresionante melena negra y sus enormes ojos color miel, que solo alguien con su personalidad podía hacer que apeteciera mirar más allá de eso. Bajo esa fachada, se escondía una mente privilegiada. Tanto que, pese a haber tenido que trabajar como camarero desde los quince años, nunca había dejado de estudiar, por las noches, los fines de semana o en cualquier circunstancia que se lo permitiera. Así, estudiaba Turismo en el poco tiempo libre que le dejaba el trabajo, soñando con poder algún día trabajar en cualquier lugar del mundo. Cualquiera que estuviera lo suficientemente lejos de su madre y sus circunstancias familiares.

Nuria fue una elección personal de Julio y nuestra primera gran discusión como socios. Después de entrevistar a diez o doce ayudantes de cocina, nadie acababa de gustarle, y yo sabía, porque lo conocía muy bien, que no quería compartir su genio creativo con nadie. Cuando llegamos al acuerdo de que yo aceptaría su elección siempre y cuando él aceptara que no podía trabajar solo, la primera persona entrevistada fue Nuria. Y con ella se quedó. Siempre he sospechado que influyó en igual medida la longitud de sus piernas que su talento para la cocina. Nuria fue desde el primer momento una persona complicada. Alternaba días de un humor fantástico con jornadas en que su carácter se podría describir, siendo muy generosos, como taciturno. Siempre fue muy críptica a la hora de dar información sobre sí misma, y, en parte, siempre tuvimos la impresión de que no tenía pasado.

El restaurante abrió al público un día de enero, con mucho todavía por aprender y con la vacante de camarero aún sin cubrir. Aquellas primeras jornadas fueron una locura fantástica. Coordinarlo todo, ese trabajo con el que llevaba soñando desde mi época en Londres, se convirtió en mi rutina diaria. Aunque nada más lejos de la rutina, en realidad. Un día servía mesas, otro día ayudaba en la cocina, me encargaba de la decoración, la confección del menú —junto a mi fiel escudero Julio—, la contabilidad, la promoción en diferentes medios de comunicación locales… Estaba viviendo mi sueño; más que viviéndolo, exprimiéndolo al máximo.

ദ

La camarera que necesitábamos llegó un día de abril. Estábamos cerrando el restaurante cuando entró una niña a preguntar si podía hablar con el jefe.

—Soy yo —le respondí—. ¿Ocurre algo?

—Buenas noches, señora, encantada de conocerla. Me preguntaba si el puesto de camarera que tienen ofertado en internet sigue disponible.

—Emmm… Sí, sí que lo está —respondí, sin entender si aquella niña habría salido a la calle a buscar trabajo para sus padres o qué era lo que estaba ocurriendo.

—Mi nombre es Eva Esteban, he trabajado como camarera otras veces, y me gustaría que me diera una oportunidad.

—Encantada, Eva, yo soy Carmen. Me tienes que perdonar que te haga esta pregunta, pero ¿cuántos años tienes?

—Suelen preguntármelo —sonrió ella— y me suele costar encontrar trabajo por mi aspecto. Acabo de cumplir dieciocho años, se lo puedo demostrar.

—No será necesario. ¿Por qué quieres trabajar aquí?

—Porque ser camarera es lo único que sé hacer y porque, sin mi sueldo, mis padres no pueden seguir pagando la hipoteca, y nos podemos ver en la calle.

—Eva… —dije, titubeante, para romper el incómodo silencio en que nos habíamos quedado todos.

—Lo comprendo, no he traído siquiera un currículum. Lo envié el otro día a través de la página web, pero ahora he entrado por un puro impulso.

—Empiezas mañana, a prueba —se adelantó Gonzalo, estrechándole la mano y dejándonos a todos atónitos—. Si lo haces bien, la semana que viene te hacemos el contrato definitivo.

Cuando salió del local, todos nos volvimos hacia Gonzalo, que se limitó a encogerse de hombros y decirnos:

—¿Es que soy el único que se ha enamorado de esa chica?

—Tú ten cuidado de quién te enamoras, chaval, o vamos a tener un problema —respondí yo entre risas, confiando en su instinto con las personas.

No se equivocó. Desde el primer minuto de su trabajo con nosotros, supimos que era la persona adecuada. Los clientes la adoraban, nunca tenía una mala cara para ellos y siempre intercedía cuando la tensión de los servicios creaba malos rollos entre el resto de nosotros. Eva fue, desde el primer momento, la luz del restaurante.

Gonzalo nos ayudaba en su tiempo libre con las cuentas del negocio, además de haberse prestado a pintar unos frescos en las paredes que atraían al local a más gente que la comida. A veces parecía que Gonzalo trabajaba en el restaurante, más que en la facultad. Yo no tenía queja por ello. Como solíamos decir Nuria y yo en los descansos que hacíamos para ir a fumar, había días en que Fabio, Julio y Gonzalo conspiraban para estar tan insultantemente guapos que era complicado concentrarse en el trabajo.

3

A la locura que vivíamos en el restaurante había que añadir los preparativos de mi boda con Gonzalo. O, mejor dicho, los *no* preparativos. Los dos nos sentíamos casados casi desde que éramos unos niños, y no acababa de apetecernos organizar algo demasiado complicado. Legalmente, estábamos casados desde que habíamos puesto en común la sociedad del restaurante, pero seguía apeteciéndonos celebrar nuestro amor ante nuestros pocos seres queridos. En aquel momento estábamos viviendo en mi antigua casa, un lugar en el que yo no acababa de sentirme cómoda, además de que no nos convencía la idea de vivir tan lejos del centro y del restaurante y pasarnos las horas en el coche. Así que a la locura del trabajo y de la boda, se unía también la búsqueda de apartamento.

Al final, decidimos fijar la fecha de la boda para el veinticuatro de junio, es decir, el día que yo cumplía veinticinco años. A ambos nos encantaban los simbolismos, el día de San Juan era nuestro día, igual que París era nuestra ciudad, y el jardín de sus padres nuestro hogar. Pese a que por momentos nos llegamos a plantear celebrar la boda en París, optamos por algo más sencillo y elegimos el jardín de su casa. Nuestros únicos invitados serían sus padres, Concha, Ana y su marido y nuestros cuatro compañeros del restaurante.

Parece increíble pensar el nivel de amistad que habíamos alcanzado con Fabio, Nuria y Eva en tan solo unos meses. Tanto Gonzalo como yo habíamos tenido siempre una muy buena relación con Julio, por lo que él era ya uno de nuestros mejores amigos, pero la amistad con los otros tres compañeros (siempre evitábamos usar la palabra *empleados*) fue un soplo de aire fresco en nuestras vidas. Gonzalo y yo nunca habíamos tenido un grupo de amigos sólido, con el que salir a cenar, a divertirnos o simplemente charlar. La diferencia de edad, los viajes por el mundo y nuestra propia relación habían hecho muy complicado que nos asentáramos con una pandilla. Pero, con la puesta en marcha del restaurante, todo empezó a cambiar. Fabio resultó ser un chico encantador, con el que era muy fácil divertirse y al que le gustaba la noche tanto como a nosotros. Fueron incontables las veces en que, al salir del restaurante después de una jornada maratoniana, nos íbamos a tomar la penúltima copa a algún antro que estuviera abierto entre semana. Nuria y Eva tardaron un poco más en integrarse —aunque en la primera semana de trabajo, Julio *integró* a Nuria rápidamente a su nómina de conquistas—, pero a los pocos meses ya éramos los seis como una gran familia. Instauramos la tradición de quedarnos los cinco en el restaurante después del cierre a tomar unas cervezas, o unas copas, y repasar lo que había sido la jornada, así como nuestras preocupaciones personales. Gonzalo se unía casi siempre a nosotros, y esas horas robadas al sueño se convirtieron en una tradición que forjó una gran amistad.

3

El día de nuestra boda amaneció soleado como pocas veces en Gijón. Desperté temprano, muy temprano, quizá porque ya no estaba acostumbrada a dormir sola, y esa noche Gonzalo se había puesto tradicional y había preferido no verme hasta que lo hiciera entrando en el jardín del brazo de su padre. Empecé a reflexionar sobre lo que habían sido nuestras vidas desde aquel día, hacía justo nueve años, en que habíamos pasado nuestra primera noche juntos. Dos años después me pedía que me casara con él y, siete años después de aquella increíble petición en París, el gran día había llegado. Habría seguido reflexionando de no ser porque Concha y Ana entraron como un tornado en mi dormitorio.

—¿Pero qué haces todavía en la cama, niña?

—Concha, déjame tranquila, tenemos tiempo de sobra. Faltan más de tres horas para la boda. Ana, ¿qué estás haciendo aquí? ¿Y en chándal?

—Tengo todo lo que necesitamos para arreglarnos. ¿Dónde está el vestido?

—En el armario. ¿Dónde quieres que esté? ¿En la nevera?

—Vamos, vamos, ¿a qué hora llega la peluquera?

—¿Qué peluquera?

—Habrás contratado a una peluquera, ¿no?

—¡No! Llevo arreglándome el pelo yo desde que tengo uso de razón, no necesito ninguna peluquera.

—Y, por eso, cuando querías estar guapa en la universidad, me pedías que te peinara yo, ¿verdad?

—Pues mira qué bien que estés aquí, así ya te encargas tú de todo.

—¡Dios mío! ¡Esas tres horas no me van a llegar a nada!

No pasé ni un solo momento de nervios aquella mañana. Sabía que me estaba casando con el hombre perfecto, que me quería con locura, y ni siquiera me preocupaba ir bien o mal peinada. Él se había enamorado de mí viéndome tirarme en bicicleta por caminos de tierra cuando tenía el pelo corto como un chico y aparato en los dientes. No creía que fuera a salir huyendo ahora solo porque mi peinado no estuviera a la altura de una boda.

Media hora antes de la ceremonia, estaba ya enfundada en el maravilloso vestido que Ana, Concha y la madre de Gonzalo habían elegido conmigo un par de meses antes. Maravilloso para mí, claro. Ana mantenía que parecía un vestido para ir a la playa, y Concha que enseñaba demasiada carne. Solo Rosa, mi maravillosa futura suegra, estaba encantada con mi elección. Un vestido blanco de tirantes finos, de estilo ibicenco, con solo unos bordados también en blanco como adorno.

Como había hecho caso a Ana y me había dejado crecer el pelo, renunciando así a mi habitual media melena, pudieron dejármelo suelto con unas ondas que, tras haber tomado mucho sol, dejaban ver reflejos claros.

Las tres lloraron al verme ya vestida, peinada y maquillada. Y yo me uní a ellas allí, en el viejo dormitorio de mi infancia, en el que tantas veces había llorado ausencias, a punto de dejarlo para convertirme en lo que siempre había sido en realidad: la mujer de Gonzalo.

Alfredo, mi suegro, apareció para relevar a su mujer, que debía acompañar a Gonzalo al falso altar. Falso, porque en realidad la boda no era más que una celebración en la que hablarían las personas más importantes de nuestras vidas, sin juez ni cura.

Entré a mi boda por la puerta que comunicaba los dos jardines. Todo el mundo había insistido en que saliera a la carretera e hiciera una entrada triunfal por el portón principal, pero yo me negué. Aquella pequeña puerta de malla verde había visto todas nuestras correrías juntos, todas las veces que uno corría a refugiarse a casa del otro, todas las veces que me escapaba del control de Concha para salir por la noche y que Gonzalo me encubriese. Además, estaba mucho más cerca del improvisado altar, y yo ya no aguantaba más sin ver a Gonzalo.

Siempre me resultó sorprendente la capacidad que tenía Gonzalo de hacer que algo me saltase dentro del estómago tantos años después. Es como si nunca la rutina hubiese hecho mella en nosotros, como si nunca dejásemos de estar enamorados como dos adolescentes. Cuando lo vi al lado de su madre, con su impecable traje negro, su camisa blanca y su corbata gris, creí que iba a desmayarme. Y cuando lo miré a los ojos, casi con la misma timidez de la niña que se había creído durante años invisible, y los vi húmedos de lágrimas de emoción no derramadas, me solté del brazo de su padre y corrí a abrazarlo. No sería la forma más tradicional de entrar a una boda, pero era la más nuestra.

Alfredo actuó como maestro de ceremonias y dio paso a los dos discursos que sirvieron como preámbulo a los votos. Primero Rosa, y a continuación Ana, nos dejaron a todos los presentes con un nudo en la garganta con su visión del amor y la amistad que había entre nosotros.

Gonzalo fue el primero en pronunciar sus votos:

> *Yo, Gonzalo, te tomo a ti, Carmen, como esposa. No te puedo prometer que la vida vaya a ser fácil, no te puedo prometer que no haya dificultades que nos hagan a veces desear tirar la toalla, no te puedo prometer el camino de rosas que pondría bajo tus pies si estuviera en mi mano hacerlo. Solo puedo prometerte que siempre me tendrás a tu lado, que no secaré tus lágrimas sino que lloraré contigo, que no te miraré a los ojos, sino que miraremos juntos en la misma dirección y que jamás dejará de darme un vuelco el corazón cuando te mire porque, enana, aún me pregunto qué lotería jugué para merecerme que te fijaras en mí. Te quiero.*

Las lágrimas se apoderaron de todas las mujeres allí presentes, y creí vislumbrar que también de algunos hombres. Era mi turno, había estado dos meses pensando en las palabras ideales para pronunciar en mis votos matrimoniales, algo que resumiera mi historia con Gonzalo. Había dado las últimas pinceladas al texto la noche anterior y tenía la sensación de haberlo hecho aún más recargado y artificial de lo que ya era. Después de la exhibición de sentimientos que había hecho Gonzalo, iba a quedar como una ñoña total. Así que rompí mis votos.

> *Yo, Carmen, te tomo a ti, Gonzalo, como esposo. Y te prometo seguir haciendo las locuras que a ti te gustan, como romper unos votos en los que llevo trabajando dos meses solo porque no los considero a la altura de los tuyos. Y es que no lo están. Has dicho justo lo que me habría gustado decir a mí y que en dos meses no se me ocurrió. Yo solo puedo prometerte seguir amándote como lo he hecho hasta el día de hoy, como la niña que te miraba desde la ventana de su cuarto, como la adolescente que salía corriendo al jardín cuando oía que llegaba tu moto o como la mujer que todavía no se cree haber tenido la suerte de enamorarte. Te quiero.*

Se hizo tal silencio cuando acabé de pronunciar mis votos que temí haber dicho una sarta de tonterías y que la gente estuviera pasando vergüenza ajena. Por suerte, el único invitado allí presente que no parecía haber caído en las redes de la emoción, Julio, se puso en pie y empezó a aplaudir y gritar bravos, a lo que le siguieron todos los demás. En ese momento, Gonzalo y yo nos besamos como si estuviéramos solos en el mundo y solo nos separamos cuando escuchamos a su padre decir al micrófono:

—Bueno, creo que puedo saltarme la parte de que puede besar a la novia, ¿no?

Y entre las risas de todos, dio comienzo una fiesta que no olvidaré jamás. Con el padre de Gonzalo y Concha dirigiendo una barbacoa, pronto empezamos a sustituir los vestidos de fiesta por los bañadores y acabamos todos tomando el sol y divirtiéndonos en la piscina.

Justo cuando creía que no podía ser más feliz, llegó el turno de los regalos. Concha nos regaló un cuadro con una foto enorme de Gonzalo y yo, con cinco y once años, tirados en el jardín de su casa con la cara manchada de barro. Ni el mejor estudio de fotografía del mundo podría haber conseguido una imagen que significara más para nosotros. Ana, su marido y nuestros amigos del restaurante se pusieron de acuerdo para regalarnos entre todos nuestro viaje de novios. Y acertaron de pleno con el destino. Pasaríamos diez días recorriendo las islas griegas en un velero —por supuesto, entre las habilidades de Gonzalo, también estaba saber gobernar un barco—. Cuando llegó el turno de los padres de Gonzalo, ambos nos quedamos sin habla. Su regalo, el regalo «para nuestros dos hijos», según sus propias palabras, era un apartamento a dos manzanas del restaurante. Cuando ya estábamos todos cogiendo las llaves de los coches para ir corriendo a verlo, nos dijeron que estaría listo a mediados de julio, justo para nuestro regreso de la luna de miel. En apenas unos meses, todos nuestros sueños se habían cumplido: Gonzalo era feliz con sus clases de arte en la universidad, el restaurante marchaba viento en popa, ya teníamos un lugar definitivo en el que vivir y acabábamos de casarnos. La vida estaba siendo extremadamente generosa con nosotros.

Cuando empezaba a anochecer, los padres de Gonzalo se retiraron con discreción, Concha se fue a casa todavía enjugándose las lágrimas de emoción y el marido de Ana se marchó a trabajar. Quedamos los otros siete, riéndonos, bailando y bebiendo más de la cuenta.

Sentados al borde de la piscina, con los pies remojados en el agua, empezamos a contarnos nuestras vidas, con la excusa de que Ana prácticamente acababa de conocer a Fabio, Eva y Nuria.

—Así que fuisteis los tres juntos a la universidad, ¿no? —preguntó Fabio a Ana.

—Sí, Julio y Carmen eran mis mejores amigos allí —dijo, con una sonrisa etílica que demostraba a las claras que había perdido ritmo en lo que a beber se refiere.

—¿Y nunca os enrollasteis ninguno? —intervino Nuria.

—¿Ninguno? La pregunta correcta es quién no se enrolló con quién en aquellos años —medió Julio con su peor sonrisa canalla.

—¿En serio? —La dulce e inocente Eva no daba crédito a lo que escuchaba.

—Sí… fueron años locos. Bueno, fuimos y somos gente loca. —Gonzalo tampoco parecía demasiado sobrio.

—¿Pero Carmen y tú no lleváis juntos toda la vida?

—Casi toda, sí. Pero siempre hemos tenido una relación liberal y no creemos demasiado en la monogamia.

—Madre mía, no me lo puedo creer. —Eva, su edad y su inocencia—. Yo, cuando encuentre al hombre adecuado, espero pasar el resto de mi vida con él y solo con él. No me gustaría acostarme con el primero que pasa; respeto a quien lo haga, pero no va conmigo.

—¿Nunca te has acostado con nadie? —preguntó Julio, en un tono que hizo que Ana y yo nos mirásemos con demasiado conocimiento de causa.

—No. No he tenido mucho tiempo ni he encontrado a alguien que me interesara —respondió Eva, ruborizada.

—Bueno, así que eres la única de las aquí presentes que no ha conocido la cama de Julio. ¡Enhorabuena! —exclamó Ana, ganándose que entre Gonzalo y Julio la lanzaran de cabeza a la piscina.

—¿Y qué va a pasar ahora con eso de la relación liberal? —preguntó Fabio. Todos sabíamos que, a excepción de Julio, ninguno de nuestros amigos acababa de comprender esa forma de vida que Gonzalo y yo habíamos desarrollado, aunque en los últimos tiempos ya solo en la teoría.

—Pasará… lo que tenga que pasar. —El alcohol y alguna otra sustancia de la noche habían dejado algo mermada mi locuacidad.

—Si nos apetece, seguiremos como hasta ahora. Si no, lo hablaremos. Lo hablamos todo, lo entendemos todo —dijo Gonzalo, aparentemente más fluido que yo.

—Es imposible que eso funcione —medió Eva.

—Lo que es imposible que funcione es que yo ate a Carmen a la pata de la cama. O que ella lo haga conmigo. Salvo si es para jugar un rato, claro. —Su mirada sugerente y la sutil pasada de lengua que realizó sobre sus labios hicieron que se me derritiera algo más abajo del corazón.

—Todo fluirá como deba hacerlo. Jamás me apetecerá pasar con otra persona una noche que podría pasar con él. Ni follando ni yendo al cine. Pero no sabemos lo que nos va a deparar la vida. Si el día de mañana él se va a vivir al otro lado del mundo, y yo no puedo seguirlo, preferiré que se acueste con todas las que le apetezca y me lo cuente, que la salida habitual de las parejas: engañarme y callárselo. —Parece que se había despertado de nuevo mi capacidad para explicarme.

—También puede no engañarte y sacrificarse. Para mí el amor es justo eso, saber que te puede apetecer acostarte con otra persona, pero que no lo haces porque estás enamorada de tu pareja —replicó Eva. Su aura inocente hacía que todos la adorásemos, aunque no compartiéramos sus visiones sobre la vida.

—Si hay que sacrificarse, no es amor —puso fin a la conversación Gonzalo, agarrándome por la cintura y cargándome sobre su hombro, a lo que yo respondí pateándolo entre las risas de los demás y las mías propias—. Y ahora, si me disculpáis, debo cumplir mis obligaciones maritales con esta mujer. Podéis quedaros el tiempo que queráis, preocupaos solo de recoger lo suficiente para que mañana mis padres no nos ingresen en un centro de desintoxicación a todos.

Y por supuesto, allí, a aquel lugar simbólico para nosotros que era la cabaña de la piscina, me llevó Gonzalo a pasar la noche de bodas.

3

—Tengo algunos regalos para ti —me dijo Gonzalo con una sonrisa infantil. Yo lo conocía y sabía que esa era su cara habitual cuando estaba nervioso.

—¿Ah, sí? —respondí ilusionada.

—Tres, para ser exactos.

—Joder, Gonzalo. Yo no te he comprado nada. Me siento fatal.

—Shhh… Tú eres mi mejor regalo. Déjame que te compense.

—Me ha gustado esa respuesta. ¡Venga! ¡Dámelos!

—No te los voy a dar. Los vas a descubrir tú. Levanta esa sábana y encontrarás el primero —me dijo, señalando algo al fondo de la cabaña.

Cuando aparté la sábana, comprendí eso que siempre me decía Gonzalo de que no es necesario entender nada de pintura para enamorarte de una obra. Y puede sonar muy narcisista decir que me enamoré de mi propia imagen pintada por Gonzalo. Nunca había posado para él —Gonzalo jamás había realizado retratos—, pero había captado mi imagen en una pose más natural de lo que habría sido jamás si hubiese sabido que él me estaba mirando con sus ojos de artista.

—Dios mío, Gonzalo. Esto es lo más bonito que he visto en toda mi vida.

—Claro que lo es. Eres tú. Pero apuesto a que dentro de unos minutos, para ti ya no lo será. Levanta aquella sábana de allí —me dijo señalando una caja en suelo, cubierta por otra tela, muy similar a la que tapaba el cuadro.

Gonzalo tenía razón. Allí sí estaba lo más bonito que había visto jamás. Desde que tenía uso de razón había adorado a los animales, pero Concha nunca me había permitido tener una mascota. Los padres de Gonzalo habían sufrido mucho con la muerte de su perro cuando Gonzalo era pequeño y tampoco habían querido nunca volver a tener animales en casa con los que encariñarse. Y los avatares de mi vida en los últimos años me habían impedido cumplir ese deseo

66

de la infancia. Ahora Gonzalo me regalaba un cachorro tan bonito y tan tierno que creí que el corazón me iba a explotar de felicidad.

Me daría vergüenza repetir todas las ñoñerías que le dirigí al cachorro, que seguía dormido, ahora ya entre mis brazos.

—Solo me tienes que prometer que no lo vas a querer más que a mí.

—Vas jodido en eso, chaval.

—Mierda, me he buscado la ruina yo solito.

—¿Cómo se llama?

—No tiene nombre aún. La cuñada de Ana lo encontró en un contenedor hace tres días, y ella me lo ofreció porque sabía que andaba buscando un perro para regalártelo.

—¿Cuánto hace que lo tienes?

—Dos días. Ha sido un caos ocultártelo, aunque el pobre no hace más que dormir. A ver, ¿le vas a poner nombre o qué?

—El creativo eres tú. A mí solo se me ocurre Sleepy[1], si de verdad duerme tanto.

—Tienes toda la razón. El creativo soy yo. Vaya desastre de nombre.

—¿Tienes alguna idea mejor?

—La verdad es que no, Sleepy será.

—Muchísimas gracias, no sé ni qué decir.

—Di que me das permiso para llevárselo a mis padres, que por cierto, nos odian por dejárselo durante la luna de miel. Y di que estás deseando ver el tercer regalo, que te va a dejar de piedra.

—Sí a todo eso. ¡Y pídeles perdón a tus padres!

Gonzalo regresó antes de que a mí me diese tiempo a echarlo de menos.

—Bueno, ¿y qué es esa cosa que tanto me va a sorprender?

—Vas a tener que retirar una tela más para encontrarlo.

—¿Ah, sí? —La voz ronca de Gonzalo me hizo adivinar a qué tela se refería.

—Bájame el bañador.

—Encantada.

---

[1] En inglés, «adormilado».

Cuando lo hice, pese a la pobre iluminación, vi a qué se refería.

—Pero, Gonzalo, ¡si tú odias los tatuajes!

—Odio los tuyos, porque ningún dibujo va a ser nunca más bonito que el trozo de piel tuya que tapan.

—Oh. Eso es precioso. ¿Es… es una luna?

—Sabes que no. Es una ce. Un día te dije que tú habías nacido bajo mi piel y nunca te habías ido de allí. Esta es mi forma de hacerlo real.

Con lágrimas en los ojos, me lancé en tromba contra su boca. Fue un beso ardiente, necesitado, fue sexo y amor. Y aún quedaba una sorpresa por aparecer. Esta vez era mi turno.

—Sácame el biquini. Yo también sé dar sorpresas. Y, definitivamente, no somos tradicionales en los regalos de boda.

—Dime que es lo que imagino.

Y con su lengua enredada en mi nuevo *piercing* en un pezón, introdujo dos dedos dentro de mí para dar inicio a nuestra noche de bodas en el mismo lugar donde todo había comenzado.

7

Ya de regreso de nuestra maravillosa luna de miel, e instalados en nuestro nuevo apartamento, la vida parecía fluir de manera espontánea y siempre encaminada hacia nuestra felicidad. Fueron años serenos, llenos de experiencias nuevas y de amor, de mucho amor. La gente nos urgía a tener hijos y, aunque esa experiencia empezaba a parecernos cada vez más apetecible, un cierto egoísmo interno nos impedía compartir nuestra vida con otro ser humano. Con el ser canino, que resultó ser el perro más bueno de la historia, íbamos servidos por el momento. Muchas veces mantuvimos conversaciones filosóficas de madrugada sobre cómo sería la vida si nos quedábamos para siempre los dos solos. Por muy apetecible que nos pareciese la idea, Gonzalo siempre zanjaba la conversación con un «sí, pero yo no pienso renunciar a tener una mini copia de ti rondando por la casa. O dos. O diez». Y yo, aunque le pegaba con la almohada como preámbulo a un embate amoroso, soñaba para mí con un pequeño Gonzalo revoloteando a nuestro alrededor. La decisión, en cualquier caso, se fue posponiendo unos años.

ᘓ

Poco después de nuestra boda, descubrimos que Eva ya no era la única invitada a aquel evento que no se había acostado con Julio. Un día que creían que me había ido ya a casa y que se quedaban ellos a cerrar el local, los descubrí al salir del almacén, hechos una maraña de miembros desnudos y besos encima del sofá del despacho. ¡Qué diferente mi sensación a aquella que había vivido años atrás cuando encontré a Julio con Ana! En esta ocasión, salí con discreción sin ser vista.

Al día siguiente, me enfrenté a Julio con un afán protector desconocido en mí, aprovechando que salimos juntos a fumar al patio del restaurante:

—Así que te estás tirando a Eva.

—¿Qué? ¿Cómo… cómo coño lo sabes?

—Pues porque ayer no me fui a casa tan temprano como creíais y estuve a punto de unirme a vosotros cuando os encontré, en plan fiesta universitaria.

—¿¿Nos viste??

—Sí, Julio, os vi. ¿A qué coño juegas? ¿No podías dejar tranquila a la última virgen de la ciudad?

—No es eso, Carmen, no hables de lo que no sabes.

—¿De lo que no sé? Vamos, Julito, no me jodas. ¿Te parece que no sé cómo te las gastas? No nos conocimos ayer. ¿Qué va a pasar con el restaurante cuando te canses de tirártela?

—Me importa una puta mierda el restaurante si eso llega a pasar. Y deja de decir que me la estoy tirando porque no tienes ni puta idea.

—¿Ah, no? Ilumíname.

—Estoy loco por ella, Carmen. Loco.

—¿Perdona? —Esa fue la única palabra que fui capaz de articular. Julio podía ser un canalla con las chicas, el tío más promiscuo que había conocido en mi vida, podía ser muchas cosas, pero jamás había sido un hipócrita.

—Lo que oyes, joder. Es ella, Carmen. Me retiro de la mala vida. Solo quiero estar con ella, estoy desquiciado. Pienso en ella todo el rato, no me llegan las horas que pasamos trabajando ni el tiempo que estamos juntos fuera de aquí. Querría cargármela al hombro y llevarla conmigo a todas partes.

—Dios mío. Pe…perdona lo que te dije antes. Yo… yo…

—Tú… tú… —se rio, imitándome— creías que estaba siendo el cabrón habitual. Siento que te hayas enterado así, no queríamos contárselo a nadie de momento, para no interferir en las cosas del restaurante. Pero le he pedido ya que se venga a vivir conmigo, así que pronto será oficial.

—Felicidades, Julio, de corazón. —Lo abracé—. Y no la jodas, anda.

—Gracias, Carmen. Y, por cierto, ni una palabra de esto a Eva. —Señaló el cigarrillo que estaba apagando—. Le he prometido que lo iba a dejar.

Aunque a todos, especialmente a Gonzalo y a mí, nos costó al principio creer el cambio de vida que se había obrado en Julio, lo cierto es que allí estaba, reformado y enamorado como un crío. Al fin y al cabo, algo similar había ocurrido con Ana. Mis dos compañeros de correrías universitarias se habían convertido en chicos serios y responsables, algo que yo sentía muy lejano, aunque desde fuera pudiera parecerlo.

Seguía gustándome más salir por la noche que quedarme en casa, coquetear con desconocidos, llegar a trabajar sin haber dormido por muy duro que se me hiciera el servicio y, aunque no me había vuelto a acostar con nadie que no fuera Gonzalo desde que nos habíamos casado, dentro de mí sentía que estaba muy alejada de la imagen que daba de empresaria responsable y tradicional.

8

Tres años después de abrir el restaurante, la vida decidió reírse de todos nosotros de la forma más cruel. Era un día de mayo cuando recibí la llamada que cambiaría para siempre la marcha del restaurante. Estábamos preparando el turno de cenas de un miércoles. El restaurante había adquirido ya una fama consolidada en nuestra ciudad, y con cierta frecuencia venían también a visitarnos personas de otras localidades que habían oído hablar de nosotros en reseñas en internet o en medios de comunicación. Aun así, sabíamos que los turnos de cena de martes a jueves solían ser más flojos en ocupación, por lo que no nos importó que Eva se cogiera la noche libre, ya que se encontraba enferma.

Hacía varios días que Eva y Julio estaban muy raros. Todos nos habíamos dado cuenta, y el fantasma de una ruptura entre ellos amenazaba con desequilibrar el fantástico ambiente que vivíamos siempre que Nuria no interfería con sus cambios de humor. Y aun si esto ocurría, era Eva quien sabía calmarla. Se habían convertido en grandes amigas, pese a que desde fuera no comprendíamos como dos personas tan diferentes podían quererse tanto.

Ya habíamos vivido algo así el año anterior, cuando Fabio y Nuria tuvieron una tormentosa ruptura. Habían mantenido su relación en secreto, por lo que nunca fuimos partícipes de sus días de vino y rosas, pero lo fuimos en exceso de su desastre emocional. Lo que para Fabio habían sido una serie de encuentros solo de carácter sexual con Nuria, para ella había sido su gran historia de amor, por lo que, en el momento en que se rompió y Fabio volvió a su habitual peregrinaje de cama en cama, Nuria se quedó destrozada. Fue Gonzalo, poco dado a intervenir en los asuntos del restaurante, quien les planteó el ultimátum de que, o su relación se convertía en cordial, o tendrían que marcharse. Los dos. En aquella tirante reunión en la que todos estábamos presentes, se podía cortar la tensión con un cuchillo. A ninguno nos importaba demasiado Nuria, aunque sabíamos que se coordinaba bien con Julio en la cocina, y sería complicado encontrar a alguien con quien él se sintiera cómodo trabajando. Pero, si perdíamos a Fabio, el equilibrio del restaurante quedaría roto. Eva y él atraían a los clientes como imanes. Todo el mundo los quería, él era encantador, e incluso llegaron a nuestros oídos rumores de que nuestro restaurante se había puesto de moda para celebrar cenas de chicas por el atractivo físico de Fabio. A mí me parecía injusto que todo el mundo se quedara siempre en la capa superficial de Fabio, ya que si algo era, por encima de guapo, era eficiente y comprometido con sus funciones. Al final, ambos decidieron darse la oportunidad de convivir con cordialidad en horas de trabajo. Al fin y al cabo, con ella encerrada en la cocina, y él en el comedor, no se veían demasiado.

ဇ

Colgué el teléfono en estado de *shock* y miré hacia mis compañeros. Algo debían de haber deducido de mi tono de voz, porque encontré las miradas de Gonzalo, Julio, Fabio y Nuria clavadas en mí:

—Nos han concedido una estrella Michelin.

Nadie se lo esperaba, ni siquiera habíamos oído rumores de que estuviéramos entre los candidatos. Brindamos con champán, nos abrazamos y fijamos una reunión para el día siguiente para hablar de las decisiones que tomaríamos a partir de entonces.

Quizá ya en ese momento sospeché que algo iba mal, muy mal. Julio, que siempre había puesto su carrera profesional por encima de cualquier otra cosa, brindó y sonrió como todos, pero yo sabía que esa sonrisa no era real. Yo lo conocía, me imaginaba una reacción alocada, espontánea, una reacción propia de Julio. Y cuando me aclaré la voz de la emoción para decir que, aunque ese reconocimiento era mérito de todos, para mí el verdadero responsable del éxito era él, no quiso seguir escuchando y se marchó a casa.

A la mañana siguiente, nos reunimos Gonzalo, Julio y yo como propietarios del negocio. No nos gustaba hacerlo sin el resto del personal, pero en esta ocasión, las decisiones eran tan serias que creímos necesario hablar a solas. Por suerte, los tres coincidíamos en la línea de actuación que queríamos seguir tras la concesión de la estrella Michelin: no ampliaríamos el negocio, no subiríamos los precios, no contrataríamos nuevo personal. Si la fórmula con la que llevábamos tres años trabajando había funcionado hasta el punto de hacer realidad el sueño de cualquier cocinero, no sería inteligente cambiar ni un ápice. Todos ganábamos el suficiente dinero como para vivir con comodidad y no dejaríamos que nada lo estropeara.

Pero se estropeó.

Terminada la reunión, Julio no pudo aguantar más y se derrumbó entre sollozos en el sofá del despacho:

—Dios mío, Julio, me estás asustando, ¿qué es lo que ocurre?

—Eva... Es Eva... —Me avergüenza reconocer que no se me pasó por la cabeza otra opción que pensar que Julio había vuelto a ser el de siempre y había estropeado, con su tendencia a mojar sábanas ajenas, aquella relación que era la pura imagen del amor.

—¿Qué pasa? —atajó Gonzalo antes de que yo metiera la pata.

—Está enferma, muy enferma. Tiene... tiene cáncer de mama y... nadie... nadie sabe si va a salir de esta.

—Dios mío.

Eva, con solo veintiún años. Eva, la niña tímida y dulce que había empezado a trabajar con nosotros apenas cumplida la mayoría de edad. Precisamente a Eva, la que nunca fumaba, la que se enfadaba con nosotros si nos emborrachábamos y no quería ni oír hablar de drogas. A Eva le decían que podía morirse en los próximos seis meses. De entrada, en menos de una semana la someterían a una mastectomía. La vida, de repente, era un poco más gris.

3

Eva estuvo seis meses de baja y se reincorporó al restaurante con una gran fiesta de bienvenida. Durante aquellos seis meses, yo había ocupado su puesto en la sala y, casi de milagro, el restaurante seguía funcionando. Fabio me ayudó en todo lo posible, y sé que todos me hicieron el trabajo más fácil porque ninguno queríamos que entrara alguien nuevo a sustituir a Eva. Para nosotros, Eva seguía estando presente.

Todas las noches, al cerrar, alguno de nosotros acompañaba a Julio a la casa que llevaban unos meses compartiendo, para visitarla. Nunca tuvo impedimento en que la viéramos, ni siquiera cuando estaba hinchada por los medicamentos o cuando perdió todo su precioso pelo negro. El estoicismo que demostraba Eva era un ejemplo para todos nosotros. Incluso Gonzalo, que pasaba con ella muchas horas por las tardes mientras nosotros trabajábamos en el restaurante, decía estar fascinado por aquella *niña*, trece años menor que él, que le daba cada día una nueva lección de vida.

El día que regresó al trabajo, todos nos sentimos como en ese día de primavera en que después de meses de lluvias sale por primera vez el sol. Reímos, cantamos y le entregamos nuestro pequeño regalo: un libro con todos los mensajes que a lo largo de aquellos meses nos habían dejado nuestros clientes interesándose por ella. Acabamos todos llorando cuando Julio se arrodilló delante de todos nosotros y le pidió que se casara con él.

Al año siguiente, con la fecha de boda ya fijada, Eva sufrió otra recaída y tuvo que someterse a una segunda operación. La boda se pospuso, y ella se recuperó en apenas un par de meses, pero su carácter empezó a resentirse, a ser más gris. Todos esperábamos que el tiempo le devolviera la alegría que nunca mereció perder.

9

Carmen, Carmen, despierta. Ha pasado algo. —Me despertó Gonzalo una mañana de marzo.

—¿Qué ocurre? —Su tono de alarma me hizo saber que algo iba mal—. ¿Es Eva?

—No, no, no es Eva. Es Concha.

—Dios mío.

ʚ

Concha había vuelto a su pueblo después de que Gonzalo y yo nos casáramos. Decía que ya no pintaba nada en lo que había sido la casa de mi infancia y que ella no quería ser un impedimento para que la vendiéramos. Yo solo quería irme a nuestro nuevo apartamento, no tenía especial interés en vender la casa, aunque el dinero nos vendría muy bien para liquidar el préstamo que habíamos pedido para montar el restaurante.

—¿Qué pinto yo con ochenta años en una casa tan grande, niña?

—No lo sé, Concha, también puedes venirte a vivir con nosotros.

—¡Ay, no! Eso sí que no. Vosotros tenéis que vivir solos. Bueno, con el *chuchín* ese que os habéis buscado.

—Vamos, Concha, todos sabemos que adoras a Sleepy y que le das comida cuando no te vemos. Y también sabemos que tienes algo más de ochenta años —intervino Gonzalo, guiñándole un ojo y provocando que Concha pusiera esa mirada de adoración que solo él le despertaba. Es muy probable que Concha fuera la única persona más enamorada de Gonzalo que yo.

—Adorar, adorar… Alimento al pobre perrillo porque lo vais a matar de hambre con esas bolas de pienso.

—Bueno, ¿entonces qué? ¿Te vienes a vivir con nosotros o te quedas aquí?

—He hablado con mi hermana y me voy con ella al pueblo.

—No, Concha, no. Hace treinta años que no vives allí, no quieres irte al pueblo —intervine yo, negándome a tenerla lejos.

—Sí que quiero, mi niña. Mi trabajo aquí ha terminado. Yo solo quería verte feliz y asentada y ya lo he conseguido —dijo, mirándonos con lágrimas en los ojos.

—Te voy a echar muchísimo de menos —sollocé, abrazándola.

—Te *vamos* a echar muchísimo de menos. —Se nos unió Gonzalo, enfatizando el plural. Al fin y al cabo, para él, que no había conocido a sus abuelos, Concha era un miembro más de su familia.

Después de dejar a Concha bien instalada en la casa de su hermana en el pueblo, regresamos a Gijón llenos de nostalgia. Sabíamos que allí estaría mejor que en la enorme casa que había sido de mis padres y también que su ausencia liberaría a los padres de Gonzalo de bastantes responsabilidades, ya que eran ellos quienes la subían y bajaban a la ciudad siempre que ella lo necesitaba. Pero la íbamos a echar mucho de menos.

Inauguramos entonces la tradición de ir al pueblo de Concha cada tres o cuatro fines de semana. Y nos la traíamos con nosotros cuando teníamos vacaciones a pasear por Gijón y ver a sus antiguas amistades.

G

Aquella mañana, la cara de Gonzalo no dejaba entrever nada bueno.

—Me acaba de llamar la hermana de Concha. Dice que tuvo que arrastrarla al médico la semana pasada, porque llevaba tiempo quejándose de dolores, pero no quería molestar. El médico ha sido lapidario. Se está muriendo, Carmen.

—¿Qué podemos hacer? —Decidí ahogar el dolor inmenso que sentía en la búsqueda de soluciones prácticas.

—Nada, cielo. Nada. Tiene ochenta y siete años. No le queda mucho tiempo, solo le han dado medicación para los dolores y la han mandado para casa.

—Vámonos al pueblo.

Tardé cuatro meses en regresar. Los cuatro meses que tardó Concha en irse de mi lado. Abandoné por completo mi trabajo en el restaurante y nunca les agradeceré lo suficiente a Fabio, Eva, Nuria y Julio que se hicieran cargo de todo para que yo no tuviera nada de qué preocuparme. Me llevé lo más imprescindible en una maleta, metí a Sleepy en el coche y me fui para allá. Gonzalo consiguió mover algunas clases para tener libres los viernes y las mañanas de los lunes y pasaba con nosotras la mitad de la semana.

Fueron meses de dolor, viendo extinguirse a la única madre que había tenido en mi vida, pero también de mucha ternura. Concha se encontraba más o menos bien. Aunque la medicación hacía que durmiera muchas horas al día, al menos las que pasaba despierta, estaba lúcida y sin dolores. Como si quisiera regalarme los datos que no acababan de cuadrar en mi autobiografía, dedicó muchas horas a contarme cosas de mi familia.

Así descubrí que mi madre había sido una joven bellísima, aunque muy insegura, que dejó el pueblo para vivir en Baleares en los años setenta. Pasó una temporada en Ibiza y acabó asentándose en Mallorca. Una vez al año, volvía al pueblo y les contaba a todos sus muchos éxitos allí. A todos excepto a Concha, con quien se derrumbaba porque no encontraba a un hombre que la quisiera de forma sincera. Hasta que conoció a mi padre. Concha no quería hablarme demasiado de él porque no le parecía ético criticarlo delante de mí. Pero yo sabía que ella lo odiaba. Un día, conseguí que me confesara que mi padre nunca quiso en realidad tenerme, que él ya tenía seis hijos de anteriores matrimonios en Estados Unidos y que quería vivir la vida sin nuevas preocupaciones. Y supongo que así fue como mi madre eligió que yo no me convirtiera nunca más en una preocupación.

Muchas veces lloramos juntas, Concha por la madre que yo no había tenido, y yo por la madre que estaba perdiendo. Cuando Gonzalo estaba con nosotras, tratábamos de divertirla con las cosas que siempre le habían gustado: una partida de cartas, una telenovela o un paseo con Sleepy. Porque, al final, Concha había claudicado y adoraba a ese pequeño animal. Y él a ella, por supuesto.

Yo pasaba tantas noches con ella en la cama que al final acabé instalándome en su habitación las noches que Gonzalo no estaba. Dormíamos las dos juntas, como cuando yo era pequeña y tenía pesadillas, con Sleepy a los pies de nuestra cama.

☾

Una noche, cuando el ocaso de Concha ya era demasiado evidente, quiso hablar conmigo.

—Niña, deja de sonreír y de fingir que no me estoy muriendo.

—Concha, por favor, tú nos vas a enterrar a todos. No digas tonterías.

—Y tú no me tomes por tonta, niña, que te he visto comerte los mocos. —Sonreí cuando oí despertar su carácter habitual—. Sé que me muero, las personas sabemos eso cuando va a ocurrir. Y quiero hablarte.

—¿De qué, Concha? ¿Qué nos queda por decirnos? —Lloré, sabiendo que ya de nada servía fingir.

—De ti, mi niña, y de mí. ¿Sabes? Cuando tu madre me llamó para que te cuidara, yo tenía casi sesenta años. Era una solterona, y lo único que me quedaba aquí en el pueblo era vivir de la generosidad de mi hermana y mi cuñado y cuidar a sus nietos. No te creas que tú eres tan distinta a mí, a mí también me ha gustado siempre la aventura, aunque en mis tiempos era imposible hacer las cosas que hiciste tú después. Y, para mí, irme a Gijón a vivir con vosotros era una aventura. Por eso acepté.

80

—Y gracias a Dios que lo hiciste.

—Acepté por vivir una aventura, pero me quedé por ti. Eras la niña más bonita del mundo, y tus padres no parecían darse cuenta. Yo no me puedo ir de este mundo, Carmen, sin que sepas que criarte y verte crecer compensó con creces no haber formado mi propia familia. Yo no sé si para ti yo soy como una madre o como una abuela, pero te puedo asegurar que tú siempre serás mi hija.

—Concha, por favor... —sollocé, hecha un mar de lágrimas—. Por supuesto que eres mi madre.

—Y no sabes lo feliz que me hace verte convertida en una mujer, con tu trabajo y con Gonzalo. ¡Ay! Cómo sabía que ese niño iba a ser para ti. Desde que erais pequeños, estabais todo el día juntos. Quiero que sepas que me voy tranquila, sabiendo que él te va a cuidar toda la vida.

—Gonzalo te quiere muchísimo, Concha. Llegará dentro de un rato a verte.

—Ya lo sé, ya lo sé. Y dile que le he perdonado todas las cosas que te hizo en aquella cabaña del jardín.

—¡Concha!

—Hablo de que te dejara fumar y te encubriera cuando te escapabas para salir por la noche. Si hacíais algo más, ¡no quiero saberlo!

—Concha, ¿qué vamos a hacer sin ti? —Hipé, llorando, desgarrada, deseando detener el tiempo.

—Pues vivir y ser muy felices. Y tú, ahora mismo, levantarte y prepararme esa tarta de fresas que te enseñé yo y que ahora haces mucho mejor que tu maestra. Yo descansaré un poco mientras tanto.

—A sus órdenes.

Preparé aquella tarta como no lo habría hecho ni en mi examen final en la universidad. Estaba dejándola enfriar un poco cuando oí llegar el coche de Gonzalo.

—¿Cómo está?

—Mal, muy mal. Pero lúcida y exigente. Me ha hecho prepararle la tarta de fresas.

—Voy a verla.

Corté unos pedazos de tarta y preparé unos vasos de leche. Cuando llegué a la habitación, Gonzalo estaba sentado al lado de Concha, con Sleepy en sus rodillas, lamiéndole una mano.

—Está dormida. Déjala descansar un poco más.

—Estoy despierta, niño. ¿Está esa tarta o qué?

Nos reímos y compartimos la tarta los tres. Bueno, los cuatro, que Sleepy no pensaba ceder su porción a nadie. Cuando el sueño empezó a vencernos, ya entrada la madrugada, le pregunté a Gonzalo si le importaba que durmiera esa noche con Concha. Él decidió quedarse en el sillón.

Apenas había empezado a clarear el día cuando Gonzalo me despertó, agarrándome las manos y con los ojos brillantes por las lágrimas.

—Se ha ido, Carmen. Se ha ido.

3

Enterramos a Concha en el cementerio de su pueblo. En su esquela decía «Sus hijos, Carmen y Gonzalo».

10

Un año después de la muerte de Concha, llegaba mi treinta cumpleaños. Y nuestro quinto aniversario de boda. Todo había sido tan perfecto en esos años que a veces me daba miedo respirar y romper el equilibrio de fuerzas que había hecho que pudiéramos vivir de una forma tan plácida y feliz. Habíamos pasado momentos muy duros, sí, pero los habíamos pasado juntos, y eso era lo único que importaba.

Desde hacía algunos meses, estábamos intentando ser padres, darle ese nuevo sentido a nuestra relación. Gonzalo tenía treinta y seis años, y su reloj biológico parecía ser más ruidoso que el mío. Había llegado a un punto en que casi estaba obsesionado con tener, como decía él, «una pequeña Carmen, que sea igual a ti en todo». Yo sabía que si era un pequeño Gonzalo tampoco se sentiría decepcionado.

En el restaurante habíamos vivido todo tipo de emociones. Nos habían concedido la estrella Michelin por tercer año consecutivo, y seguíamos con el planteamiento inicial. Mismos empleados, mismo local. Las únicas innovaciones venían en la carta, que cambiábamos ahora cada mes, lo cual nos hacía redoblar esfuerzos, sobre todo a Julio y a mí.

3

Salí del lavabo dando un portazo, pese a que aún quedaban dos clientes en una mesa apartada. Fabio y Gonzalo, que estaban en aquel momento tratando de cuadrar unas cuentas que se habían complicado, cruzaron una mirada entre ellos y luego me miraron a mí.

—¿Qué? ¿No puede alguien tener secretos en este restaurante? —grité, como si ellos fueran los culpables de mis problemas.

—¿Qué ocurre, enana?

—Me ha venido la regla, eso ocurre. —Y sollozando, fui a refugiarme en la cocina, donde Julio me había preparado una *panna cotta* de frutos rojos, mi plato favorito, al cual, ese día, no pude ni siquiera dar un bocado.

Más tarde, en la tranquilidad de nuestro apartamento, Gonzalo trataba de convencerme de que nos hiciéramos unas pruebas de fertilidad. Yo no quería oficializar el problema, quería meterlo debajo de la alfombra y pensar que no había nada ahí fuera (o, mejor dicho, aquí dentro) que nos pudiera impedir cumplir nuestro sueño.

Achacaba el hecho de no haberme quedado todavía embarazada a todo el estrés que vivíamos en el restaurante y a la obsesión que en los últimos tiempos tenía Gonzalo con el tema, que nos presionaba y nos había impedido, por primera vez en nuestras vidas, disfrutar del sexo como siempre lo habíamos hecho.

3

—No me apetece hacerlo ahora, Carmen, déjame ir a dormir —me dijo un día en que salí antes del trabajo para darle una sorpresa.

—¿No te apetece? ¡Milagro! Debe de ser la primera vez que te oigo decir algo así.

—Déjate de bromas. Estoy cansado, llevo una semana de mierda y no puedo más.

—Eh, ¿una semana de mierda? ¿Y por qué no me lo has contado?

—Joder, porque no me apetecía hablar de ello. Me estoy quedando oxidado, Carmen. Hay cincuenta chavales en la facultad que tienen más talento que yo.

—Seguro que sí —dije irónica.

—Vamos a ver, llevo años sin formarme, sin viajar. Tengo exactamente el mismo talento que hace diez años, no he evolucionado nada. Vendo cuadros porque mi nombre aún suena y me he acomodado.

—Bueno, pues habrá que hacer algo por cambiarlo, si eso es lo que quieres.

—¿Y qué voy a hacer? Tengo que encargarme del perro mientras tú no estás, tengo que llevar las cuentas del negocio, si vamos a ser padres no pienso desaparecer un año para hacer una exposición en otro lugar… Ya está, es asumirlo, no soy un artista, soy un profesor.

—No digas eso —dije, abrazándolo—. Tú siempre serás un artista. Y todo se puede reformular, Gonzalo. Podemos organizarnos mejor los horarios con el perro, de las cuentas del negocio ya me puedo encargar yo sola. Y si te tienes que ir una temporada, pospongamos lo del bebé, y te juro que te echaré muchísimo de menos, pero haremos por vernos. Siempre lo conseguimos, ¿no?

—A veces me toca muchísimo los cojones tu optimismo desbordante —dijo, encendiéndose un cigarrillo.

—Joder, Gonzalo, ¿se puede saber qué te pasa? No creo que me merezca ese comentario. ¿Y se puede saber cuándo has vuelto a fumar?

—No, no te lo mereces, perdona. Es solo que yo no lo veo todo tan bonito como tú. Quiero mi reputación y ya no la tengo, quiero un hijo y no viene, quiero dar un paso más en mi vida, joder, tengo treinta y seis años y siento que no hago nada productivo desde hace diez. Y encima, sí, he vuelto a fumar, aunque me convenzo de que solo me fumo uno de vez en cuando.

—Vámonos a la cama, anda. Siempre he encontrado la manera de animarte, ¿verdad? —dije, ronroneante.

—De verdad, Carmen, no me apetece. Ni siquiera estás ovulando, ¿no?

—Joder, Gonzalo. ¿En eso se va a convertir lo nuestro? ¿Es que ya solo vamos a follar para tener un crío? ¡Estoy harta de esta mierda!

—¿Estás harta? ¡Pues hagámonos las putas pruebas! Quiero un hijo, joder, ¿qué es lo que no entiendes?

—No entiendo que ahora te apetezca más tener un hijo que ser feliz conmigo. Ya no lo hacemos nunca, solo si estoy ovulando. Un misionero rápido y que ponga las piernas para arriba para facilitar la fecundación. ¿Tú lo ves normal?

—¡Tú lo comentaste! Tú y las mierdas que lees en internet.

—¡Vete a tomar por el culo!

Lloré durante horas. No era la primera vez que lloraba en nuestra relación, no era la primera discusión, pero, no sé por qué, sentía que aquella era la primera vez que algo se rompía entre nosotros. Se empezaba a debilitar el equilibrio de felicidad que había presidido nuestras vidas hasta entonces.

ဒ

—Perdóname, mi amor, lo siento muchísimo, soy un puto imbécil. —Me despertó Gonzalo a la mañana siguiente, con mi bandeja del desayuno y unas flores que a saber de dónde había sacado.

—Te perdono si me dejas dormir un poco más —remoloneé, aún con voz pastosa.

—No. —Su tono inflexible y su voz ronca me hicieron abrir los ojos de golpe—. Ayer me porté como un gilipollas. ¿Crees que aún tengo derecho a lo que me ofrecías anoche?

—Si te dijera que no, ¿serviría de algo?

—No. No pienso dejarte escapar.

Hicimos el amor durante horas. No nos dimos tregua en aquella mañana soleada de otoño en que nos entregamos el uno al otro sin pensar en ovulaciones, talentos, estreses ni crisis.

—Hagámonos las pruebas —dije en alto cuando recuperé el aliento. Compartimos un cigarrillo en la cama, como cuando éramos unos adolescentes, antes de que Gonzalo dejara de fumar uno de los años que pasó en Estados Unidos.

—No es necesario, de verdad. Dejemos que fluyan las cosas.

—No, Gonzalo, tienes razón. Hace más de un año que lo estamos intentando, y nada funciona. Afrontémoslo.

—Está bien. Mejor asegurarnos, aunque seguro que no hay nada de qué preocuparse.

G

Pero lo había. Dos semanas después, mi ginecólogo fue implacable:

—Carmen, en principio, el semen de Gonzalo parece estar bien, aunque he enviado las pruebas a Barcelona para un análisis más en profundidad. Pero tú no. Tienes una trompa obstruida y la otra por el camino. No es imposible que concibas un hijo, pero sí muy difícil.

El jarro de agua fría fue instantáneo. Salí de la consulta sin poder apenas hablar. Sobra el *apenas*. No podía hablar. Gonzalo me cuidó como solo él sabe hacerlo. Me obligó a cenar, me metió en la cama, me arropó, me abrazó y me regaló el silencio que yo necesitaba para tragar la noticia. Solo unos segundos antes de dormir (me confesó unos días más tarde que había deslizado un pequeño somnífero en mi vaso de leche), habló.

—Hay mil opciones, mil, y todas a nuestro alcance. Esto no va a ser ni siquiera un revés. Te quiero.

Con esas palabras y su arrullo tranquilizador, todo fue más sencillo de asimilar.

11

El año siguiente empezó con la noticia de que un canal temático de cocina quería entrevistarnos a Julio y a mí como cabezas visibles del restaurante *de moda*, según sus propias palabras. La noticia no dejaba ni de hacernos ilusión ni de ponernos nerviosos. Nos cogía en plena resaca de las celebraciones navideñas, que en nuestra ciudad tenían una gran tradición de familias yendo a comer fuera, y teníamos las reservas completas desde hacía semanas. Y la entrevista era en Madrid. Pero, claro, todos coincidimos en que era una gran oportunidad para seguir dándonos a conocer y trabajando en nuevos campos. Yo llevaba un tiempo obsesionada con escribir un libro de cocina con nuestras recetas más célebres, y ese proyecto empezaba a tomar forma. Una información que dejaríamos caer con sutileza, trescientas veces, durante la entrevista.

Así que aquel día de enero nos encaminamos al aeropuerto con la ilusión de unos niños. Aunque solo viajábamos Julio y yo, todos los demás se empeñaron en acompañarnos hasta la misma puerta de embarque. Era increíble cómo, después de seis años, seguíamos conservando la misma ilusión por nuestro trabajo que el primer día. Gonzalo nos había reservado dos habitaciones en el Hotel Palace, el mismo en cuyos salones se iba a grabar el programa y, aunque se salía bastante de nuestro presupuesto inicial, nos hizo ilusión conocer uno de los lugares más emblemáticos de la ciudad.

Yo me moría de ganas de que Gonzalo nos acompañara, aprovechando el parón de clases que había en la facultad en época de exámenes, pero él llevaba una temporada taciturno y prefirió excusarse en quedarse al frente del restaurante. En realidad no llevaba una temporada taciturno, llevaba así desde el día en que descubrimos que no podríamos ser padres de manera natural. Pese a que me había tranquilizado a mí, y que yo había logrado no pensar en ello más que en algunas búsquedas ocasionales en Google sobre adopción y otros métodos para tener un hijo, él no había conseguido sacarse de la cabeza el tema. Por primera vez, notábamos que Gonzalo era mayor que todos nosotros. Para él, camino de los treinta y siete años, tener un hijo era una cuestión vital a esas alturas.

Las Navidades habían sido agridulces. Las pasamos en casa de sus padres, como siempre, pero ninguno de los dos nos sacábamos de la cabeza las veces que habíamos comentado el año anterior que aquellas serían las últimas vacaciones sin un bebé alegrándonos la vida. No habíamos hablado con su familia sobre la situación por la que estábamos pasando, por lo que sus padres insistieron en todas las celebraciones en que estábamos tardando mucho en hacerlos abuelos. Si en algún momento fueron conscientes de que ya no reíamos como antes, ni nos apetecía ir a festejar la Nochevieja con nuestros amigos, callaron con discreción.

3

Con el fantasma de nuestros problemas reproductivos rondando sobre mí, me encaminé a Madrid a aquella entrevista. En el vuelo, Julio, que siempre me había parecido un tanto superficial a pesar de ser un genio en lo profesional, me sorprendió con unas reflexiones muy inteligentes sobre nuestro pasado y nuestro futuro, sobre el sueño hecho realidad que suponía estar allí, a punto de ser entrevistados para el programa estrella del canal gastronómico más importante de nuestro país.

—Quién nos iba a decir esto en la facultad, tía. ¿No te parece increíble?

—Es que es increíble, joder. Estoy con un subidón que no te lo puedes imaginar.

—Pues cómo engañas. Habría jurado que llevabas una temporada de bajón.

—Ah, es que llevo una temporada de bajón. No me digas que eres el único del restaurante que no se ha enterado de que no puedo tener hijos.

—No, sí que lo sabía, me lo comentó Eva. Se me dan fatal estas cosas, ya lo sabes, pero bueno… lo siento.

—Gracias, *Jul*. Está siendo jodido, para qué engañarnos. Sobre todo para Gonzalo.

—¿Por eso es un subidón largarte dos días a Madrid?

—No, joder. Es un subidón volver a ser una empresaria de éxito, que llevo meses sintiéndome como un simple recipiente de semen y óvulos.

—¡Ay! Sí que me ha cambiado la vida. Hace unos años me habría puesto cachondo ante la sola mención del semen.

Le di un puñetazo en el hombro entre risas y me dispuse a dormir un rato antes de aterrizar.

Llegamos a Madrid casi de madrugada y, dado que a las diez de la mañana comenzaba la grabación, nos fuimos raudos a nuestras habitaciones sin apenas cenar. Yo soñaba con estar radiante ante las cámaras. O, más que soñaba, lo necesitaba. Iba a salir en pantalla al lado de un hombre que solo necesitaba guiñar un ojo para conquistar a cualquier hombre o mujer en cuarenta kilómetros a la redonda.

Amanecí temprano y dediqué dos horas a mi cuidado personal. Me alisé el pelo con cuidado, me apliqué todas las mascarillas que había podido meter en mi exiguo equipaje de mano, me recogí el pelo en un moño de bailarina despeinado y me puse mi conjunto de la suerte: un elegante traje de chaqueta marrón chocolate con una camiseta con escote pico en blanco.

Me encontré con Julio en el salón de desayunos y, tras una breve visita a las habitaciones para cepillarnos de nuevo los dientes, nos encaminamos al improvisado plató en que se había convertido el comedor principal del hotel.

3

Decir que la grabación fue sobre ruedas es quedarse corto. Recibimos todo tipo de felicitaciones y alabanzas, y todos los colaboradores del programa estuvieron encantados de publicitar el libro de recetas que saldría a la venta unos meses después. Nos emplazaron a regresar a Madrid cuando quisiéramos presentar el libro. Incluso un cocinero de prestigio, un tres estrellas Michelin, aceptó mi propuesta —que confieso que había hecho en broma— de escribir el prólogo del libro.

Con ese éxito a las espaldas, y ante la imposibilidad de coger ya esa tarde un vuelo de vuelta a casa, decidimos darnos un homenaje en el bar del hotel.

—¿Un *gintonic*, Carmen?

—Parece que acabaras de conocerme, Julio. ¿Desde cuándo bebo *gintonic*?

—Oh, lo olvidaba. La chica dura —dijo con una sonrisa sexy. Demasiada sonrisa. Demasiado sexy.

Se volvió hacia el camarero y le pidió un *gintonic* y un whisky solo, con hielo, para mí. Las primeras borracheras de mi adolescencia habían sido con Gonzalo, bebiendo whisky peleón directo de la botella. No sé si me gustaba tanto la bebida como el recuerdo que me evocaba, pero el caso es que llevaba años bebiendo lo mismo. Solo había añadido el hielo y mejorado la calidad del producto.

—¿No te parece increíble que todo esto haya pasado porque nos encontramos por casualidad en una discoteca?

—Lo raro en nosotros sería habernos encontrado por casualidad en una biblioteca.

—Eso también es verdad. —Se rio Julio—. Y nada menos que en la despedida de soltera de Ana. Por si todo lo demás no fuera lo suficientemente surrealista.

—¿Algún día me contarás que pasó entre vosotros en Vitoria? —repetí la pregunta que le había hecho a mi mejor amiga en aquella misma ciudad, seis años atrás.

—Jamás —zanjó—. ¿Sabes algo de ella, por cierto?

—Está embarazada otra vez.

—¿Otra vez? ¿Pero no estaba súper agobiada con las gemelas?

—Pues sí, pero el pijo estirado quería un niño, y ahora ella está cruzando los dedos para que sea de esta, o ya se ve venir un cuarto bebé.

—¿Tú crees que es feliz?

—No lo sé. Nadie sabe quién es feliz y quién no de puertas para adentro de sus casas.

—Tú siempre pareces feliz, Carmen.

—Porque lo soy. Siempre lo soy. No puedo soportar estar triste, por eso estoy llevando tan mal que Gonzalo esté como está. —Me miró arqueando una ceja—. Vamos, Julio, no me jodas que no has notado que está fatal.

—Sí, sí que lo está. Algo me contó de que las cosas no le iban en el trabajo como le gustaría.

—Eso también. Cumplió sus sueños profesionales demasiado pronto y ahora lleva unos años en que se siente estancado.

—¿Y tú? ¿Has cumplido tus sueños?

—Todos y cada uno. Apenas me puedo creer ser la propietaria de un restaurante con estrella Michelin, estar aquí y sentir que se nos respeta en el mundillo gastronómico. Si pienso que todo empezó con un compañero de facultad, mi marido y tres personas más que han resultado ser mis mejores amigos… Es todo como un sueño hecho realidad.

—Esa eres tú, ¿no? La chica de los sueños hechos realidad.

—Esa misma, sí. Algunos se resisten, pero terminarán cayendo.

—Y hablando de terminar cayendo… No me voy a andar por las ramas, Carmen, sabes que no es mi estilo. ¿Qué posibilidades tengo de llevarte esta noche a la cama?

Supongo que mi cara dejó traslucir mi estupefacción, ya que él atajó lo mejor que pudo.

—Vamos, Carmen, nos lo pasamos bien cuando estábamos en la facultad, tienes una relación abierta. ¿Me estás diciendo que no te da morbo ver cuánto hemos aprendido en estos años?

Solo espero que él no notara la humedad que empezó a invadir ciertas partes de mi cuerpo, sobre todo porque no sería fácil atribuirla al calor de Madrid en pleno mes de enero.

—Olvídalo, Julio. Tengo una relación abierta, sí, pero incluso esta tiene sus normas. Y tú incumples dos de ellas: eres amigo de Gonzalo, y ya nos hemos acostado. Y por si no lo recuerdas, tienes una novia adorable a la que no le vamos a hacer esa putada.

—Mierda. Tenía esperanzas cuando te pusiste esa camiseta desde la que se hace algo más que adivinar tus tetas.

—Julio, cariño, pasamos los veranos en la playa, y siempre hago *top less*. No tienes que acudir a tus recuerdos universitarios para adivinar nada.

Entre risas con quien había sido mi gran amigo en la universidad, fue pasando la tarde. A las dos de la mañana, el *barman* del hotel, que supongo que estaría alucinado con el aguante al alcohol que llevábamos demostrando ambos desde las seis de la tarde, nos indicó que iban a cerrar.

Hacía muchos meses que no me lo pasaba tan bien, que no me reía tanto y que no estaba tan liberada de las responsabilidades que implicaba el restaurante, los problemas reproductivos y tantas otras partes de la vida adulta que nadie me había explicado cuando a los dieciséis años tenía ganas de crecer.

No sé qué ocurrió cuando nos subimos en el ascensor, pero algo nos hizo situarnos cerca. Muy cerca.

—No me creo que no te quieras acostar conmigo.

—Ahora mismo estoy tan cansada que, con tal de acostarme, me daría igual quién estuviera al otro lado de la cama —contesté, tratando de romper la tensión.

—Reformularé lo que he dicho: no me creo que no quieras follar conmigo.

—¿Quién ha dicho que no quiera? —Coqueteé, y con ello, sin ser consciente del todo, me lancé al vacío.

3

Salimos del ascensor hechos un nudo de lenguas y manos. Julio me empujó fuerte, rudo, contra la pared enmoquetada del pasillo. Me señaló una cámara de seguridad y él, que siempre había conocido la parte más morbosa y loca de mi carácter, me dijo:

—¿No te da morbo que puedan vernos? Siempre te gustó mirar y ser mirada.

—Cállate. Cállate y tócame. —A esas alturas, mis bragas estaban a punto de salir resbalando rodillas abajo. Si no me tocaba pronto, me correría solo con sus palabras en mi oído.

Bajó las manos hasta mi falda y, agarrándome el culo con una mano, fue introduciendo la otra hasta alcanzar el triángulo de seda de mis medias. Con una brutalidad que me hizo derretirme, destrozó el par de medias más caro de mi armario con la misma facilidad con que me introducía la lengua en la oreja.

—Estás empapada, joder. Y pretendías hacerme creer que no te apetecía follar.

—¿Vamos a seguir mucho rato charlando o vas a follarme? Ya que la estamos cagando, por lo menos hacerlo bien.

—A mi habitación. Ya.

Lo seguí como un perrillo. Apenas cerramos la puerta, me arrojó con el punto justo de violencia encima de la cama. Me sacó la falda lo mejor que pudo y se deshizo del cadáver de mis medias. Cuando empezó a hacer descender el tanga con lentitud por mis piernas, sentí que iba a entrar en combustión espontánea. Me dejó tumbada en la cama, y lo vi agacharse a mis pies. Sabía lo que iba a ocurrir, y la sola anticipación estuvo a punto de hacer que llegara el orgasmo. Primero sopló sobre mi clítoris, a continuación abrió mis pliegues con los dedos y, al final, posó su lengua, húmeda y caliente, sobre mi sexo, húmedo y caliente. El orgasmo tardó pocos minutos en llegar. Su lengua succionaba sin piedad mientras dos de sus dedos se ocupaban de introducirse cada vez más profundo en mi vagina, y otro se encargaba de lo que siempre llamamos entre nosotros la puerta de atrás. Estaba siendo estimulada a tres bandas, cualquier cosa más larga que tener un orgasmo en el primer segundo era un ejercicio admirable de autocontrol.

—Me voy... me voy a correr —susurré más que decir.

—¿Dónde? Dilo. —En los diez años que había pasado sin acostarme con él, casi había olvidado lo agresivo que era en el sexo, y lo mucho que me había gustado.

—Me voy a correr en tu boca. —Y con esa frase, estallé.

Julio no me dio tregua. Enseguida subió a la cama y se colocó encima de mí para penetrarme de una sola y certera embestida.

—Dime que tienes condones.

—¿Olvidas que soy estéril? ¿Para qué cojones querría un condón?

—¡Qué bruta eres! Oye, nena, yo solo me acuesto con Eva y créeme que hace siglos que no hago ninguna imprudencia. Y después de hacerlas, me hice análisis y estaba limpio.

—Joder, Julio, no… Yo no me puedo acostar con alguien sin condón. Es mi norma con Gonzalo.

—Tampoco puedes follar con ningún conocido ni repetir compañero de cama.

—Joder.

Supongo que el whisky nubló el atisbo de culpabilidad. O, aunque yo siempre he defendido al alcohol como un atenuante en las infidelidades matrimoniales, lo que lo nubló por completo fue la forma en que mordisqueaba mis pezones mientras manteníamos esa conversación.

Tres asaltos y una ducha después, caí rendida a eso de las cinco de la madrugada, con el pelo empapado y en una habitación que no era la mía.

ဪ

La mañana me sorprendió con una resaca terrorífica en dos partes del cuerpo bastante diferentes. Julio estaba allí, sentado en su lado de la cama, mirando al frente y fumando un cigarrillo.

—Pensé que lo habías dejado.

—Lo había dejado. Te he cogido uno del bolso, perdona.

—No pasa nada. ¿Quieres hablar?

—No. O sí. Yo qué sé.

—Yo tampoco estoy orgullosa de lo que hemos hecho. Por Gonzalo, porque me lo ha puesto todo jodidamente fácil y de un plumazo incumplo todas las normas que pactamos hace años. Y por…

—Y por Eva. Lo sé. Lo siento, yo no puedo pensar en Gonzalo. Solo puedo pensar en Eva. En lo que me quiere, en lo que ha sufrido, en que odia su cuerpo después de las operaciones y se niega a tener sexo conmigo porque no quiere darme asco.

—Joder. —Se me llenaron los ojos de lágrimas. Sí, de cocodrilo, lágrimas de cocodrilo—. ¿Hace mucho que no lo hacéis?

—Dos años.

—Joder. ¿Dos años?

—Sí, desde que empezó todo. Pero no lo voy a usar como excusa. No tendría que haber pasado esto. ¿Puede quedarse dentro de estas cuatro paredes para siempre?

—No hay otra opción. Aquí se queda.

Y con esa determinación, emprendimos la vuelta a casa.

12

Una semana después de aquel encuentro, llegó el primer *whatsapp*. Llevábamos más de media hora hablando sobre el nuevo menú que confeccionaríamos para el mes siguiente y enviándonos fotos de diferentes platos que encontrábamos en internet, cuando la cosa se descontroló:

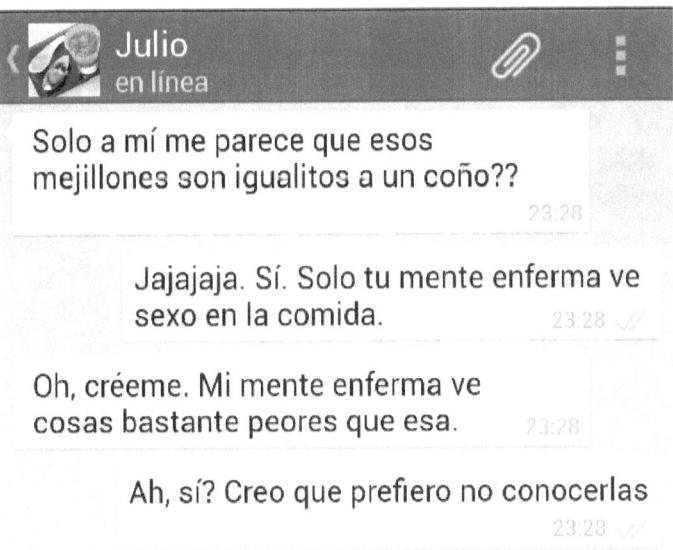

Ya las conoces. Si no tuviera una mente enferma, no me masturbaría pensando en lo que pasó en Madrid.

23:28

Ah, ahora podemos hablar de eso?

23:28 ✓✓

Sí. Lo que no podemos es repetirlo. Pero hablar no hace daño a nadie, no?

23:28

No lo sé 23:29 ✓✓

Vamos, Carmen, nos conocemos, no? No me creo que no hayas pensado ni una vez en lo que pasó en Madrid.

23:29

Créeme, he pensado en ello mucho más de lo que me gustaría 23:29 ✓✓

No hablo de pensar en lo mal que nos portamos

23:30

Si no te has tocado ni una sola vez pensando en aquello, es que ya no te conozco

23:30

Sí que me conoces, cabronazo 23:30 ✓✓

Fue el mejor polvo de tu vida? 23:31

No, no, no. No vayas por ahí. He tenido una vida sexual fantástica con Gonzalo, no voy a caer en comparaciones de machito.

23:31 ✓✓

"He tenido". Eso lo dice todo. 23:32

Bueno, tengo. Supongo. 23:32

Las cosas mal con él? 23:32

Sí, mal. Sigue muy bajo de ánimo, creo que está yendo a una psicóloga, pero no me lo cuenta. La confianza se está resquebrajando entre nosotros. 23:33

No sabe lo de Madrid, no? 23:33

No. Siempre nos contamos esas cosas, tú lo sabes, pero ahora no, no puedo hablar con él de eso. 23:34

Lo siento. Siento que lo estéis pasando mal. 23:34

Bueno, todo se arreglará, no me preocupa demasiado. 23:35

Sí, eso es cierto 23:35

Seguimos con los menús o nos vamos a la cama? 23:37

Mmmmm... a la cama? 23:37

Julio... 23:37

Joder, tía, es que no me saco de la cabeza que fue el mejor polvo de la historia 23:37

Eso no te lo voy a negar 23:38

Somos muy buenos, tía, cuando nos cansemos del restaurante podríamos dedicarnos al porno 23:38

No me veo yo follando con una cámara delante 23:39

Venga ya, me estás diciendo que Gonzalo y tú nunca os habéis grabado? 23:39

No, nunca, la verdad. No sé por qué, pero nunca nos ha dado por ahí 23:40

Pues qué desperdicio 23:40

Tú tienes una vitrina con tus mejores escenas o qué? 23:40

Un disco duro, para ser exactos 23:41

Estás de coña? 23:41

No 23:41

La verdad es que no 23:41

Quieres que te mande una selección de mis greatest hits? 23:42

No!! Tío, deberíamos dejar esta conversación 23:42

Porque no te está gustando o porque te estás poniendo cachonda? 23:42

> **Fifty fifty** 23:43 ✓✓

> A mí se me ha puesto dura. Mejor seguimos mañana con los menús, que ahora tengo que ponerle remedio a esto. 23:43

> Ok, buenas noches 23:44 ✓✓

> Buenas noches? 23:44

> No me vas a decir que tú también tienes algo que solucionarte? 23:44

> No. No te lo voy a decir. Buenas noches. 23:45 ✓✓

ဗ

Aquella noche no hubo vídeo, pero no tardó en llegar. No *whatsappeábamos* todos los días, ni siquiera nos limitábamos a hablar de sexo cuando lo hacíamos. Pero ocurría. Una vez a la semana, dos. De vez en cuando una foto sensual, un vídeo. Era nuestra manera enfermiza de evitar volver a acostarnos. Jugábamos a eso, a convencernos a nosotros mismos de que lo que hacíamos no dañaba a nadie, que era algo sin importancia, que lo único malo que habíamos hecho era lo que había pasado en Madrid. Y que con el tiempo lo olvidaríamos. Yo seguía loca por Gonzalo, jamás sentí por Julio nada más allá de una enorme atracción física, pero aquellas conversaciones prohibidas me evadían de la realidad de un matrimonio que había pasado de ser la pura imagen de la felicidad a una sombría relación gris.

ဗ

—Enana, voy a llamar a mis padres para decirles que salimos para allá, cojo tu móvil, que estoy sin batería.

—OK —dije distraída desde el cuarto de baño, acabando de arreglarme.

—Carmen. ¿Le has puesto código de desbloqueo al móvil?

—Emmm… Sí. Siempre lo dejo tirado por cualquier parte y tengo datos importantes.

—Dímelo, anda, que deben de estar esperándonos ya.

—Trae, yo lo pongo. —Pulsé aquel código que había configurado cuando el *sexting* con Julio se nos había ido por completo de las manos, mientras sentía los ojos de Gonzalo fijos en mí.

—¿No me lo vas a decir?

—¿El qué?

—Joder, Carmen, deja el juego. Estás rarísima últimamente, ¿crees que no me he dado cuenta? ¿Y ahora encima ocultas algo?

—¿Rarísima yo? ¿Estás de coña? Hace meses que estás fuera de esta casa. Vas a trabajar, vuelves, me sigues llamando enana como si no pasara nada, pero ya casi ni te acuestas conmigo, ni me miras. Puedo aparecer desnuda en medio del salón que no apartarás la cabeza de tus papeles.

—¡Yo al menos no te oculto nada!

—¿Ah, no? ¿No estás viendo a una psicóloga?

—¿Me estás espiando?

—¡No! Te oí llamar para cancelar una cita. ¿Por qué no me lo contaste, joder? ¿Qué ha sido de lo de contarnos todo?

—No quería preocuparte. Tienes razón, no tienes por qué aguantar esta mierda en la que me estoy convirtiendo.

—Gonzalo, tienes que dejar de protegerme. Ya no soy una niña. Si hay un problema, tenemos que afrontarlo juntos. No me quiero creer que nuestra relación fue maravillosa mientras todo iba bien y que nos hemos convertido en extraños con el primer revés.

—Yo no sé cómo afrontar esto, Carmen. —Se derrumbó Gonzalo, llorando entre mis brazos.

—Pues juntos, Gonzalo. Juntos. Como todo.

3

La vida transcurría con aparente normalidad en el restaurante. Pero todos ocultábamos algo. Solo Fabio y Nuria parecían ajenos a aquella locura de mentiras y tensiones que se estaba adueñando del negocio.

Gonzalo no acababa de levantar cabeza pese a que habíamos empezado a ir juntos a su psicóloga. Lo peor de todo era saber que él se habría puesto manos a la obra en busca de métodos y soluciones si el problema de fertilidad hubiese sido suyo. Pero era mío, y sé que lo último que él querría en el mundo sería presionarme. Y yo, por supuesto, había decidido actuar, al menos durante un tiempo, como si no pasara nada. No me apetecía oír hablar de adopción o de tratamientos. Quería tener un hijo tanto como Gonzalo, pero yo no permitía que ese anhelo paralizara toda mi vida. Aun así, todos los días me metía en la cama decidida a plantearme una alternativa al día siguiente. Y, al día siguiente, me olvidaba del tema hasta que volvía a meterme de nuevo en la cama.

Eva, por su parte, estaba arisca, lo cual era muy extraño en ella. Gonzalo y Fabio lo atribuían a su amistad cada vez más cercana con Nuria; Nuria lo atribuía a lo mucho que había sufrido por su enfermedad; y Julio y yo callábamos. Callábamos porque hasta mirarla nos provocaba dolor.

Y entonces llegó el día.

El día en que todo voló por los aires.

El día en que mi vida dejó de tener sentido y del que puede que nunca se recupere.

3

Recuerdo aquel diecisiete de febrero pesado y agotador. La jornada no empezó bien, y quizá debería haber hecho caso al consejo de mi tata, siempre tan sabia, de que si un día se te complica demasiado antes de las nueve de la mañana, lo mejor que se puede hacer es volver a la cama.

Ojalá hubiera vuelto ese día.

Ojalá no hubiera salido nunca.

Todo empezó con la confirmación de una sospecha que venía barruntando —y atormentándome— desde hacía un par de semanas. El ginecólogo me había avisado de que, con los problemas de mi aparato reproductor, podría empezar a tener reglas muy irregulares. Y así fue. Pero yo sabía que algo iba mal. Muy mal. Fatal.

Saqué el test de embarazo que había comprado a escondidas la tarde anterior y me dispuse a hacérmelo lo antes posible. En los diez minutos más angustiosos de toda mi vida, barajé todas las opciones. Un aborto a escondidas del que nadie jamás llegara a saber nada, tenerlo sin dejar que en mi cabeza se sembrara la duda de si Gonzalo sería el padre (lo cual, dado que su esperma parecía ser normal, y que seguíamos acostándonos de vez en cuando, era sin duda la opción más factible), confesar todo a Gonzalo y tomar la decisión en común... Sí, esa sería la mejor posibilidad. O no. O yo qué sé. O... ¿han pasado ya diez minutos?

Positivo. Cuando vi lo que me negaba a aceptar reflejado en dos rayitas rosas paralelas, tuve que coger aire varias veces para evitar marearme. Salí al salón de nuestro apartamento con la prueba de embarazo en la mano y me dejé caer en el suelo, llorando a mares y fumando un cigarrillo tras otro, dispuesta a demostrarme a mí misma que, además de todo lo demás, también era una pésima madre.

Debí de quedarme en estado de *shock* porque, cuando me quise dar cuenta, Gonzalo estaba a mi lado, sosteniendo la prueba de embarazo en la mano y con cara de estar en trance. Me sacó el cigarrillo de la mano, lo apagó y me dijo con suavidad:

—Gracias. Muchas gracias. —Me quedé tan absorta que no supe qué decir, me limitaba a sollozar y sollozar—. Odio lo que voy a decirte, pero me tengo que marchar. El nuevo decano ha decidido hacer una auditoría sorpresa, y hoy es el día. Ya llego tarde y no voy a volver a casa hasta las tantas. Te toca el marrón de ser la cicerone de mis padres en el restaurante.

Con lágrimas en los ojos y tras dejar una caricia no casual sobre mi vientre, se fue, no sin antes decir desde la puerta:

—Te quiero. Os quiero.

Ahora sí que mi vida estaba jodida. Ya no sabía ni cómo reaccionar, ni qué hacer, y las cosas que se me habían pasado por la cabeza en los diez minutos infernales del test de embarazo me parecían ideas peregrinas reflexionadas cien años antes.

Decidí prepararme, a saber cómo, para irme al restaurante y trabajar. Al menos era el último día de trabajo antes de las vacaciones. Dos semanas que, presentía, ese año no serían para viajar y relajarnos.

Esa noche, como casi siempre en los últimos meses, estábamos llenos. Y con los padres de Gonzalo y sus amigos incorporados, una tradición de los jueves a la que eran fieles desde hacía un par de años. Solo le pedía a Dios o al diablo que Gonzalo no acabara pronto en el trabajo y decidiera comunicar la *buena nueva* a sus padres antes de que yo pudiera hablar con él.

෬

El ambiente en el restaurante estaba enrarecido mientras preparábamos el turno de cenas. O quizá la enrarecida era yo. Solo Julio y Fabio parecían estar como siempre. Poco le iba a durar a Julio la tranquilidad si se daban dos circunstancias paralelas: que Gonzalo hiciera el comunicado oficial de mi embarazo, y que él mismo hiciera algunas breves cuentas matemáticas.

Nuria y Eva se comportaban de forma extraña mientras preparaban las mesas, los platos, las cartas… No, no, no… ¿En eso se estaba convirtiendo mi vida? ¿En una paranoia constante en la que creía que todo el mundo ocultaba algo, cuando la única que lo hacía era yo? Decidí tranquilizarme y arreglarme un poco para empezar a recibir a los clientes.

A las diez en punto, el restaurante se convirtió en una especie de estampida de gente queriendo entrar. Extrañamente, las reservas anteriores a esa hora se habían retrasado, y las posteriores se habían adelantado. Entre Fabio y yo capeamos el temporal de la mejor forma posible, colocamos a todo el mundo en sus mesas y nos dispusimos a atenderlos. Me sentía la cabeza a punto de estallar. Saludé a los padres de Gonzalo y a sus amigos. Suplicaba que Gonzalo no apareciera, que su trabajo en la facultad lo tuviera tan ocupado que no pudiera llegar al restaurante en el estado de euforia en el que me lo imaginaba.

Intenté centrarme en el trabajo y me acerqué un momento a la cocina a decirles a Julio y Nuria que tendrían que ponerse las pilas, que todas las comandas llegarían de forma simultánea y que íbamos a tener que hacer un esfuerzo titánico de compenetración. Quizá debería haber sospechado algo cuando Nuria dijo «no creo que haya problema» con un tono sarcástico que no comprendí. Pero quién podría haber sospechado lo que se avecinaba.

Recuerdo mis movimientos en la cocina como una película de cine mudo. Fotogramas sueltos: yo moviéndome entre el comedor y la cocina; Julio vigilando que el fuego de la parrilla estuviese a la temperatura adecuada; Nuria sonriendo mientras miraba hacia la sala; Fabio mirando a un lado y otro sin comprender qué estaba ocurriendo.

Cuando me di la vuelta hacia el comedor, vi las caras alucinadas de todos mis clientes sin excepción. Una pareja joven, en una mesa apartada, se reía, menú en mano. Un grupo de chicas, celebrando un cumpleaños, se tapaban la boca mientras hacían fotos con sus teléfonos móviles a algo que yo no acertaba a atisbar. Miré hacia la mesa de los padres de Gonzalo. Rosa, inmóvil, tenía la cabeza enterrada entre sus manos, mirando fijamente el plato que tenía delante. Alfredo estaba de pie, junto a otro de sus amigos, dando órdenes inconexas.

Seguí sin comprender nada, aunque mi cerebro estableció una especie de barrera física, tangible, que me impidió acercarme a ellos para saber qué ocurría. No fue hasta que oí unos extraños jadeos en la sala y procesé que la voz que sonaba era la mía, cuando comprendí que mi cuento de hadas había saltado por los aires.

Sin ser capaz de darle a mi cuerpo la orden de moverse, me limité a girar la vista hacia la gran pantalla de plasma que hacía las veces de separación entre la cocina y el comedor. En ella, se estaban reproduciendo en bucle los dos vídeos pornográficos que Julio me había enviado —en los que se le veía masturbándose—, y el que yo le había enviado a él, en el cual, desnuda delante de la cámara, me masturbaba y le decía todo tipo de obscenidades.

Sí que estaban extrañas Nuria y Eva, sí. Y sí que llevaban unos días estándolo. Con el tiempo me enteré de que, unos días antes, Eva había descubierto lo que había pasado en Madrid entre Julio y yo, así como todo el intercambio de mensajes que le siguió. Un descuido de Julio, que dejó su móvil en casa sin bloquear, unido a las sospechas de ella, que le hicieron investigar su historial de WhatsApp, fue el detonante de todo el desastre posterior.

Eva, al no ser capaz de localizar a Julio para desahogar lo que sentía, ya que él se había dejado el maldito móvil en casa, llamó a Nuria.

Esta, viendo a su mejor amiga destruida, la animó a urdir una venganza. Y su venganza fue la pesadilla que yo —y también Julio— estaba viviendo en mis propias carnes. Nuria se había encargado de llamar a los clientes y retrasar o adelantar sus reservas de manera que todos estuvieran presentes a la hora de iniciarse la gran función, había metido los vídeos en un *pen drive* y lo había conectado a la pantalla, había imprimido el historial completo de WhatsApp y lo había repartido entre los clientes en medio de las páginas del menú. Ahora, Nuria se reía, con suficiencia, apoyada en el vano del cubículo que hacía las veces de despensa. Eva lloraba, acurrucada en el suelo junto a las puertas de los baños. Aparentemente, Julio ni siquiera se había dado cuenta de lo que estaba pasando.

Si en algún momento de mi vida me hubieran preguntado qué haría en una situación así, por muy difícil que me resultara ponerme en la que estaba siendo mi propia piel aquella noche, diría que echaría a correr para huir de allí. O que me apresuraría hacia la pantalla y arrancaría los cables de cualquier manera para impedir que siguiera reproduciéndose aquella pesadilla aterradora. O que me derrumbaría en el suelo a llorar mi infierno personal. No hice nada de aquello. No hice nada, en realidad. Me quedé donde estaba, quieta, estática, como si creyera que, si no me movía, nadie podría verme. Varias miradas me habían localizado y tardé poco en darme cuenta de que todo el comedor estaba observándome. No me desmayé. No sudé de forma desmesurada. No hiperventilé. Continué allí, de pie, dejando que todo el mundo viera mi caída, mi descenso al averno, solo preocupada por cuánto tardaría en morirme si mi corazón seguía latiendo a aquel ritmo incontrolable. Me atronaba los oídos hasta hacerme daño físico, aunque no lo suficiente como para dejar de oír los gemidos de fondo. Mis gemidos, los de Julio. Nuestros jadeos, nuestros orgasmos. Todo eso lo estaban viendo y escuchando todas las personas que me rodeaban.

No ocurrió nada más. Solo que unos brazos fuertes me levantaron como en volandas y me sacaron del local. Parece que Fabio fue la única persona capaz de mantener un mínimo de caridad hacia mí, y pronto me vi depositada en el asiento del copiloto de su coche. Mi apartamento estaba solo a unas pocas calles del restaurante, por lo que apenas unos minutos después me dejó en el portal de mi casa. Me dijo una única frase:

—Cuéntaselo antes de que lo hagan otros.

3

Una persona nunca debería tener miedo a entrar en su propia casa. El temblor de mis manos al intentar abrir la puerta debió de poner a Gonzalo sobre aviso de mi llegada. Cuando al fin entré, supe que lo sabía. O, mejor dicho, lo supuse. Estaba sentado en el suelo, no muy lejos de donde yo había caído aquella mañana que se me antojaba tan lejana en el tiempo. Sollozaba sin parar, sosteniendo un papel entre las manos. Un escalofrío de pánico me atravesó la columna vertebral al pensar que le pudieran haber enviado una copia de todo aquello que se había convertido en película porno en el restaurante.

Pero no era eso.

Era mucho peor.

—Supongo que no abriste el correo hoy, antes de irte a trabajar —me dijo.

—No —balbuceé sin comprender nada.

—Son mis análisis de esperma. Soy estéril. Cien por cien estéril.

—¡No! —Algo estalló en llanto dentro de mí. Miles de sensaciones complejas entremezcladas, pero una de ellas sobresaliendo sobre las demás: el mundo perfecto que había construido a mi alrededor estaba a punto de desmoronarse sin remedio.

—Deja de llorar, por favor. No quiero llantos, no quiero nada de eso. Solo quiero saber de dónde sale… eso —dijo señalando mi todavía plano vientre.

—¿Has hablado con alguien del restaurante?

—¡¡¿¿Qué restaurante, joder??!! —gritó, en uno de los pocos arrebatos de cólera que había visto tener a Gonzalo en toda nuestra vida—. ¿A quién cojones le importa el restaurante ahora?

Todavía no sé cómo logré mantener la calma suficiente para tomar las riendas de aquel asunto.

—Tenemos que hablar —le dije—. Tenemos mucho que hablar y de lo que hablemos, por suerte o por desgracia, dependerá el resto de nuestras vidas. Por favor, apaguemos los teléfonos y hablemos. Con calma. Con el amor que siempre nos hemos tenido. Quizá sea lo último que te pida. Por favor.

—De acuerdo. Vamos al despacho. No quiero ensuciar el dormitorio con esta conversación.

—Sí, vamos.

 G

Se podrían decir muchas cosas de lo que hablamos aquella noche, de cómo vimos amanecer con los ojos arrasados en lágrimas. Gonzalo, el hombre que nunca se derrumbaba, el pilar en el que me había apoyado durante mis treinta años de vida, parecía por momentos incluso más vulnerable que yo. Solo me puedo enorgullecer —si ese verbo todavía significaba algo en una persona tan devastada como yo— de haber sido sincera hasta las últimas consecuencias, de haber reconocido todos y cada uno de mis errores, mis malos pasos, el desastre al que había conducido una vida que era hasta entonces perfecta.

A las diez de la mañana, agotados física y emocionalmente, llegamos a ese punto en que ya no hay más que decir, ya no hay más que sentir, ya solo se puede tomar una decisión. Una decisión, con seguridad, distinta de la que habríamos tomado tres horas antes o igual a la que habríamos tomado siete horas después. Un círculo vicioso en el que todo el futuro de dos personas se convierte en una suerte de ruleta rusa.

—No puedo gestionar esto. No puedo decidir qué hacer con mi vida. En unas horas he descubierto que mi mujer me ha mentido, se ha acostado con uno de mis mejores amigos, me han humillado en público en un local que ayudé a levantar con mis propias manos, delante de mis padres, de mis amigos… No sé cómo me voy a poder levantar de esto, pero sí sé que nada volverá a ser como antes. —Ahí estaba la frase que más miedo me podía dar en este mundo, que nada volviera a ser como antes—. Me voy a casa de mis padres, no sé cuánto tardaré en dar señales de vida. Me llevo a Sleepy, allí estará mejor. Lo siento.

G

Me encerré en nuestro dormitorio en cuanto oí el portazo con el que se cerraba una vida de ensueño. Encendí el móvil por pura rutina en cuanto me metí en la cama, solo para comprobar que las cosas siempre pueden empeorar. Dieciséis llamadas perdidas de Julio, cuatro de Fabio y unas cincuenta de otras personas. Sí, vivíamos en una ciudad pequeña, pero no acertaba a entender cómo podían haberse enterado ya del escándalo de la noche anterior en el restaurante. Llamé a Ana, la única que sabía que no me juzgaría bajo ninguna circunstancia, la única capaz de cambiar por completo su estilo de vida sin ninguna necesidad moral de enjuiciar a nadie.

—Ana…

—Carmen, Dios mío. ¿Estás bien?

—No. ¿Qué sabes?

—Sé lo que pasó ayer en el restaurante.

—Dios, ¿cómo lo has sabido?

—Carmen, está en los periódicos y hasta en algún canal de televisión.

—¿¿Qué??

—¿De verdad quieres saberlo?

—Sí. Necesito torturarme. Necesito que todo el daño venga junto.

—«Porno y estrellas Michelin», «Escándalo en el restaurante de moda»… Son algunos de los titulares, Carmen. En periódicos locales y en alguno nacional. Y un programa de telebasura se está cebando con el tema. Dicen que hay vídeos de móvil de las personas que estaban cenando allí.

—…

—No llores, por favor.

—¿¿Por qué no iba a llorar?? Engañé a mi marido, al hombre perfecto, al que más me ha querido, le mandé vídeos porno a otro tío, me lo pasé de puta madre guarreando con él a través del móvil, me quedé embarazada, me…

—¿¿Estás embarazada??

—¡Joder! ¡Al menos hay algo de lo que no se ha enterado todo el mundo!

—¿Es de Gonzalo?

—No. Gonzalo recibió ayer, con un gran don de la oportunidad, los resultados de sus análisis de esperma. Es estéril.

—Dios.

—Sí. Dios.

—Carmen, quiero que sepas que necesites lo que…

—Ana, no necesito escuchar esto ahora. No quiero que nadie me apoye, que nadie se preocupe por mí. Me he jodido la vida y se la he jodido a las personas que más quiero en este mundo. Necesito descansar unos días.

—Está bien. Pero recuerda que no estás sola.

—Gracias, Ana. Muchas gracias. —Se me quebró la voz, y colgué.

13

No podría hablar aunque quisiera de lo que pasó en los cinco días siguientes. Y, aunque pudiera, seguramente tampoco querría. Solo recuerdo yacer en la cama, sin apenas dormir —en ningún momento más de media hora seguida—, sin comer ni casi beber, levantándome al cuarto de baño una vez al día, sin asearme... Solo fumando de forma compulsiva, sin abrir siquiera una ventana, hasta sumergirme en una neblina de humo y hedor que se correspondía a la perfección con mi estado de ánimo.

Recuerdo haber oído sonar el timbre, pero no inmutarme ante ello. Mi móvil estaba apagado, no tanto por voluntad propia —que también—, como porque se había quedado sin batería poco después de mi conversación con Ana, y no me había molestado en coger el cargador. El teléfono fijo lo había destrozado Gonzalo en pleno arrebato de ira en su última noche en casa, así que oficialmente estaba ilocalizable. Solo una persona podría entrar en casa, la única aparte de mí que tenía llave: Gonzalo. Y llevaba cinco días sin aparecer. Desde que ambos teníamos teléfono móvil, nunca habíamos estado más de un día sin hablar, nunca, ni cuando nos separaba un océano. Ahora nos separaba algo mucho más inmenso que eso.

Así que mi maltrecha alma sintió incluso una punzada de ilusión cuando oí la puerta de la calle abrirse. Sabía que lo había perdido, pero soñaba con verlo una vez más, con grabar a fuego en mis entrañas sus ojos negros y tener un recuerdo al que agarrarme en el frío invierno en el que parecía que iba a convertirse mi vida en el futuro.

Abrió la puerta de la habitación ahogando una arcada.

—Joder... Carmen... —Y se derrumbó llorando sobre los pies de la cama.

—No llores, Gonzalo, por favor. Ya no llores más.

—Dejaré de llorar si te das una ducha y dejas que me haga cargo de esto. —Su dedo realizó un círculo en el aire que me permitió ver por primera vez el lamentable estado de lo que había sido nuestro dormitorio.

—No tienes por qué...

—Sí. Sí tengo por qué. Dúchate, y hablamos.

—De acuerdo.

3

Cuando salí de la ducha, allí estaba él. Demacrado y con aspecto de no haber dormido ni comido tampoco en esa última semana, me esperaba en el sofá, sentado, con las manos cruzadas en el hueco entre sus piernas.

—Habla, por favor —le dije, intentando reducir al mínimo tiempo posible la angustia que me generaba lo que tuviera que decirme.

—Carmen, yo no puedo asimilar esto que ha pasado. Llevo una semana intentándolo y sigo sin poder.

—Lo entiendo. Claro que lo entiendo.

—Yo te quiero, y te querré toda mi vida más de lo que jamás podré querer a otra persona. Y por eso, antes de tomar ninguna decisión, tenemos que ser prácticos y mirar por el bien de los dos.

—No entiendo lo que quieres decirme.

—Quiero decirte que, antes de decidir ninguna otra cosa, tenemos que pensar en lo que va a pasar con tu embarazo.

—No quiero pensar en ello.

—¡No seas niña, joder! Tienes una vida creciendo dentro de ti, quieras tenerlo o no, alguna decisión tendrás que tomar... Perdón, tendremos que tomar. En esto estoy a tu lado, no me importa no ser el padre, me importa que la persona a la que más he querido en toda mi vida salga de esto lo más indemne posible.

—Dios mío, ¿cómo puedes ser tan bueno conmigo?

—No, no, no... No quiero alabanzas, no quiero gestos de cariño. Haremos esto y después seguiremos adelante.

—Vale.

—¿Tú qué quieres hacer?

—Quiero hacer lo que tú quieras hacer.

—Carmen, el embarazo es tuyo, ¿es que no te das cuenta?

—Sí, pero la decisión es de los dos. Si tú quieres que lo tengamos, y nadie sepa nunca que no es tuyo, me parece bien. Si quieres que interrumpa el embarazo, y sigamos como si esto nunca hubiera pasado, me parece bien. Incluso si quieres criarlo tú como hijo tuyo, y que yo desaparezca de tu vida, estoy dispuesta a que sea así.

—Yo solo quiero que lo tengas si quieres tenerlo o que interrumpas el embarazo si no lo quieres.

—Yo no quiero tener un hijo si no es contigo.

—Pues ese hijo no es mío.

—La decisión está tomada, entonces.

—Sí. Pero no olvides que, si decides tenerlo, yo te apoyaré. No como tu marido, ya no, pero con el tiempo, te apoyaré como amigo. No quiero que abortes y te arrepientas. ¡Joder, Carmen! Sabes que, con tus problemas reproductivos, puede ser tu última ocasión de ser madre.

—Yo ni quiero ni merezco ser madre. —Una lágrima se escapó por mi mejilla, y él la atajó con su dedo antes de que el llanto se desbordara.

—No digas eso.

—¿Qué vas a hacer?

—Me voy a quedar aquí, al menos hasta que todo esto haya pasado. Tengo que pensar, tengo que decidir por primera vez. ¿Sabes? Desde hace muchísimos años, tú has sido la decisión. Nunca tuve que pensar con quién quería pasar el resto de mi vida. Siempre fuiste tú. Ahora no sé ni qué es lo que quiero.

—De acuerdo. Me trasladaré a la habitación de invitados.

—No. No hace falta. Compartimos cama muchas noches de nuestra vida como amigos. Ahora mismo no puedo ser nada más tuyo, pero eso no va a impedir que durmamos juntos.

Nos abrazamos, no voy a negar que más como dos viejos amigos que como lo que éramos, y yo quería que siguiéramos siendo.

14

Cinco días después de nuestra conversación, nos encontrábamos ambos ante mi ginecólogo y ante un nuevo capítulo de nuestra humillante situación, teniendo que explicarlo todo, después de una exploración que no dejó lugar a dudas sobre mi embarazo. Los nervios y la vergüenza nos impedían hablar con claridad.

—No estoy entendiendo nada —atajó los tartamudeos el doctor, mirándonos fijamente—. Hace un par de meses estábamos planteándonos todas las opciones para que pudierais concebir un hijo, y ahora me estáis hablando de interrupción voluntaria del embarazo.

—El niño no es mío, doctor —cortó de raíz Gonzalo.

—Comprendo. No pretendo ofenderte, Gonzalo, pero entonces considero que debo quedarme a solas con Carmen.

—De acuer...

—No —interrumpí a Gonzalo cuando hacía ademán de levantarse.

—Carmen, te guste o no te guste, este ya es un tema solo tuyo. Bueno, y de otra persona que entiendo que no va a participar en este proceso.

—No.

—Bien, ¿Gonzalo?

—Si ella quiere que me quede, lo haré.

—Bien, pues yo hablaré como si tú no estuvieras aquí. ¿Estamos todos de acuerdo?

—Sí —coincidimos ambos.

—Bueno, Carmen, deberías ser consciente de que es muy probable que estés ante tu última posibilidad de concebir un hijo.

—Lo soy.

—Y entiendo que has mantenido relaciones sexuales sin protección con una persona que no es tu marido. —Noté la crispación de dolor en la cara de Gonzalo sin necesidad de mirarlo, cosa que, por otra parte, hacía días que no era capaz de hacer—. Deberíamos hacerte análisis para descartar cualquier tipo de ETS.

—Es secundario —añadí. En ese momento habría sido incluso una bendición estar enferma. Coincidiría de pleno con mis ganas de morirme.

—Bien. Como sabes, en esta clínica somos pioneros en la interrupción del embarazo desde los años ochenta. Habla con la recepcionista, te dará cita para lo antes posible. Te digo por experiencia que, cuanto antes se haga, menos doloroso resultará, en todos los sentidos.

—De acuerdo. Muchas gracias, doctor.

—No hay de qué. Espero... Espero que tengáis mucha suerte los dos.

Salimos de la clínica con cita para tres días después a las nueve de la mañana.

ദ

Tanto en los días que transcurrieron entre la vuelta de Gonzalo y la consulta, como en los que precedieron a mi aborto, todo parecía ser como siempre en casa. Quizá ese fue el mayor dolor, ver cuánto nos amábamos y lo bien que nos llevábamos. Paradójicamente, aunque estábamos destruidos, aquel muro que se había levantado entre nosotros con los problemas reproductivos, había caído. También había caído todo lo demás, claro. Pero lo increíble es que en aquellos días nos parecíamos más a las personas que habíamos sido años atrás que a la pareja en que nos habíamos convertido en el último año. Cada día me quería aferrar a la posibilidad de que todo aquello, con mucho esfuerzo por parte de ambos, quedara en nuestras vidas como un gran error del que aprender, juntos, a continuar adelante.

Si Gonzalo en los últimos meses se había convertido en una persona gris y taciturna, ahora funcionaba como un autómata. Se levantaba antes que yo, como siempre, me preparaba el desayuno y me lo traía a la cama, como cada mañana de los últimos seis años; alababa mis platos a la hora de comer, como siempre lo había hecho; nos reíamos, aunque con una risa que no llegaba a los ojos de ninguno de los dos, con las mismas películas que toda la vida. Jamás pensé que nuestras vacaciones de ese año agotador fueran a convertirse en eso, en esa agonía compartida de no saber si estaríamos viviendo los últimos momentos de nuestra vida juntos.

3

El día en que estaba programado el aborto empezó mal. Después de pasarnos ambos la noche desvelados, tumbados uno junto al otro sin confesar estar insomnes, acabamos quedándonos dormidos. Llegamos a la clínica casi a la hora en que debería estar entrando a la intervención y, tras pedir mil y una disculpas, conseguimos que me dieran un nuevo turno de quirófano para un par de horas después.

La operación, pese a estar embarazada de muy pocas semanas, se complicó un poco, y al final me mandaron para casa con una prescripción de reposo absoluto durante diez días y vida normal a partir de entonces.

En aquella clínica se quedó mi última opción de ser madre. No me importó. En apenas una hora, había acabado con lo que unos meses antes era nuestro sueño por cumplir. Y no me importaba. Solo podía pensar en no perderlo a él, en tratar de rehacernos de aquello, de la pesadilla que yo misma me había encargado de crear.

En los días que duró mi convalecencia, Gonzalo volvió a ser la persona que siempre había sido. Mi amor, mi vida entera, mi amigo, mi hermano, mi compañero del alma, en los aciertos, en los errores, en... en definitiva, en la vida. Me cuidó como siempre supe que haría llegado el caso. No este caso, que ojalá no hubiera llegado nunca, sino cualquier caso. No me dejó apenas moverme de la cama, me traía el desayuno, la comida y la cena, así como los pocos caprichos que yo, avergonzada como estaba por todo lo que había pasado, me atrevía a pedirle.

Él era mi contacto con el mundo, dado que había decidido apartarme de todo y de todos desde la fatídica noche del restaurante. Mi móvil, aquel aparato al que yo vivía pegada día y noche apenas unas semanas atrás, llevaba apagado tanto tiempo que no creía recordar ya el *pin* para encenderlo. Gonzalo respondía cuando sonaba su móvil, pero por una especie de pacto tácito, ni él me contaba con quién hablaba, ni yo le preguntaba si alguien quería saber de mí o no.

3

El octavo día tras el aborto, al fin pude ponerme de pie sin ayuda y hacer algo similar a vida normal.

—Eh, ¿qué haces levantada? —me preguntó Gonzalo, dejando a un lado sus gafas y los papeles en los que estaba trabajando.

—Me encuentro bien. Al fin. Ya no tengo dolores y he dormido tanto estos días que creo que no volveré a estar cansada nunca.

—Me alegro. Me alegro mucho, de veras.

—Gonzalo... Muchas gracias por todo lo que has hecho por mí estos días. Cualquier otra persona con dos dedos de frente me habría dado una patada en el culo y estaría ahora mismo tramitando el divorcio. —No sé por qué lo dije, supongo que porque no aguantaba aquella angustia de no saber qué iba a ser de nosotros. El caso es que solo necesité un segundo de aquella mirada profunda y oscura, más oscura de lo que sus ojos negros habían sido nunca, para saberlo—. Oh... Dios mío.

—Carmen...

—No, no, no, no quiero saberlo, no quiero oírlo —sollocé hundiéndome en su abrazo. Por primera vez en mucho tiempo, volví a

122

apreciar lo bien que olía. Me impregné de su olor sabiendo que me estaba enfrentando a él por última vez.

—Carmen, lo siento. —Y oí cómo su voz se quebraba—. Te quiero más que a mi vida, lo sabes, y eso va a ser siempre así. Pero hay cosas que no tienen solución. Yo no puedo continuar después de esto. Prefiero que nos separemos y nos quedemos con todos los recuerdos de lo maravillosa que ha sido nuestra vida que continuar juntos y acabar odiándote y haciendo que me odies.

—No digas eso, por favor —supliqué—. Todo tiene solución, todo. Déjame demostrarte que viviré toda mi vida para conseguir tu perdón. Por favor. Te lo ruego.

—No lo entiendes. Yo ya te he perdonado. Si no te hubiera perdonado, no habría sido capaz de cuidarte como lo he hecho, ni de reírme contigo como si nada hubiera pasado. Pero es una farsa, Carmen, por dentro estoy destruido. No queda nada de mí. Todo ha saltado por los aires. Todo.

—No, no, ¡no! Ha saltado por los aires tu confianza en mí, y lucharé hasta que me muera para recuperarla, pero reconstruyamos nuestra relación, por favor, eres lo único que tengo.

—¡Joder, Carmen! ¡No me lo pongas más difícil! ¿No ves que separarme de ti es como amputarme los brazos? No puedo imaginar el dolor de una vida sin ti… Solo me imagino una cosa peor: continuar juntos y acabar odiándonos.

—Yo nunca podría odiarte.

—Oh, sí. Sí podrías. Pasé seis o siete meses bajo de ánimo por no poder tener hijos, y no pudiste soportarlo sin acostarte con otro. ¿Qué crees que pasaría cuando ese bajón se convierta en permanente, como lo está siendo ahora? ¿Crees que tengo capacidad para asumir que nunca seré padre? ¿Que la única mujer a la que he amado se quedó embarazada de uno de mis mejores amigos, después de una noche loca y un mes de correspondencia porno? ¿Que toda la ciudad se ha enterado porque ha salido hasta en los periódicos? ¿Crees que podría vivir con eso sin convertirte en una persona profundamente infeliz? —Terminó sollozando. Yo hacía varios minutos ya que era un torrente incontrolable de lágrimas.

—¿Es definitivo?

—Lo siento. Sí, sí lo es. Llevo pensándolo desde que pasó y no veo otra salida.

—¿Qué va a pasar con el restaurante? —pregunté ya casi por inercia, por hablar de cualquier otra cosa, por provocarme el mayor daño posible.

—Tengo aquí los papeles para liquidar la sociedad. Solo falta tu firma y llevarlos al notario.

—¿Liquidar la sociedad?

—No, Carmen, no... —Su tono irónico y frío me dejó fuera de juego—. Vamos a seguir trabajando allí: tú, el hombre con el que te acostaste y que te dejó embarazada, su novia enferma de cáncer, la mejor amiga de su novia con la que urdió la venganza, el marido cornudo y el camarero que se tiraba a la loca vengadora. Claro. Podemos hacer visitas guiadas con los vídeos de fondo a las seis, las ocho...

—¡Para! —lo interrumpí—. No hace falta ser tan cruel. ¡La jodí! ¡Lo sé, joder! Me he jodido la vida yo solita. No hace falta que me lo recuerdes.

—¿Ves? Si en el momento en que más te quiero de mi vida, en que más consciente soy de que te voy a echar de menos más que a mi propia alma, no puedo evitar echarte todo en cara... ¿qué futuro nos esperaría, Carmen? Dímelo tú.

—Tienes razón —convine ahogada en mi propio llanto.

—Estoy tratando de que la universidad me conceda un año sabático o una excedencia o algo y desaparecer. Te dejo todo el tiempo del mundo, te dejo la casa, lo que necesites, no me importa nada lo material.

—¿Te vas? Pensé... pensé...

—Pensaste que podríamos ser amigos.

—Sí —dije con el hilo de voz que aún me quedaba.

—No. Yo también lo he pensado. Pero ahora mismo no puedo. Quizá con los años, no te voy a negar que lo que tenemos es tan fuerte que cabe esa posibilidad. Pero ahora mismo, y en un periodo bastante largo de tiempo, no puedo verte.

—Dios...

—Te voy a querer siempre, eso lo sabes, ¿verdad?

Asentí, sin poder apenas respirar. No iba a volver a ver sus ojos negros al despertar, no volvería a tenerlo a mi lado en la cama, durmiendo acurrucado junto a Sleepy, no volvería a sentir la llama de la pasión, cuando aún no se había apagado entre nosotros, cuando esperaba adormilado a que yo volviera del restaurante y me aprisionaba contra la pared del dormitorio o del salón o del cuarto de baño. La vida se acababa, se extinguía.

—No —decidí—. Lo que estás proponiendo no es justo. Tú no has hecho nada malo, no tienes por qué irte a ninguna parte. Me iré yo.

—¿A dónde?

—No lo sé. Sé que ni siquiera puedo encender el móvil por miedo a tener que hablar con alguien. ¿Crees que me siento con fuerzas para salir a la calle y enfrentarme a las miradas? Además, no podría entender la vida aquí sin ti. Es… inconcebible.

—¿Necesitas algo?

—Dame una semana para recoger mis cosas y arreglar el papeleo legal. Después, desapareceré. Para siempre.

—No puedo ni escucharte decir eso —me dijo, sollozando, acercándose a mí, su dedo pulgar en mi labio inferior.

—Bésame, por favor. Bésame una última vez.

El beso fue más que eso. Esa noche exorcizamos en cada caricia, cada jadeo, cada orgasmo, todo aquello que dejábamos atrás. Fue nuestra despedida, el adiós más bello y más triste.

Cuando desperté a la mañana siguiente, Gonzalo se había ido.

15

Salí de mi letargo por obligación. Cité en casa —aún no había reunido las fuerzas suficientes para salir a la calle— al asesor que se encargaba de todo el papeleo legal del restaurante, y decidimos que yo le otorgaría un poder notarial por el cual él se podría hacer cargo de todos los trámites sin necesidad de que yo estuviera presente.

Decidí que despediríamos a Nuria con la indemnización correspondiente por ley y a Fabio y Eva con una indemnización muy por encima de lo preceptivo, en concepto de compensación por el desastre ocasionado (y, por supuesto, en concepto de limpieza de mi conciencia). El resto de la sociedad se repartiría, conforme a la ley, entre Julio y Gonzalo. Curioso, cuanto menos.

Firmé el convenio de divorcio más favorable a Gonzalo que pude conseguir. Lo hice titular de todos nuestros bienes a excepción de cincuenta mil euros de la herencia de mis padres con los que abrí una cuenta corriente para iniciar mi nueva vida.

Contra todo pronóstico, la burocracia fue bastante rápida, y todo el papeleo legal que necesitaba resolver en cinco días laborables quedó solucionado en tres. Me quedaban cuatro días para decidir qué hacer con el resto de mi vida. La perspectiva no era demasiado halagüeña.

Ni siquiera me quise despedir de Sleepy. Aquel perro había sido el otro gran amor de mi vida, lo había querido más de lo que jamás pude imaginar y había incluso llegado a dudar de que, si algún día me convertía en madre, pudiera querer a mi hijo tanto como a él. Pero ahora uno de los dos tenía que decirle adiós, y Gonzalo no se merecía eso. Ni Sleepy se merecía empezar una vida de cero allá donde yo acabara dando con mis huesos. El dolor era tan grande que un clavo más sobre el ataúd de mi antigua felicidad ya (casi) ni se notaba. Como no ver crecer a las gemelas de Ana, una de ellas mi ahijada, a la que adoraba, ni llegar a conocer a su tercer hijo. Ya no habría nada de eso para mí.

El primer paso hacia mi nueva vida de penitencia por los errores cometidos fue encender el móvil. Tuve que reiniciarlo cuatro veces hasta que dejó de recibir datos que lo colapsaban. Mil trescientos noventa y cuatro *whatsapps*, setenta y ocho llamadas perdidas, ciento treinta y dos mensajes, quinientos treinta y nueve mails. Evidentemente, lo leí todo, recreándome con saña en aquellos de personas que mostraban su más profunda decepción conmigo. Me encantaba torturarme, era el primer paso de mi castigo, hacerme todo el daño posible. No quise ni leer los pocos que me ofrecían su exiguo apoyo, mi amiga Ana y Fabio. No tuve fuerzas para responder a nadie. Volví a apagar el teléfono tras llamar a la compañía para pedir que dieran de baja mi línea. El primer cordón umbilical que me unía a todos aquellos que conocía estaba cortado para siempre.

Ahora quedaba *solo* decidir a dónde me iba, qué me llevaba y dónde iba a trabajar. Con el restaurante cerrado, el sueño de toda una vida académica y laboral destruido, ya ni siquiera sabía a qué podría dedicar el resto de mi vida profesional. ¿Y dónde?

3

El dónde surgió en una noche de insomnio y llanto. Una más. Aunque cualquier psicólogo, psiquiatra o simple persona con dos dedos de frente me habría aconsejado que me alejara de todo aquello que me recordara a Gonzalo, mi mente iba por libre y decidió que, si no lo podía tener a él, quería estar en el lugar del mundo donde más cosas me recordaran su presencia. Pero sin que nadie me conociera. Había un lugar así.

Me levanté de la cama en mitad de la noche y encendí el ordenador. Reservé un viaje solo de ida, en tren, desde Gijón hasta Barcelona, y otro de Barcelona a París. ¿Por qué no reservé un billete de avión directo de Asturias a París? Porque no quería llegar. Hasta yo sabía psicoanalizarme en esto. Sabía que los últimos vestigios de la vida de ensueño que había llevado hasta entonces se quedarían en esos trenes.

Tocaba empezar una nueva vida de cero y no había nada en absoluto ilusionante en ella. Me tocaba dejar de vivir y aprender a sobrevivir. ¿Por cuánto tiempo? Ni yo misma lo sabía.

Todo había llegado a su fin.

SEGUNDA PARTE:

LA PENITENCIA

16

L legué a París un día gris y lluvioso de mediados de marzo. Nada presagiaba la primavera en ese cielo plomizo y triste que me recibió. Quizá nunca un ambiente había reflejado con tanta fidelidad el estado de ánimo de quien lo observaba. Durante las interminables horas en aquel tren que me llevaba desde la escala en Barcelona hacia mi destino final, no comí, no bebí, no dormí. Centré todas mis fuerzas en vencer al ataque de ansiedad que amenazaba con apoderarse de mí ante la perspectiva de reiniciar mi vida en un lugar nuevo estando completamente sola en el mundo.

Cuando el tren llegó a la Gare de Lyon, no me dejé impresionar por el tamaño de la estación y permití que el cuerpo se pusiera en modo automático. Recoger mi maleta. Salir del tren. Caminar hasta la salida de la estación. Orientarme. Comprar un abono de metro. Coger el metro hasta el hotel.

Había reservado una habitación para cinco noches en un hotel modesto del distrito de Republique. En el estado de tortura emocional en el que había contratado mi viaje —y en el que aún continuaba—, había decidido reservar el hotel más barato posible. Podría decir que fue la prudencia de no derrochar los fondos que tenía disponibles la que me impulsó a hacerlo. Pero yo sabía que el hotel tenía que estar en consonancia con lo que yo quería sentir en él: asco, odio, vergüenza. Ojalá alguna rata para completar mi estado anímico.

Me instalé en la exigua habitación y me tumbé en la cama. Pasé en aquella postura los siguientes dos días y solo salí de ella porque el servicio de limpieza del hotel se puso en contacto conmigo para saber por qué llevaba dos días con el cartel de *no molestar*. «Porque engañé a mi marido con su mejor amigo, me quedé embarazada, todo el mundo se enteró, todo el mundo me odia, he perdido al amor de mi vida y no me puedo ni mover sin que me duela el alma». No, no les respondí eso. Dije que había tenido una migraña, pero que ese mismo día podrían pasar a hacer la habitación.

Me di una ducha, la primera en días y me puse la única ropa que se correspondía tanto con mi estado de ánimo como el clima de París: pantalón de chándal gris, camiseta negra, sudadera gris. Ni siquiera me había llevado maquillaje y no reuní fuerzas suficientes para lavarme el pelo, así que me lo recogí en una coleta y salí a la calle. ¿A qué? Esa pregunta debería habérmela planteado antes de salir del hotel. Como no lo había hecho, y como no tenía ninguna intención de buscar trabajo por el momento —por el simple motivo de que todo me daba igual—, lo único que se me ocurrió fue vagar por París.

Mis propios pies me traicionaron y me llevaron a todos los lugares en que el corazón —si es que aún quedaba algo de él— se me rompería en más pedazos todavía. Caminé por la Place Vendôme, observando el hotel Ritz en el que un día había visto cumplidos todos mis sueños profesionales. Me senté durante un buen rato en el banco en el que Gonzalo me esperaba todos los días a mi hora de salida del trabajo, siempre sonriente y guapísimo, con su casco puesto y el mío en la mano. Recordé como habíamos recorrido París en aquella Vespa destartalada con la que Gonzalo se había hecho en nuestros primeros días allí.

Bajé hasta el jardín de las Tullerías y observé a las parejas sentadas en el césped. Entre parisinos, turistas y vendedores ambulantes, pensé en la época en la que a mí tampoco me importaba sentarme en un césped húmedo a besar a Gonzalo. Seguí caminando hasta la pirámide del Louvre, el museo en el que había pasado todas las mañanas de domingo de nuestra estancia en París. Gonzalo se había propuesto el reto de conocer cada sala antes de dejar la ciudad y, por supuesto, lo había conseguido. Y yo también, de su mano.

Seguí la orilla derecha del Sena, siempre observada por la torre. Notaba sus ojos en mi espalda, su mirada juzgándome. «Yo vi lo que te amaba, cómo pudiste hacerle eso». Igual que desde aquella nefasta noche en el restaurante no había sido capaz de mirar a la cara a Gonzalo, no era tampoco capaz en París de mirar de frente a la torre.

Observé las gárgolas de Notre-Dame y creí que se reían de mí. Atravesé hasta la Île Saint-Louis, mi lugar favorito de París, y descubrí que ya no soñaba con vivir allí y comer helados de mandarina cada mañana. Crucé a la orilla izquierda, observé la librería Shakespeare & Co. desde fuera y, por primera vez, no compré ningún libro. Había descubierto en las últimas semanas que ya no disponía de la capacidad de leer. Y lo había intentado, quizá era de lo poco que había intentado. Me ocurría algo similar con la música. No paraba de reflexionar sobre por qué mi cerebro era incapaz de tolerar la más mínima expresión musical. Entendería que me ocurriera con canciones que me recordaran a nuestra vida juntos, pese a que Gonzalo y yo nunca tuvimos *nuestra canción*, o que hablaran del amor o del desamor. Pero no era así. Me causaba rechazo incluso la música de los ascensores o del metro. Me sentía como si mi estado de ánimo fuera tan sombrío que algo tan estimulante como la música le provocara rechazo.

En estas reflexiones seguía cuando vi al fondo la torre Montparnasse y me encaminé, como si fuera una turista más, a su planta 56. Allí había pasado con Gonzalo una tarde tonta, de esas en que no apetece demasiado hacer nada. Pero en París era un pecado quedarse tirado en el sofá toda una tarde. Recuerdo que aparcamos la moto justo debajo de la torre, horrorizados por su fealdad. Subimos al mirador, convencidos de que las mejores vistas de París serían aquellas, ya que no veríamos esa espantosa torre marrón dominando el sur de la *rive gauche*.

ॐ

—Dios mío, Gonzalo, ¿has visto qué maravilla?

—Este sitio es horroroso y una turistada, no me puedo creer que me hayas arrastrado hasta aquí.

—Anda, no seas quejica y hazme una foto con París de fondo.

Tocó mil controles en la cámara, yo me situé en una esquina para dejar espacio al mayor plano posible de aquella ciudad maravillosamente dibujada desde las alturas, y él disparó. Después, nos tomamos un capuchino en la cafetería del mirador, aplaqué sus protestas por el precio del café con un millón de besos breves en su cara y no paré hasta que lo hice reír.

Aquella noche, cuando estábamos en casa, le pedí que me enseñara la foto que me había hecho en lo alto de la torre. Había ajustado el zoom al máximo y aparecía mi cara en primer plano, y París difuminado al fondo. Se me veía sonriente, joven, enamorada.

—Oh, idiota, ¿y esto por qué?

—Para que siempre tengas presente que, esté donde esté, y aunque tenga delante el lugar más bonito del mundo, yo solo te veo a ti.

Aquella noche hicimos el amor sobre la alfombra étnica del comedor, y nos vio amanecer la mañana sudorosos, abrazados y felices.

3

Una de aquellas frases que las niñas de mi generación escribíamos en nuestros cuadernos escolares, en una era aún no digital, decía que no hay nada más triste que un recuerdo feliz. Nunca tan cierto como aquella tarde de París en que, al fin, regresé a mi hotel, con los pies sangrantes de ampollas por los kilómetros caminados bajo una lluvia nada purificadora.

Desperté al día siguiente dolorida. Después de más de un mes sin apenas moverme, la caminata del día anterior me había dejado el cuerpo contracturado. *Poco más de un mes.* Poco más de un mes antes, mi vida era normal. Normal. No tenía por qué ser maravillosa. Era, simplemente, normal. Cómo podía haber pasado esto…

El sueño me venció cuando me estaba torturando. Pasé seis horas en el duermevela constante en que se habían convertido mis días y mis noches. Decidí —quizá la primera decisión que tomaba en días— buscar alojamiento definitivo. Tras una búsqueda intensiva en internet y unas mil llamadas frustrantes con el teléfono móvil prepago que me había comprado en un momento de lucidez el día anterior, tenía una cita para visitar un estudio en el *10e arrondissement*, bastante cerca de la plaza de la República, al día siguiente.

Pasé el resto de la tarde tirada en mi cama y comí una barra de un *Kit Kat*. Primer elemento sólido que introducía en mi sistema digestivo desde que había salido de mi casa. No. Ya no era *mi casa*. Nunca más lo sería. Ese simple pensamiento me llevó a llorar de modo histérico durante horas hasta que de nuevo me venció el duermevela.

El estudio en cuestión era un lugar infame. Unos quince metros cuadrados infestados de mugre, distribuidos en un solo espacio, en el que convivían —o, mejor dicho, malvivían—, un sofá viejo, una mesa desvencijada, una cocina de gas y una nevera que, sin duda, había conocido tiempos mejores.

Tardé seis meses en convertir aquel estudio en un lugar habitable. La antigua yo se habría pasado dos días sin salir de él, absorta en una locura de limpieza, pintura y bricolaje. Pero en aquel momento no tenía ningún interés, ni en mi vivienda ni en mi vida. En nada. Solo quería quedarme dormida y despertarme en mi casa, en la que había sido mi casa, con Gonzalo a mi lado.

Muchas veces reflexioné a lo largo de aquellos primeros meses sobre qué echaba más de menos, si a Gonzalo o mi vida anterior en general. Y no me cabía ninguna duda de que mi gran ausencia, el gran vacío que sentía dentro de mí, era Gonzalo. Habría dado la mitad de mi vida por estar viviendo mi exilio parisino junto a él, aunque no volviera a ver a mis amigos, aunque no volviera a disfrutar de mi trabajo, aunque tuviera que compartir con él el zulo mugriento. ¿Y volver a mi vida anterior sin Gonzalo en ella? No. Eso ni siquiera era negociable. Mi vida anterior sin Gonzalo no existía.

Uno de los grandes inconvenientes de empezar una vida desde cero a los treinta años, además de la devastación emocional y la permanente sensación de angustia, es que no tienes nada. Literalmente, nada. Me había trasladado a París con una maleta de mano. Yo, que nunca había sido capaz de viajar con equipaje de cabina, ni siquiera para un fin de semana, disponía para mi retiro de dos pantalones de chándal, unos vaqueros viejos, tres camisetas, una sudadera y un abrigo de invierno. Bueno, y algo de ropa interior. Ni siquiera me había llevado un pijama. Y aunque pueda parecer increíble, eso fue suficiente los seis primeros meses. Viví un estado tal de letargo que la mayor parte de los días no sabía si llevaba en París ocho años o veinte minutos. No comía apenas, si no morí de inanición fue gracias a algunos *snacks* que conseguía introducir en mi cuerpo cuando me sentía demasiado mareada. Pasaba todas las horas del día tumbada en el camastro del zulo —que en realidad no era otra cosa que el sofá cama siempre abierto—, llorando y durmiendo en proporciones similares de tiempo.

En aquellos meses en París, en aquella larga travesía por mi propio desierto de dolor, descubrí que el ser humano es un superviviente incluso por encima de su propia voluntad de sobrevivir. Y, así, un día tuve que comprarme un pijama porque ya no podía seguir durmiendo con la misma ropa que llevaba puesta todo el día. Y, otro día, me empecé a plantear que mis ahorros no iban a durar para siempre y que quedarme en la calle convertiría mi situación en algo todavía peor. Y cuando fui hilando esas conclusiones, descubrí que debía comprarme un ordenador, dado que el mío había quedado aparcado junto con toda mi vida anterior. Ni siquiera me había planteado llevármelo. Así que un día en que me sentía inspirada, fui al Fnac más cercano a mi casa y me compré un portátil. Y al llegar a casa —tendría que acostumbrarme a llamar así al zulo—, incluso fui capaz de entrar en internet y mirar algunas páginas de ofertas de empleo. Ahí encontré el primer problema: todas las ofertas de empleo implicaban algo que yo me sentía muy lejos de ser capaz de hacer. Implicaban socializar. Tener compañeros de trabajo, jefes, hablar con gente, responder a preguntas. Y, por supuesto, si me fiaba de las alertas de empleo que recibía en mi nuevo correo electrónico —había cerrado mi antigua cuenta de correo al mismo tiempo que el resto de mi vida anterior—, tendría que cocinar, algo para lo que me sentía emocionalmente bloqueada.

G

Un asfixiante día de septiembre, de un verano que se resistía a abandonar París de la misma manera en que yo me resistía a encontrarme con él, recibí una alerta de empleo para unos trabajos como traductora. No era gran cosa, el sueldo era mínimo, pero me permitía lo que más deseaba en el mundo: trabajar sola, aislada, sin contacto con gente.

Mi nuevo trabajo resultó ser bastante sencillo. Cada tres días me enviaban textos periodísticos de temáticas muy variadas, y yo debía traducirlos al inglés y el español para una revista *online*. Dado que carecía de vida social y que no comía, dormía o hacía las mínimas tareas domésticas, dedicaba todo mi tiempo a las traducciones. Era perfecto para mi estado de ánimo. Me zambullía en un artículo sobre las relaciones entre Israel y Palestina, o sobre el descarrilamiento de un tren en la India, o sobre el último escándalo sexual de Hollywood y me olvidaba de que había un mundo ahí afuera del que yo, por voluntad propia, había dejado de formar parte.

Los editores de la revista estaban satisfechos con mi trabajo, e incluso en periodos vacacionales escribí algunos artículos con mi propia firma, sustituyendo a los redactores habituales. Cuando conocieron mi trayectoria en el mundo de la cocina, me encargaron varias colaboraciones en la sección de gastronomía. Colaboraciones que escribí sobre recetas que me sabía de memoria, ya que seguía sin ser capaz de acercarme a los desvencijados hornillos de mi apartamento.

En uno de mis primeros días en París, en la bruma de la semiinconsciencia que me envolvía en aquel momento, había abierto una cuenta bancaria. Como mis escasos gastos los cubría con la tarjeta de crédito y ni siquiera me había molestado en activar la banca electrónica, me quedé impactada cuando recibí, meses después, un extracto bancario del que no era muy difícil deducir que mis ingresos no eran suficientes para cubrir mi vida en París, por muy modesta que esta fuera. Así que, tras hacer unos cálculos a lápiz en el sobre mismo del banco y derramar algunas lágrimas, decidí que emborracharme era una idea tan mala como cualquier otra.

Bajé a la calle de nuevo buscando un supermercado en el que comprarme una botella de vino y descubrí que estaban todos cerrados. Quizá un par de meses atrás habría asumido que el mundo conspiraba contra mí, pero ese día estaba muy enfadada, además de muy triste, así que no me rendí ni un segundo a la autocompasión. Entré en el primer bar que encontré abierto, una taberna tan parisina que casi me hizo reír. Si mi ojo de antigua empresaria de hostelería obsesionada por la higiene siguiese aún un ápice despierto, habría huido de allí como alma que lleva el diablo. Pero sonaba Jacques Brel, la clientela era variopinta hasta el esperpento, y yo tenía ganas de beber y olvidarme de mis problemas económicos, que venían a sumarse a todos los demás.

La costumbre de ir a Le Sully a beber se convirtió en una cierta rutina en aquel primer otoño de mi exilio. No lo hacía todos los días, pero casi. Y el día que me descubrí pidiendo un botellín de agua con gas en lugar de un whisky solo, me di cuenta de que no llevaba meses yendo a ese bar para emborracharme, sino porque me gustaba estar allí. Y ese hecho tan simple, el hecho de que algo, una única cosa, me gustase, tras meses y meses de desidia, fue el primer paso de mi regreso del mundo de los emocionalmente muertos.

☙

—*Bonsoir* —me saludó en francés una de las clientas habituales, como yo, de Le Sully. Nunca había hablado con ella, pero sí me había fijado alguna vez en su peculiar aspecto. Era una mujer muy baja —apenas superaba el metro cincuenta de estatura—, pero con un atractivo que me resultaba magnético incluso a mí. Llevaba meses fijándome en como las miradas de los clientes habituales —y mucho más aún de los no habituales— se desviaban hacia sus caderas y sus pechos. Toda ella era prominente sin resultar vulgar. Y siempre vestía de una manera entre elegante y decadente. Me sorprendió que me saludara. Me sorprendió mucho—. Eres española, ¿verdad?

—Sí —respondí.

—¿Y no te gusta mucho hablar?

—No demasiado.

—¿Sabes? Llevo semanas observándote. Entras aquí, pides un vaso de vino, o dos, o tres. Y nunca hablas con nadie. Pero no miras nunca tu móvil, como suele hacer la gente que está sola en un lugar

140

público, ni tratas de entablar conversación. Y es obvio que tampoco vienes aquí a ligar. Me intrigas.

—No era mi intención intrigar a nadie cuando empecé a venir aquí.

—Oh, no te ofendas, por favor. Es solo que creo que hay una historia detrás de ti. Vistes siempre como si te acabaras de escapar de un gimnasio —arqueé una ceja ante la nada velada crítica a mi aspecto—, pero te diriges a los camareros como si hubieses sido educada en el palacio de Buckingham. Parece que solo quieres emborracharte, pero el día que intentaron servirte un vino malo lo distinguiste sin llegar a probarlo. ¿Quién eres?

—Mi nombre es Carmen, Carmen Wheeler, y no tengo ni la menor idea de por qué estoy sometida a esta investigación por tu parte —dije, entre borde y divertida.

—Me llamo Petite. —Me estrechó la mano.

—¿Petite? ¿Eso es un nombre?

—Es mi nombre.

Compartimos una botella de vino de Saint Emilion. Bueno, en realidad fueron dos. Me hacía gracia aquella pequeña mujer y las innumerables historias que contaba sobre París. Hablaba un español perfecto y, a mitad de la conversación, decidimos pasar a comunicarnos en mi lengua natal. Hacía tanto tiempo que no hablaba con nadie que me quedé afónica enseguida.

—¿Puedo hacerte una pregunta? —me dijo Petite cuando el alcohol ya había hecho mella en mí. A ella se la veía fresca como una rosa.

—Claro.

—¿Te apetece tomarte una última copa en mi casa?

—¿Eso es una proposición?

—Evidentemente.

ဌ

No echaré la culpa al alcohol porque no la tuvo. Tras meses sin permitirme sentir nada parecido al placer, supongo que Petite, con su atractivo magnético y su forma de hablar tan clara y sin tapujos, despertó en mí algo que yo creía dormido para siempre: la tentación del sexo. Alguna vez, en aquella depresiva etapa previa a conocerla, había llegado a llorar por mi renuncia a volver a sentir placer. Porque sí, yo me había impuesto la deserción de por vida del sexo, como me había obligado a dejar de sentir en todos los demás aspectos de mi vida. No sé si fue la propia naturaleza humana o que estaba sacando la cabeza del pozo sin ni siquiera darme cuenta, pero lo siguiente que vi fue a mí misma en el asiento trasero de un taxi, devorada por los besos certeros de aquella pequeña mujer.

Al llegar a su lujoso apartamento, no hubo tiempo ni ganas de preliminares. Petite me sujetó la cara con las dos manos en cuanto cerró la puerta y deslizó su lengua en mi garganta mientras me quitaba la ropa. No sé cómo llegamos hasta su cama, pero allí me deshice de placer en sus brazos, en su lengua, en sus dedos. Rompió el beso en el que llevábamos inmersas desde que habíamos entrado y bajó su lengua por mi cuello, mis pechos, mi ombligo... hasta que se ensañó con ganas en mi palpitante clítoris. Sentí placer por primera vez en meses. No solo había renunciado al placer sexual sino a cualquier clase de placer. En manos de Petite, recuperé una parte de mí misma que creía muerta. Aun así, hubo dolor en aquel encuentro. No pude evitar pensar, con cada acometida de la lengua de Petite sobre mí, en la última persona que había sido acreedora de mis gemidos. Gonzalo estaba allí, sobre mí, como lo estaba en cada paso que había recorrido en mis meses en París. Confusa por el whisky, la añoranza y el placer, decidí fingir un orgasmo cuando consideré que Petite se merecía que yo le pagara con la misma moneda.

ℬ

Cuando desperté y vi que era de día, pudo en mí más la incredulidad de haber dormido unas cuantas horas seguidas por primera vez en meses que la reflexión sobre lo ocurrido la noche anterior. Petite fumaba mientras bebía una taza de café acomodada en el diván blanco de su dormitorio. Me miró y sonrió.

—¿Estás lo suficientemente despierta como para que te haga una propuesta? —me dijo.

—Esto… Petite… Yo… Acabamos de conocernos, no sé si me apetece oír ningún tipo de proposición —le respondí, dubitativa y asustada, mientras buscaba mi ropa para vestirme. Pronto recordé que había quedado esparcida por el vestíbulo de su casa, así que me limité a cubrir mi desnudez con las sábanas.

—Puedes estar tranquila, no hablo de enamoramientos. Quiero tratar un tema de negocios contigo.

—¿De negocios?

—Sí. Y supongo que cuando me escuches, te enfadarás y saldrás de aquí corriendo, pero, por si hubiera alguna posibilidad de que te plantees trabajar conmigo, yo te voy a hacer la propuesta.

—¿Trabajar contigo? Ni siquiera sé en qué trabajas.

—A ver, Carmen, tienes que escucharme. ¿Puedes darme cinco minutos para que te explique en qué consiste mi negocio? De paso, te contaré parte de mi vida, algo que, créeme, no mucha gente puede decir.

La escuché, y todo encajó. Desde su aspecto hasta su dominio del español, todo cobró sentido con la historia que me narró a continuación. Petite, que por supuesto no era su verdadero nombre, era nieta de una cocinera española que había llegado a París en los años cuarenta, recién enviudada y con una niña que apenas caminaba todavía. La vida era dura en aquel París de la posguerra, muy dura, y mucho más para una inmigrante y madre soltera. Así que la madre de Petite, en cuanto tuvo edad suficiente para atraer las miradas de los hombres, se lanzó a hacer la calle. No tardó en quedarse embarazada de un cliente y se resignó a que, quince años después de dar a luz a aquella niña a la que yo ahora tenía delante contándome su historia, su hija siguiera sus mismos pasos.

Pero Petite tenía dos cosas que hicieron que su vida se alejara del sórdido barrio de París en el que se había criado: una belleza deslumbrante y una cabeza muy bien amueblada. Me contó cómo fue subiendo sus tarifas, desoyendo los consejos de su madre, con tanta naturalidad que yo apenas podía creer que estuviera hablando de cómo se prostituía cuando ni siquiera era mayor de edad. Me contó cómo a los veinticinco años tenía en su nómina de clientes a algunos de los hombres más ricos y poderosos de París y cómo, sabiendo que la juventud y la belleza no le iban a durar toda la vida, había decidido diversificar su negocio. En la actualidad, y desde hacía ya más de quince años, Petite dirigía una agencia de acompañantes. Acompañantes, *escorts*, prostitutas de lujo… ella misma me dijo que la nomenclatura era lo que menos le importaba. Y entonces comprendí.

—¿Esta es tu táctica para reclutar a tus trabajadoras? ¿Buscar en un bar a chicas con pinta de desesperadas, tirártelas para ver si dan la talla en la cama y ofrecerles ser putas?

—Más o menos. —Su franqueza me desarmó—. Pero no veo que estés recogiendo tus cosas y corriendo lejos de aquí.

—Te escucho.

—Hablas varios idiomas, ¿verdad?

—Sí. Inglés, francés y español.

—¿Como para tener una conversación fluida?

—Sí, sin problema.

—¿Sabes bailar?

—Sí, me defiendo bastante bien.

—Ya lo he comprobado yo misma, pero tuviste una buena educación, en cuanto a modales y esas cosas, ¿verdad?

—Supongo. Si lo que me estás preguntando es si sé comer en una mesa con una cubertería completa, sí.

—Algo así.

—¿De qué estamos hablando, Petite?

—Te veo interesada.

—Nunca rechazo una oferta sin escucharla.

—Me gusta. Bien, el ochenta por ciento de mi negocio actual consiste en proporcionar chicas para determinados servicios a hombres de nivel adquisitivo alto y muy alto. Y cuando digo *determinados servicios*, no me refiero en absoluto a servicios sexuales.

—No te estoy entendiendo.

—Te pongo un ejemplo. La embajada de España en Francia organiza una cena de gala para empresarios españoles con presencia en el mercado francés. Un empresario está soltero, o divorciado, o viudo. O incluso tiene una pareja de veinte años sin cerebro, cosa que ocurre con cierta frecuencia. No domina bien el idioma y sabe que en esa cena no va a poder hacer contactos porque va a estar un poco perdido. Ahí es donde entro yo. A ese empresario, a cambio de una suma muy interesante de dinero de la que él no tiene ningún problema en desprenderse, le proporciono una chica guapa, elegante, culta, con dominio de los idiomas en los que él esté interesado y que conozca Francia, su cultura, y que sepa desenvolverse en una cena de gala. ¿Me sigues?

—Sí. Pero aún falta que me hables del otro veinte por ciento de tu negocio.

—Chica lista. El otro veinte por ciento es, por supuesto, asuntos de cama. Todo está contratado de antemano. Si el empresario quiere final feliz del servicio, pagará mucho más dinero, y mi trabajadora estará informada desde el primer momento de lo que se requiere de ella.

—Comprendo.

—Ya. Y además de comprender, ¿te interesa?

—Podría ser. ¿De cuánto dinero estamos hablando?

—Mil euros por servicio *light*. Tres mil con final feliz.

—Los finales felices, ¿son muy sórdidos?

—¿Sórdidos? —Petite se carcajeó—. Sado y esas cosas, no. Además, los interesados en llevar a una sumisa atada con correa ya tienen sus propios clubs, no suelen acudir a mí.

—Petite, ¿cuál es la parte fea de esto? Porque, por lo que me estás contando, parece un Disneylandia muy bien pagado.

—La parte fea es que eres puta. No te arrastras por las calles como hizo mi madre —sus ojos se oscurecieron al recordar su triste pasado—, pero sigues vendiéndote por dinero. ¿Eso no supone un problema para ti?

—Pues supongo que no. Acompañar a un hombre a una cena, bailar con él y, solo si yo quiero, hacerle una mamada y ganarme el equivalente a cuatro meses de alquiler... no, no me supone un problema.

—¿Te has acostado con muchos hombres?

—Los suficientes para saber lo que me hago.

—*Lo que te haces* ya lo comprobé anoche, no me hace falta tu currículum para eso. Aunque, al parecer, yo debí de hacer algo mal, ya que no conseguí que te corrieras. ¿Es porque nunca habías estado con una mujer?

—Sí, había estado con mujeres. No es ese el problema. A ver, Petite, yo tengo un pasado muy jodido en lo emocional.

—Es muy evidente.

—¿Ah, sí? Pues no me gusta que se note. De hecho, pensé que había fingido bien ayer.

—Fingiste bien, pero yo llevo muchos años en esto.

—Bueno, es un consuelo. No… yo no… no me había acostado con nadie en meses hasta ayer. Y no es algo que piense volver a hacer en mi vida por placer. No quiero enamorarme, ni siquiera puedo hacerlo, no quiero relaciones. Pero me gusta el sexo, y supongo que antes o después conseguiré tener un orgasmo sin recordar a la persona que me hizo correrme durante años.

—¿Estás enamorada?

—Sí. Y lo voy a estar siempre. Y ya te lo digo ahora: acepto tu propuesta laboral. Pero antes quiero dejar clara una cosa: mi vida, mi corazón y mi felicidad se quedaron en España. Estaba casada, pasó algo horrible y tuve que marcharme. No es nada ilegal, no me mires así. Fue solo… un terremoto emocional. Pero nunca, nunca, jamás, querré hablar de ello, ¿OK?

—*D'accord.* Soy una experta en evitar los temas que odio de mi pasado. Y ya que hablamos de tabúes, hay dos preguntas a las que nunca respondo, así que evita hacerlas. Nadie tiene por qué estar interesado ni en mi verdadero nombre ni en mi edad. Y dicho esto, ¿trato hecho?

—Trato hecho. —Le estreché la mano y, con ese gesto, me metí en un mundo en el que, de tanto querer no ser yo, incluso cambié de nombre.

17

Fui Diana durante casi dos años. Petite se puso mitológica a la hora de rebautizarme («eres una guerrera, aunque ahora mismo tú no lo sepas»), y con ese nombre de guerra empecé a trabajar. Durante los primeros meses no tuve ningún servicio *con final feliz*. Me limité a acompañar a unos cuantos hombres a todo tipo de cenas, bailes, conciertos, actos benéficos… Mi única obligación era ir vestida de forma impecable, y mi único cometido, cogerlos del brazo y mediar en las conversaciones en inglés, francés o español, según la necesidad de cada uno.

Era fácil sacar un estereotipo de mis clientes. Todos eran hombres de mediana edad, entre cuarenta y cinco y sesenta años, con un nivel adquisitivo bastante alto, buena educación y una cierta cultura. Petite se encargaba de que los demasiado vulgares o los que intentaban propasarse por encima de lo contratado no volvieran por la agencia.

Mi situación económica era entonces más estable que nunca, e incluso había empezado a mirar anuncios de apartamentos que me dieran menos ganas de vomitar que aquel en el que llevaba ya casi un año y medio. Seguía trabajando con la editorial en el departamento de traducción y, al fin, llevaba una vida algo ordenada. Seguía pasando todo el día encerrada en mi apartamento, pero ya no era tanto un castigo autoimpuesto como una obligación, en parte porque las traducciones lo requerían y en parte porque la realidad era que no tenía amigos. Seguía echando de menos a Gonzalo, tanto que no había un solo día que no pensara en él, pero por primera vez me permití añorar también otras cosas de mi vida. Y, si algo echaba de menos, era tener algún amigo al que llamar. Muchas veces me lo planteé, sabía que Julio o Ana no me colgarían el teléfono. De hecho, o mucho me equivocaba o estarían encantados de hablar conmigo. Pero nunca llegué a llamarlos. Cuando me invadía la nostalgia de ir a tomar unas cervezas con amigos, al menos podía contar con Petite, que se conocía cada local de París y en todos ellos parecía tener siempre una mesa reservada.

3

Seis meses después de empezar a trabajar con ella, me propuso mi primer servicio con final feliz. Yo seguía completamente inmune en el terreno emocional, no había permitido que Petite ni ninguna de las pocas compañeras con las que tenía trato me presentaran a los muchísimos candidatos que ellas creían tener para conquistar mi corazón. En el aspecto físico, no puedo decir que no echara de menos el sexo. Al menos el sexo con hombres, ya que de tarde en tarde caía en la tentación de ir con Petite a su apartamento y entregarnos a unas horas de lujuria sin tabúes ni ataduras.

—Se llama Frank, es inglés, tiene cincuenta y dos años y es millonario. —Me encontraba en la sede de la *empresa* de Petite, recibiendo la información que necesitaría esa noche para mi primer trabajo como prostituta. Estaba tan nerviosa que era incapaz siquiera de recordar los datos más básicos.

—¿Qué ha pedido?

—Nada raro, tranquila. Tiene una empresa de telecomunicaciones, aplicaciones para móviles o algo así, *je ne sais pas*. Han abierto una filial en Francia y esta noche celebran una cena en un restaurante súper pijo del centro; tienes toda la información en la hoja que te he dado. Tú eres una amiga española que lleva años viviendo en París y que va a acompañarlo. Se acaba de divorciar y no tiene pareja. Además, no habla nada de francés, así que en la cena todo el mundo hablará inglés, pero quizá en algún corrillo privado necesite que le eches una mano con el francés.

—Vale, toda esa parte me la sé, Petite. Llevo seis meses siendo la acompañante mona de tíos forrados. ¿La segunda parte?

—Sí, eso. Se aloja en el Hotel Haussmann, cerca de las Galerías Lafayette, ¿sabes dónde es?

—Sí, conozco el hotel.

—Bien, pues tú lo acompañarás, y el resto no creo que te lo tenga que explicar, ¿no? No tiene rarezas, ha trabajado con nosotros otras dos veces y es muy normal. Un par de polvos, una mamada, no sé… Lo que os surja. Todo con condón, por supuesto, no te olvides. Tiene pagada la noche entera, te puedes quedar a dormir si quieres, a él no le importa. O te puedes ir al terminar, no hay problema.

Petite me obligó a pasar toda la tarde en la peluquería de Danièle, su esteticista habitual, sometida a todo tipo de torturas: depilación, corte de pelo, limpieza de cutis, manicura, pedicura… Aunque odiaba todas esas rutinas obligatorias de mi trabajo, lo cierto es que en esa ocasión me sirvieron para desconectar la cabeza de los nervios que tenía por la cita de esa noche.

Petite trató de tranquilizarme mientras me ayudaba a vestirme. El vestidor de Petite era algo así como el paraíso en la Tierra para cualquier persona con un mínimo gusto por la moda. Y yo no era una apasionada del tema, pero aquel lugar conseguía atraparme. Para la ocasión elegimos un vestido largo de seda, de escote en pico atado en el cuello y un amplio fajín bajo el pecho. La parte superior era de un tono rosa desvaído, sin estampados, y de los bajos de la falda parecía ascender un oasis de vegetación en diferentes tonos de verde. Combiné el vestido con unos discretos zapatos de tacón también en tonos rosados, y la verdad es que tenía un aspecto magnífico. Vi a Petite sonreír a través de su reflejo en el enorme espejo de pie que tenía ante mí.

—¿Qué?

—Estás espectacular, te lo vas a pasar *super* esta noche.

—Petite, estoy histérica. No me puedo creer lo que voy a hacer esta noche. No sé ni cómo me siento con respecto a *eso*.

—Diana, puedes tomártelo como un drama o puedes tratar de disfrutarlo. Una buena cena, con gente culta y agradable y al final un polvo, como habrás echado mil con desconocidos. Y mañana tres mil euros más en tu cuenta.

—Haces que parezca muy fácil.

—Deja de darle vueltas. Su coche te recogerá en diez minutos, así que mete tus cosas en el bolso y prepárate.

Frank me hizo sentir cómoda desde el primer momento. Era un hombre encantador y muy culto, que había levantado su empresa de la nada. Charlamos durante todo el trayecto antes de llegar al restaurante y, una vez allí, conocí a sus compañeros de la filial francesa, con quienes también conversé bastante, alternando el francés y el inglés sin demasiadas dificultades.

La noche acabó más temprano de lo que yo hubiera deseado, y nos encaminamos hacia su hotel. Hicimos el trayecto caminando, ya que estábamos a pocas manzanas de él. Cuando entramos en el vestíbulo, me sorprendió que quisiera tomar una copa en el bar.

—¿Llevas mucho tiempo en esto, Diana? —me preguntó, alcanzándome la copa de champán que acababan de servirme.

—Unos meses.

—¿Sabes lo que va a ocurrir cuando subamos a la habitación?

—Sí. Sí, claro. Petite me ha dejado todo muy claro.

—Perfecto. No suelo recurrir a estos servicios. Pero tengo un amigo que conoce a Petite desde hace años, y me aseguró que la experiencia merecería la pena. Así que me he hecho un poco adicto a las chicas de Petite.

—Espero que esta noche no haga que te arrepientas de haberle hecho caso. —Traté de bromear.

—No lo creo. —Se acercó a mí y empezó a deslizar su dedo índice por mi pierna, sobre el vestido, mientras acercaba la otra mano a mi nuca—. Ahora, voy a besarte.

Y lo hizo. Yo siempre había oído que las prostitutas y los clientes no se besaban, por lo que me cogió por sorpresa su acercamiento. Aunque lo cierto es que hizo que resultara mucho más sencillo emprender, unos minutos más tarde, el camino de su habitación.

Podría decir que mi experiencia fue traumática. Podría decir que me desperté llorando en mitad de la noche y abandoné el hotel con mi ropa interior en el bolso. Podría decir muchas cosas desagradables para justificar el hecho de que me había acostado con un hombre por dinero. Pero todas serían mentira. La verdad es que Frank fue agradable, y en ningún momento pareció que aquel encuentro sexual fuese algo diferente del que se produciría entre dos personas que se han conocido en un bar. No era guapo, ni siquiera un poco atractivo, pero mi desconexión emocional en aquella época era tal que no necesitaba ninguna de esas características para permitir que un hombre se acostara conmigo. Fingí un orgasmo cuando consideré que él quería que lo hiciera, le hice una mamada poniendo en ello todo mi interés, y caímos dormidos en la enorme cama de aquella habitación de hotel. Tres horas después, me desperté, le comuniqué que me marchaba y continué durmiendo en el camastro de mi zulo, hasta que Petite me despertó a la mañana siguiente para preguntarme qué tal me había ido.

❃

Después de ese encuentro, me concertó otro con un diplomático belga que visitaba París una vez al mes. Llevaba tiempo contratando los servicios de Petite, así que ya no se molestaba en disimular que quería compañía en eventos públicos y se limitaba a pedirle una chica con la que pasar la noche. Era bastante más atractivo que mi primer cliente, pero también menos agradable. Con él, me limitaba a disfrutar del contacto físico, convenciéndome a mí misma de que me habría acostado con él aunque no mediara una transacción económica de por medio. Debió de gustarle lo que le ofrecía porque empezó a solicitar mis servicios con cierta asiduidad.

Con los trabajos que realizaba para Petite como acompañante y el dinero extra que recibía con las visitas del diplomático, mi situación económica era cada vez más boyante. Continuaba escribiendo para la publicación *online* en la que había empezado a colaborar al llegar a París, desde hacía unos meses ya solo en la sección de cocina. El redactor con el que me coordinaba para estos trabajos consideraba que tenía un estilo original escribiendo, y las visitas a la sección gastronómica de la

151

revista habían subido desde que yo había empezado las colaboraciones. A pesar de que no necesitaba el dinero —una sola noche trabajando para Petite superaba con creces lo que ganaba en varios meses escribiendo—, continué con aquellos encargos. Como seguía siendo incapaz de cocinar, diversificaba los contenidos de la sección con críticas de restaurantes —tener como amiga a Petite hacía que conociera la mitad de los locales de París— y reportajes sobre nutrición y otros aspectos que siempre me habían interesado cuando me dedicaba a la cocina.

—Vas a acabar abandonándome por la cocina, ¿verdad? —me preguntó Petite en una de aquellas mañanas de domingo que dedicábamos al noble arte de probar todos los cócteles que ofrecían los bistrós parisinos.

—No, no, no, ni de broma. —Me reí—. No puedo ni encender la cocina de mi casa. Te abandonaré por cualquier otro motivo, pero no será por cocinar, créeme.

—Pues será por cualquier otro motivo, como acabas de decir, pero tengo la sensación de que te queda poco tiempo trabajando para mí.

—¿Por qué dices eso? ¿Estás descontenta conmigo? —Hice un mohín para dejarle claro que quería seguir con ella todo el tiempo posible.

—Ya sabes que no, no pongas esa cara de tonta. —Se rio—. Pero siempre ocurre, sobre todo con las que tenéis algo en el cerebro. Nadie quiere ser puta toda la vida.

—Es que yo no me siento puta. Te lo juro, Petite, me siento bien con lo que hago, me divierto. Todos esos trajes, los tratamientos de belleza, las cenas, la ópera… Y el dinero, claro.

—No te entiendo, Carmen. Tú no me pareces la típica chica que quiera dedicarse a esto. Podría creérmelo si disfrutaras del sexo, como me pasaba a mí cuando hacía lo mismo que tú. Pero ni siquiera te corres con los clientes, *ai-je raison*?

—Sí.

—¿Por qué?

—Petite… Ya te he dicho que no me gusta hablar de ello, pero es mi pasado. Todo lo raro que me ocurre es por mi pasado. La persona normal que conoces, la que está aquí tomándose una copa o la que escribe en la revista, es la persona que yo he sido siempre. La que desconecta sus emociones hasta el punto de no sentir nada raro por ser puta, la que sigue viviendo en un zulo de un barrio de mierda, la que no puede cocinar… esa es la persona en la que me convirtió lo que pasó.

—¿Tan horrible fue?

—Sí. Fue horrible. Y lo que es peor, fue culpa mía y me costó perder al amor de mi vida.

—¿Y por qué no vas a buscarlo? Si era el amor de tu vida, y tú seguro que eres el de la de él, ¡ve a por ello! Trata de recuperarlo, ¿qué es lo peor que te puede pasar? El no ya lo tienes.

—Es más complicado que todo eso. Él me pidió no volver a verme, me dijo que si nos volvíamos a ver acabaríamos juntos, y que, si acabábamos juntos, acabaríamos odiándonos. Y esta vida que tengo desde que llegué a París a ratos se me hace insoportable, pero es mejor que la idea de que Gonzalo me odie.

—Es la primera vez que dices su nombre.

—Lo digo en mi cabeza todos los días. Ni siquiera he sido consciente de haberlo dicho en voz alta.

—Creo que te equivocas, Carmen. Creo que ha pasado el tiempo suficiente para que podáis…

—No —la interrumpí—. No quiero hablar de ello. Solo yo sé lo que hice y solo yo sé las consecuencias que tuvo para un montón de gente de mi entorno.

—Como quieras. ¿Pedimos otra?

—No. Quiero un helado. No me preguntes por qué, pero necesito un helado de mandarina.

—Pues estás de suerte porque los mejores helados de París los venden en…

—… en la Île Saint-Louis. Lo sé.

—Pues, *allons-y*!

3

—¿Sabes, Petite? Desde mi primera semana en París no había vuelto a esta isla.

—No es un lugar muy de paso, ni siquiera hay parada de metro.

—No es eso. Cuando viví con Gonzalo en París…

—¿Viviste en París con él?

—Sí. Hice las prácticas universitarias en el Ritz, y él se vino a vivir conmigo. Fue la primera vez que vivimos juntos. Bueno, lo que decía, cuando viví con él aquí, siempre decíamos que cuando nos hiciéramos ricos viviríamos en la Île Saint-Louis y desayunaríamos todos los días helado de mandarina. No había podido volver por aquí, aunque es mi lugar favorito de París.

—Lógico. Si prefieres, nos vamos.

—No. No quiero irme. Quiero empezar a enfrentarme a mis fantasmas. De entrada, estoy aquí hablando contigo sobre él, cosa que hace unos meses habría sido incapaz de hacer.

Nos sentamos en un muro de cemento sobre el Sena a comer nuestros helados. La lluvia había decidido darnos una tregua aquel día, y disfrutábamos del sol de mediodía viendo la torre Eiffel en la distancia. Allí sí que no me sentía capaz de volver. En todo el tiempo que llevaba viviendo en París, evitaba sus inmediaciones como si fueran la peste, aunque al menos ya era capaz de mirarla a distancia.

—Voy a comprar tabaco —me dijo Petite—. ¿Me esperas aquí?

—Te espero. Cómprame un paquete a mí, anda, luego te doy el dinero.

—*Gonflée!* —Se rio, y la vi alejarse atrayendo las miradas de turistas y lugareños.

Quiero pensar que fue el destino el que hizo que desviara la vista hacia un cartel colgado en un portal cercano al estanco en el que acababa de entrar Petite. Ni siquiera fui consciente de haberme levantado y estar apuntando el número de teléfono de aquel apartamento de alquiler en aquel lugar idílico de París. Llamé antes incluso de que Petite regresara y, para cuando lo hizo, ya tenía una cita para visitar el inmueble un par de horas después.

—¿Que has hecho qué? —preguntó alucinada Petite cuando regresó a nuestro improvisado asiento.

—¿Pero no eras tú la que decía que no podía seguir viviendo en mi zulo?

—¡Y no puedes! Pero ¿aquí? No vas a poder pagarlo ni aunque te ponga a follar con todos los ricos de París.

—¡Petite! ¿Tienes que hablar siempre tan claro?

—*Naturellement.* —Se carcajeó.

—Por verlo no perdemos nada, ¿no?

Aquel apartamento era la peor idea que nadie había tenido jamás. La señora que nos lo mostró, que debía de llevar más años en París que el propio edificio, nos explicó que era la antigua vivienda del portero de la finca. Protestó con un tono bastante rancio contra los nuevos tiempos que habían hecho que la comunidad prefiriera prescindir del servicio de portería y, como no podían vender el apartamento ya que era propiedad de todos los vecinos, habían decidido alquilarlo. Para empezar con los problemas, el apartamento se encontraba en la sexta planta. Y no había ascensor. Para continuar, la superficie total eran diecinueve metros cuadrados. Y en esos metros cuadrados, habían conseguido embutir dos dormitorios, uno de ellos diminuto; el otro, poco más que un armario. La cocina, incomprensiblemente pintada de rojo, consistía en dos pequeños armarios adosados a una esquina del salón. Cuando ya estaba bastante horrorizada, caí en la cuenta de que no había cuarto de baño. La amable anciana me comunicó que se encontraba *fuera*. Y esa palabra, ese *fuera*, se convirtió en mi perdición. Cuando abrió la puerta de aquella azotea, comprendí que aquel piso iba a ser mi hogar para siempre. Una terraza, más grande que el propio apartamento, desvencijada y llena de musgo y otros seres vivos en los que prefería no pensar, pero con una vista directa a la catedral de Notre-Dame y, al fondo, la torre Eiffel. En una esquina de la terraza, una especie de caseta de obra alojaba un retrete y una ducha. Sin lavabo. Y ese era el apartamento del que acababa de enamorarme.

—*Mon Dieu!* —Me sacó de mi ensoñación Petite—. Te vas a quedar esta mierda de sitio, ¿verdad?

—¿Tanto se nota?

Negocié un poco el alquiler, que en cualquier caso era menor de lo que yo había esperado —aunque muchísimo mayor de lo que aquel agujero merecía—, y pedí permiso para realizar algunas mejoras en el piso. Menos de media hora después de entrar por primera vez en aquel edificio, había firmado el contrato de alquiler.

3

Las siguientes semanas se convirtieron en una locura de obras, polvo, derribo de muros y montaje de muebles. Todo mereció la pena el día que me instalé. El dormitorio (aún más) pequeño se había convertido en mi vestidor, además de contenedor de todo tipo de trastos que no habían quedado proscritos a la terraza. En el otro dormitorio, al poder prescindir del armario, me permití disponer de una cama doble, una mejora sustancial con respecto al camastro de mi zulo anterior. El magnífico equipo de obreros que Petite me había enviado —Petite debería recibir en algún momento el título oficial de ángel de la guarda— había tapiado la entrada al cuarto de baño por la azotea y habían conseguido encajar un lavabo junto a la nueva puerta, ubicada al lado de la entrada a la terraza. Un poco de pintura, un suelo nuevo y algunos muebles más tarde, aquel piso se parecía al fin a un hogar. Hasta Petite dio su visto bueno el día en que se dignó poner sus pies en mi casa.

—*Foutre!* Pero si este lugar parece habitable y todo.

—¿A que es precioso?

—¡No me puedo creer que hayas dejado la cocina roja! Aunque, en realidad, le pega muy bien al estilo del piso. Muy parisino, *oui oui*, has hecho un gran trabajo.

—Lo han hecho los chicos que me enviaste, yo me he limitado a elegir cuatro cosas en catálogos.

—Bueno, *chérie* —me abrazó mientras se servía el segundo vaso de vino en pocos minutos—, al fin empiezas a levantar cabeza. Este piso te va a traer grandes cosas, lo sé.

—Gracias, jefa.

—Hablando de negocios, tengo a alguien para ti. Servicio completo. ¿Estás disponible?

—Sí, vuelvo a estar al cien por cien para ti, ahora que he acabado con la reforma. La mudanza me sacará poco tiempo, supongo, apenas he reunido nada en el otro piso. Nada que quiera traerme, al menos. ¿Qué sabes del cliente?

—Poca cosa. Vive aquí, en París, está casado y tiene mucho dinero. No hay acto social previo, quiere follar y punto.

—Vale, como el belga, entonces, ¿no?

—Sí, algo así, pero es más joven y no está mal. Vale, en realidad es muy feo, pero también muy simpático. Ya sabes que tengo un gusto raro para los hombres. —En realidad, yo no sabía nada del gusto amoroso de Petite, pero a ella le encantaba empezar las frases con un «ya sabes que».

—¿Cuándo has quedado con él?

—El martes de la semana que viene. Ha visto el *book* y te quiere a ti los martes, a Aline los miércoles y a Jeanne los jueves.

—Tiene pinta de tener un matrimonio feliz —ironicé.

—Mejor para nosotras. ¿Te veo el martes a las cuatro para peluquería y maquillaje?

—Qué remedio.

—Me voy. —Me dio dos besos y se dirigió a la puerta—. ¡Me encanta tu casa!

Cuando Petite se marchó, ni siquiera el mareo provocado por el vino impidió que me diera cuenta de que tenía razón: aquel piso iba a ser el comienzo de una vida digna en París.

3

—Hola, Diana —me saludó Julian el primer martes que nos vimos—. Un placer conocerte.

—Hola. ¿Quieres ir a tomar algo?

—Quiero tomarte a ti. —Directo al grano. Mucho más sencillo para mí.

Ver a Julian todos los martes se convirtió en mi rutina habitual, lo cual me proporcionó unos ingresos considerables, aun cuando Petite renegoció mi tarifa a la baja al haberse convertido en una especie de sueldo fijo.

Julian era cualquier cosa menos atractivo. Rondaba la cuarentena y tenía un buen cuerpo, pero su cara era bastante peculiar. Siempre escondido tras sus gafas de montura al aire, con una piel que hacía obvio que su adolescencia debía de haber sido un infierno de acné y unos dientes en los que apetecía recomendarle que invirtiera parte de su fortuna. Pero, tal como Petite me había adelantado, era agradable. Solíamos quedarnos charlando después de practicar sexo, ya que él no tenía que volver a casa hasta las dos de la madrugada.

—¿Te puedo hacer una pregunta personal? —Me venció la curiosidad un día en que compartíamos una botella de vino en la cama del hotel habitual.

—Tú hazla, Diana, y yo ya veré si la respondo o no.

—¿Qué excusa le pones a tu mujer para aparecer a las dos de la madrugada todos los martes?

—Y los miércoles y los jueves —me aclaró entre carcajadas—. Dirijo un grupo de comunicación *online*. En realidad, termino mi trabajo a las cuatro de la tarde, pero Odile cree que martes, miércoles y jueves tengo que quedarme hasta última hora en la redacción.

—¿Y se lo cree?

—En la misma medida en que yo creo que los sábados por la mañana va a pilates en vez de a ver a su amante a Montmartre.

—Pero ¿no te has planteado divorciarte?

—No. ¿Para qué? Dividir los bienes, custodia de los niños… Estamos bien así.

—¿Sabes? —Cambié de tema—. Yo también trabajo en el mundo de la comunicación, escribo una columna de cocina en una revista *online*.

—¿No será en *Le Facteur*? —Se levantó de golpe, con los ojos como platos.

—Pues… sí…

—¡Joder, Diana! ¡Soy tu jefe! ¡Y encima esa es la única sección que leo con asiduidad!

—¡Nooo!

La situación era incómoda, incluso puede que ilegal o alegal o yo qué sé, pero el caso es que nos dio la risa. Caímos ambos boca arriba en la cama envueltos en carcajadas.

—Oye, sobra decir que nada de esto va a salir de aquí, ¿de acuerdo? —Traté de tranquilizarlo.

—¿Petite no te ha hablado del contrato de confidencialidad? Si algo de esto saliera de aquí, tú y tu jefa tendríais muchísimos problemas —me dijo, sonriendo.

—Bueno, mejor para todos, entonces.

18

Seguí viéndome con Julian cada martes durante algunas semanas hasta que un día lluvioso, en la misma habitación de hotel en que siempre nos encontrábamos, me hizo una propuesta que puso cada una de mis neuronas a trabajar.

—Diana, ¿nunca te has planteado montarte en esto por tu cuenta? Prescindir de Petite, vamos.

—La verdad es que no. Es mi amiga y, además, ella se encarga de todo. No, no me lo he planteado, la verdad.

—¿Te gustaría trabajar, no sé cómo decirlo, en exclusiva para mí?

—¿Qué me estás proponiendo en realidad?

—Que seas mi amante. Seguiré pagándote, claro, el precio lo pones tú.

—Yo… Yo creo que no…

—No me contestes hoy. La semana que viene lo hablamos. Te veo el martes, ¿verdad?

—Sí, sí, claro.

No tuve nada que pensar. La sola idea de convertirme en amante retribuida de Julian me resultaba repugnante. Puede parecer incoherente, teniendo en cuenta la relación que habíamos mantenido hasta ese momento, pero yo ya me empezaba a cansar de mi *profesión* y lo que menos me apetecía era convertirla en algo tan permanente como lo que Julian me proponía.

ဗ

—Julian, lo he pensado y… no estoy interesada en tu oferta.

—Pero, Diana, por favor. Es una gran oportunidad para los dos. Tú eres la mejor de las chicas que Petite me ha presentado.

—Julian, de verdad, no estoy interesada.

—Está bien —se resignó—. Tengo otra propuesta que hacerte.

—¡Qué miedo! —bromeé.

—Supongo que sabrás que hemos creado un nuevo portal editorial y que estamos entrando con mucha fuerza en el mundo del libro digital.

—Sí, he leído los artículos que nos habéis enviado a los colaboradores sobre ese asunto.

—Bien, pues me gustaría que escribieras un libro en la línea de tus artículos en la revista. Una especie de recopilación de contenidos relacionados con la gastronomía: recetas, críticas de restaurantes, artículos sobre nutrición… Todo con ese tono desenfadado que le das a tus escritos. ¿Qué opinas?

—Me gusta la idea. Continúa.

—Tienes toda la libertad. Puedes introducir los contenidos que tú consideres adecuados, y luego el equipo editorial se encargará de hacerlo, digamos, *vendible*.

—Dame unos días para ver si soy capaz, si se me ocurre cómo estructurarlo, y te contesto.

ဗ

Pasé las siguientes semanas concentrada en mi nuevo apartamento, tratando de encontrar la inspiración para escribir el libro que Julian esperaba de mí. Nada funcionaba. Empezaba artículos al mismo ritmo que los borraba. Al no ser capaz de cocinar, no conseguí desarrollar recetas interesantes. Los artículos sobre gastronomía, tendencias o nutrición me parecían demasiado manidos, e incluso perdí la inspiración necesaria para escribir mis artículos quincenales.

Hasta que un día, de repente, me descubrí a mí misma escribiendo sobre Diana. La idea de dejar de ser Diana y retomar mi vida normal como Carmen —si es que mi vida como Carmen en París había sido normal en algún momento— me resultaba cada vez más atractiva. Pero no quería que ese tiempo como *escort*, acompañante, prostituta o como cada uno quisiera llamar a lo que hacía, quedara en el olvido.

Así que urdí un plan. Le diría a Julian que estaba escribiendo el libro que él me había encargado, pero en realidad escribiría mi autobiografía como Diana. Siendo discreta, por supuesto, y novelándolo lo máximo posible para evitar problemas de privacidad.

A esa tarea dediqué los siguientes cinco meses de mi vida. Seguía viendo a Julian todos los martes, continuaba con mi rutina de citas *light* para Petite, pero el grueso de mi tiempo se iba delante del ordenador. No había escrito con asiduidad desde hacía casi veinte años, desde aquella época en que Gonzalo y yo nos escribíamos cartas cuando él vivía en Salamanca, y yo estaba aún en el colegio. Y quizá la inspiración de lo feliz que me sentía cuando mantenía aquella relación epistolar hizo que las palabras fluyeran solas en esta nueva aventura en la que me había visto inmersa por mi propio pie.

—Julian, tengo que contarte algo —le dije el martes en que al fin tenía mi manuscrito, corregido y revisado mil veces, metido en mi bolso. Acabábamos de hacer el amor o, mejor dicho, de follar.

—¡Qué miedo!

—He terminado el libro. Tengo el borrador en el bolso.

—¡Bien! Iba a preguntarte justo hoy por eso.

—Esto… Julian. —De repente, me parecía que mi brillante idea era cualquier cosa menos acertada. Deseé haber escrito el libro de cocina que me habían encargado y no haberme metido en aquel lío—. No es un libro de cocina.

—¿Perdona?

—Vamos a hacer una cosa. Yo te dejo el manuscrito en tu maletín y, cuando lo hayas leído y tengas algo que decir, me llamas.

—Garabateé mi número en la portada del borrador.

Me fui sin mirar atrás y me senté en mi piso a esperar. Me quedé dormida en el sofá, con el móvil entre las manos, esperando recibir en algún momento un mensaje de Julian reprochándome lo que había hecho, el engaño al que lo había sometido durante tantos meses.

A las once de la mañana, me despertó el sonido de una llamada. Abrí un ojo adormilada y respondí de forma mecánica:

—¿Diana?

—Sí. Sí, disculpa, Julian, estaba dormida.

—Diana, tenemos que vernos.

—¿Estás muy enfadado?

—¡No! Estoy alucinado. ¿Puedo ir a tu casa?

—Claro, por supuesto. —balbuceé—. Apunta mi dirección.

☙

Julian llegó media hora después, con los ojos hinchados y el traje del día anterior mal colocado sobre sus hombros.

—Hola, Julian, ¿no te has acostado? —pregunté alarmada.

—No, llevo toda la noche leyendo tu manuscrito.

—¿Y? —Estaba aterrada.

—Y es muy bueno, Diana. Tienes talento. Tienes más talento que la mitad de escritores que tenemos ya publicados.

—¿Bromeas?

—¡No, joder! Lo has disfrazado muy bien de historia de ficción. ¿Tú sabes el morbo que puede despertar eso? ¿La historia de una prostituta de lujo en París, sin que el público sepa si es real o ficticia? Con la campaña publicitaria adecuada, y créeme que la vas a tener, se va a vender como churros.

—No me lo puedo creer.

—Pues créetelo. ¿No me vas a invitar a un café?

—Sí, sí, claro. Perdona. Me he quedado en *shock*. Ahora mismo te lo traigo.

—Voy contigo, y seguimos charlando. Hay algo que quiero preguntarte.

—Dime.

—¿Cuánto hay de realidad y cuánto de ficción en tu obra? Aparte de los datos personales de los clientes y localizaciones inventados, claro.

—Es todo realidad.

—¿Tan feo soy?

—Julian, ¡no! ¡Dios! ¡Qué vergüenza! —Me tapé la cara con ambas manos.

—Déjalo. —Se rio a carcajadas—. Parece que al menos soy tu cliente favorito.

—Sí que lo eres. De verdad.

—Tengo otra pregunta que hacerte.

—Tú dirás.

—¿El último capítulo también es real?

—Sí.

—O sea, que te retiras —afirmó, más que preguntar.

—Ya me he retirado. Lo de ayer contigo fue mi último trabajo.

—Vaya. No me alegro de oír eso. —Se acercó a mí, y me miró fijamente a los labios—. Diana…

—No. Llámame Carmen.

No hubo tiempo para más conversación. Nos besamos e hicimos el amor hasta bien entrada la tarde. Cuando nos venció la extenuación, nos despedimos. Ambos sabíamos que entre nosotros no podía haber ya nada más.

3

Mi vida cambiaba, después de un largo letargo que me había tirado a lo más profundo del lodo y del que ahora empezaba a despertar. Tenía un piso nuevo, una nueva profesión de la que me quedaba mucho por aprender, pero que me ilusionaba como ni siquiera la cocina en su día había hecho, y mi ánimo empezaba a levantar cabeza. ¿Seguía pensando en Gonzalo a diario? Sí, por supuesto. ¿Habría cambiado todo lo que tenía por un solo minuto junto a él? Sin duda. Pero ya no lloraba durante horas ni me autodestruía con cada decisión. Reflexionaba un día sobre mis nuevas circunstancias cuando me vino a la cabeza la frase que siempre me decía Gonzalo, «tú te quieres comer el mundo a bocados», y me di cuenta de que era cierto, de que aún tras los peores años de mi vida era capaz de buscar una salida en la que hallar, si no la felicidad que había tenido en mi vida anterior, sí al menos algo de ilusión.

19

La peluquería de Danièle estaba hasta los topes aquel viernes de mayo. Para Petite, era una norma básica que pasásemos por esa peluquería en concreto antes de cualquier cita de negocios, como a ella le gustaba llamarlas. Yo ya había abandonado el trabajo, inmersa como estaba en las correcciones de la biografía de Diana, pero esa tarde había accedido a las súplicas de Petite, ya que tres de las chicas habían caído víctimas de la mononucleosis. Gajes del oficio, supongo. Me habría ido a casa encantada a arreglarme yo misma el pelo de no ser porque me apetecía incluso menos aguantar un sermón de Petite al teléfono que soportar el ruido de los secadores y los cotilleos en la peluquería.

Cogí la primera revista que sobresalía del montón, una especie de guía del ocio parisino, y me dispuse a leerla un rato con tranquilidad. En la página ocho, se acabó el sosiego:

«El famoso restaurante L'Hypnose ofrecerá una fiesta el próximo viernes 17 de mayo para dar la bienvenida a su nuevo chef, el galardonado cocinero español Julio del Campo».

Yo había estado en L'Hypnose unas cuantas veces por trabajo. Se trataba de un lugar muy moderno y sofisticado. No se me ocurría un entorno más adecuado para un genio como Julio. Y allí, en aquella sala de espera de una peluquería parisina, con el olor a amoníaco de los tintes y el calor de los secadores como telón de fondo, decidí que ya era hora de salir un poco de mi encierro emocional. Me sentía capaz de hablar con gente, de socializar e incluso de echar un pequeño vistazo —muy pequeño— a mi pasado. Y no se me ocurría nadie con quien sentirme más cómoda en ese proceso de catarsis que Julio.

Como no tenía ninguna motivación para realizar el servicio de aquella noche, pese a que Petite me había asegurado que era imposible que acabara en cama, empecé a desear cada vez con más ansia que la cita acabara pronto y escaparme a L'Hypnose a ver a Julio. En el fondo de mi alma, deseaba que me diera algún detalle sobre la vida de Gonzalo, aunque también me atenazaba el pánico a que me dijera que había rehecho su vida o, peor aún, que me odiaba. Pero no era solo por eso por lo que quería verlo. Llevaba ya más de dos años en un aislamiento completo, sin un solo amigo en París, a excepción de Petite, que era un poco amiga, un poco amante y un poco jefa, o quizá ninguna de las tres cosas en realidad. Necesitaba tomarme una cerveza tranquila, con alguien que conociera mi pasado, que me conociera a mí. Necesitaba salir de aquel disfraz que me había creado, dejar de ser Diana y volver a ser Carmen.

3

Mi acompañante de esa noche pasó a recogerme por el salón de Petite a las siete y media. Acudiríamos juntos a la función de *Elektra* en la Ópera Garnier y después alternaríamos en el Café de la Paix con unos contactos de negocios franceses, para lo cual necesitaba un poco de mi apoyo logístico, ya que él dominaba el idioma solo a medias. Jeremy, inglés, cuarenta y pocos y bastante atractivo. No me habría importado que aquella cita acabara en cama, aunque esa noche yo solo tenía en mente escaparme cuanto antes. Fue franco en cuanto nos subimos al coche que nos llevaría al distrito de Ópera:

—Diana… Supongo que no es tu verdadero nombre, ¿verdad?

Me limité a sonreírle. Él me miraba con firmeza a los ojos.

—Bien, disculpa, no tenía que haberte preguntado eso. Me gusta ser muy directo con la gente, no perder el tiempo. Soy homosexual —se explicó—. Nunca he contratado prostitutas, o chicas de compañía o como quiera que deba llamarlas. Pero me muevo en un ámbito empresarial muy machista, y en las últimas reuniones se empezaba a hablar de que soy soltero y nunca se me ha conocido una relación ni he querido acompañar nunca a los gilipollas con los que me relaciono a clubs de… Bueno, eso. Por eso estás aquí. Podemos pasarlo bien.

—Jeremy —interrumpí—. No tienes que darme ninguna explicación. Petite me ha puesto al corriente de que no habría segunda parte en nuestra cita. Vayamos a la ópera, cenemos algo y listo. Es lo bueno de esto, las expectativas están fijadas de antemano, y no hay lugar a decepciones.

—Tienes toda la razón.

La ópera fue magnífica, y la cena informal no se me hizo pesada en ningún momento. Recibí varias miradas masculinas de admiración aunque, estando allí en calidad de pareja de uno de los empresarios, ni siquiera tuve que apartarme a ningún moscón de encima. Petite se había empeñado en que esa noche vistiera un traje largo *vintage* blanco con un amplio fajín en color negro. El escote palabra de honor no dejaba demasiado a la imaginación, así que me negué a recogerme el pelo y dejé que mis ondas naturales cayesen sobre el escote para taparme un poco. Estaba satisfecha con mi aspecto de esa noche y, con un toque burlón, estaba deseando comprobar qué cara pondría Julio cuando me viera.

Ɛ

Cuando llegué a su restaurante, se percibía que la fiesta había empezado a decaer. El encargado de seguridad de la puerta no hizo ni siquiera ademán de detenerme, supongo que en parte porque ya no quedaba apenas gente y en parte porque mi aspecto no era el de alguien que se cuela en una fiesta.

Entré en L'Hypnose y no tardé en localizar a Julio. ¡Qué tío! Debía de llevar solo unas semanas en París y se le veía más cómodo en el entorno de aquel restaurante de lo que podría estarlo yo en mi propia casa. Y, por supuesto, acompañado. Una despampanante pelirroja, con un vestido que yo solo me habría atrevido a describir como ropa interior, se colgaba de su brazo y le ponía ojitos.

El corazón empezó a bombearme con tanta fuerza que tuve que agarrarme a una de las modernísimas columnas, formadas por botellas de vino recicladas, para no caerme al suelo y estropear mi entrada triunfal. Julio, su simple presencia allí, era una ventana abierta a mi pasado, ese que yo había cerrado a cal y canto dos años y medio atrás. Treinta meses sin ver una cara conocida, sin hablar con una sola persona ante la que no pudiera inventarme, sin pestañear, un pasado a medida de lo que me interesara en ese momento. Novecientos días sin enfrentar la mirada de nadie que supiera lo que había ocurrido. Si no di media vuelta y me fui, fue solo porque Julio era, sin duda, el único que no me podría juzgar por aquello.

Mientras estos pensamientos vagaban a su libre albedrío por el pequeño espacio que yo le había dejado a mi conciencia en mi nueva vida, los pies me llevaron a su lado sin remedio. Él estaba de espaldas, vestido con un traje de chef de color negro y sus sempiternas *Converse* también negras en los pies.

—*Monsieur* Julio del Campo, cuantísimo tiempo sin saber de usted —dije a su espalda, en tono solemne. Cuando se giró, no creo que hubiese puesto una cara de sorpresa mayor si se hubiera encontrado a un alienígena del espacio exterior.

—Carmen…

—Sí. Soy yo. —Y, sin razón aparente, las lágrimas afloraron a mis ojos.

—Ay, no, no vayas a ponerte a llorar que sabes que no sé lidiar con esas cosas. Como se te caiga una sola lágrima, me largo con Vanessa y como si no te hubiera visto.

—Julio, joder. —Me carcajeé, mirando de reojo a la chica en cuestión, que no nos sacaba ojo de encima.

—Tranquila, no entiende ni una palabra de español. Tampoco te creas que yo ando muy espabilado en francés; justo cuando has llegado, estábamos tratando de buscar algo que hacer el resto de la noche sin barreras idiomáticas.

—Oh, sí, estoy segura de que te iba a costar mucho encontrar algo con lo que entretenerla. —Dicho esto, Julio se giró hacia la pelirroja y le dijo, en un francés lamentable, que ya se verían en otra ocasión.

—Bueno, bueno, bueno. Así que tu escondite secreto era París. ¡Vaya!

—Soy bastante previsible, supongo.

—Pues para ser tan previsible, no hemos conseguido dar contigo en dos años. Oye, sabes que la justicia no te está buscando ni nada, ¿no? Que por llamar a tus amigos no van a quemarte en la hoguera de la Santa Inquisición.

Sonreí. Sabía que era un acierto ir a verlo, sabía que él le quitaría hierro al asunto. Quizá en aquel momento no era consciente, pero con esa visita a Julio, precisamente al corresponsable de aquel desastre que habíamos originado dos años atrás, di el primer paso para retomar mi vida, para volver a ser yo. Sin Gonzalo, sin mis amigos y sin amor, pero conmigo. Ya no sería más Diana, ya no me escondería tras una profesión que no me gustaba y un apartamento mugriento como mi alma. Volvería a ser yo. Carmen.

—¿Te has quedado en *shock* ante mi belleza, nena? —Bueno, quizá me tocaría ser *nena* un rato.

—Perdona, Julio. Ha sido verte, y me han venido mil cosas a la cabeza. Es igual. —Le resté importancia—. ¿Tienes planes o vamos a tomar algo?

—Dame cinco minutos para cambiarme y despedirme de la gente, y luego soy todo tuyo.

3

Menos de los cinco minutos prometidos después, parábamos un taxi delante de L'Hypnose y nos encaminábamos hacia su hotel.

—Julio, sabes que no voy a pasar del bar, ¿verdad?

—Ay, Carmen, Carmen, siempre igual. Eso no lo sabes ni tú. —Me reí ante su habitual exceso de autoestima—. Pero sí, mi idea es ir al bar. No me preguntes por qué, pero me apetece mucho más hablar que… bueno, qué coño… que follarte.

—¿Nunca vas a cambiar?

—¿Debería?

—No lo sé, ¿deberías?

—Yo creo que no. Y espero que tú tampoco hayas cambiado demasiado, aunque estás tan elegante que si me dices que te has convertido en condesa de sabe Dios qué lugar impronunciable de Francia, tendré que creérmelo.

—No, no soy condesa. Ya te contaré más a fondo lo que soy.

Bajamos del taxi y encontramos una mesa perfecta en el bar de su hotel. Fuera de la vista de la mayoría de clientes, nos arrellanamos en un pequeño sofá esquinero. Julio y yo, que habíamos tenido relaciones sexuales en lugares dolorosamente públicos cuando estudiábamos juntos, necesitábamos el lugar más privado posible para charlar.

—¿Puedo empezar yo? —me preguntó.

—Sí, claro, agradezco que me lo pongas fácil —asentí.

—¿Estás cabreada conmigo por haber desaparecido después de lo del restaurante?

—No, no, no. En absoluto. Creo que en aquellos momentos eras la persona del mundo a la que menos me apetecía ver. Bueno, en realidad no vi a nadie en las semanas entre que pasó aquello y que me marché, pero no eché de menos que me llamaras ni nada de eso. Puedes estar tranquilo.

—Vale. Te llamé un par de veces, pero no quise insistir, tu móvil estaba siempre apagado. No te diré que no me he torturado alguna vez con lo egoísta que fui no pensando en ti ni un segundo. Pero fue todo tan… tan repentino y extraño. Recuerdo estar preparando un bogavante con *chutney* de pera… puto cerebro, recuerdo como si fuera ahora mismo el plato que cocinaba… eso, estaba preparándolo, de repente agitación en el comedor, miré, te vi salir en brazos de Fabio, Eva entró en la cocina, tiró el anillo de compromiso a las brasas y… pof… no volví a verte ni a saber qué había pasado, más allá de lo obvio.

—¿Qué hiciste después?

—¿Después? Pfff, me volví loco. Recuerdo haber empezado a lanzar sartenes, cazos, de todo, por los aires. Di patadas a las paredes, hasta me rompí un dedo de un puñetazo que le di a la nevera. Tardé días en saber que estaba roto, estaba tan jodido por dentro que ni me había planteado ir al médico.

—Joder, vivimos nuestro propio infierno particular, ¿no?

—Sí. Pero no solo nosotros. Sabes que siempre he sido un perro con las tías, pero creo que pasarán mil años antes de que me perdone lo que le hice a Eva.

—¿Llegaste a hablar con ella?

—Sí, sí, claro. Tuvo que recoger sus cosas de mi apartamento y todo eso. Joder, Carmen, tendrías que ver la dignidad con que lo hizo todo. No me gritó, no me insultó. Vino a casa esa misma noche y empezó a embalar. Le pedí… le supliqué que me dejara explicarle. Me dijo que no había nada que explicar, que mis palabras y mis actos habían hablado por mí. Solo me pidió que la dejara recoger a solas. Fue tan firme que tuve que respetarla. Me quedé medio dormido en el sofá mientras ella recogía todo. Era casi por la mañana cuando me despertó y se despidió.

—¿Fue muy horrible?

—Peor. Me dijo cuatro frases que se me quedaron grabadas a fuego: «Me voy. No quiero hablar contigo ni volver a verte, no porque te odie, sino porque me eres indiferente. Confié en ti, y sabes que me costó más de lo que nunca imaginaste, y más aún después de mi enfermedad. Has destruido mi trabajo, mi futuro, mis proyectos, mi autoestima y, lo que es peor, mi capacidad de amar». Y dicho eso, se marchó. No la he vuelto a ver.

—Dios mío. —Se me llenaron los ojos de lágrimas, y observé que la nuez de Julio se movía arriba y abajo en un intento desesperado por tragar las emociones que se le habían acumulado en la garganta.

—Sí. Fue horrible. Cuando firmamos la liquidación del restaurante, tuve que ver a Gonzalo. Eso no fue mucho mejor, como te imaginarás.

—Joder. No había pensado en eso. Claro, tuvisteis que veros.

—Él estuvo de diez, Carmen. Es un puto señor.

—No quiero hablar de Gonzalo, Julio, es la única norma que tengo en mi vida. Puedo hablar del Gonzalo del pasado, pero no puedo ni quiero saber nada de lo que es su vida hoy. Por favor. Me ha costado demasiado sobrevivir como para volver a tenerlo presente en mi día a día.

—De acuerdo. Sabes que yo siempre respeto las locuras de cada cual. —Se rio—. Resumiendo, y ya no te lo menciono más: Gonzalo me pidió, como favor personal el día de la firma, que no volviese a acercarme a Eva. Él debió de estar con ella, de ayudarla de alguna manera a salir adelante, no lo sé. Me pidió que desapareciera de su vida como tú lo habías hecho de la de él. Esa tarde hice el petate y no he vuelto a Gijón.

—Dos putos fugitivos.

—No. Yo estoy en contacto con casi todo el mundo y, si tuviera un proyecto ilusionante en lo laboral y supiera que Eva vive lejos, me establecería allí mañana de nuevo. Pero no quiero que ella tenga que verme, quiero cumplirle al menos ese deseo. Es mi penitencia. A mí me la suda que toda la gente que estaba allí me haya visto el ciruelo. —Se rio y, todavía no sé cómo, lo imité—. Joder, de las mujeres presentes, creo que el ochenta por ciento ya lo habían visto en directo alguna vez.

—Julio, tío, ¿te tomas todo a broma?

—Carmen, *tía* —me imitó—. ¿Ves normal exiliarse por haber echado un polvo fuera de lugar?

—Hay mucho más que eso, joder, Julio. No fue un polvo mal echado, que llegas y se lo confiesas a tu pareja y te comes las consecuencias. Fue una puta locura.

—Sí. Pero fue una locura sobre todo por culpa de la cerda de Nuria, que convenció a Eva para montar todo el numerito.

—¿Fue Nuria? —le pregunté, confirmando una sospecha que siempre había tenido.

—Sí. Gonzalo me lo contó. Eva fue a verlo deshaciéndose en disculpas por haber permitido aquello. En la locura del rencor que tuvo hacia nosotros en el primer momento de enterarse, no calibró que lo que Nuria le proponía como venganza iba a destrozar la vida de todos, no solo la nuestra.

—Pobre Eva.

—Sí, fue una víctima más. Al final, todos perdimos. Eva y Fabio perdieron su trabajo sin comerlo ni beberlo, Gonzalo tuvo que vivir aquella humillación… Fue un puto desastre.

—Hay más que eso, Julio. No sé ni cómo decírtelo.

—¿Más? ¿Puede haber más mierda aún?

—Julio. Estaba embarazada cuando todo ocurrió.

—Dios mío.

—Sí.

—¿Era… era…?

—Era tuyo.

—Joder. Carmen, ¿lo tuviste? ¿Por eso desapareciste?

—No, no. Aborté. Por eso me quedé unas semanas más en Gijón, porque la intervención salió regular, y tuve que guardar reposo.

—¿Te puedo preguntar cómo sabes que era mío?

—Sí —dije con amargura—. Al llegar a casa después del desastre del restaurante, encontré a Gonzalo llorando, destrozado. Di por hecho que sus padres, o sabe Dios quién, lo habrían llamado para contarle todo. No lo sabía. Lloraba porque acababa de recibir los resultados de su análisis de esperma. Esa misma mañana, había encontrado mi prueba de embarazo y, bueno, el resto te lo puedes imaginar.

—Dios mío, Carmen, no me puedo creer lo que me estás contando.

—Ya. Yo lo viví y a veces no me lo creo tampoco.

—Oye, demasiada información —dijo, frotándose la cara—. Estoy un poco saturado. ¿Te… te importa que suba a mi habitación a darme una ducha y darle un par de vueltas a esto? Si quieres marcharte, lo comprenderé.

—¿Quieres que me marche?

—No. De verdad que no. Es cojonudo volver a saber de ti, joder. Pero entiendo que si yo estoy saturado, tú debes de estar… no sé.

—Llevo dos años y medio pensando en esto cada día. Nada me satura ya, ¿sabes?

—OK. Vuelvo en veinte minutos o así, ¿te parece bien?

—Perfecto.

Lo vi marcharse y pedí un whisky solo. Cogí mi móvil, envié un *whatsapp* a Petite confirmándole que el cliente había quedado satisfecho y le comenté en tono de broma que me parecía alucinante que me pagaran por algo así. Me respondió con un emoticono de lengua fuera, y guardé el teléfono en el bolso.

Le di unas cuantas vueltas a mi conversación con Julio. Me sentía bien. Me sentía muy bien. Después de más de dos años, al fin era capaz de hablar de aquello. Y con uno de los protagonistas. Sentí que con aquella conversación me estaba despidiendo de la Carmen depresiva, de la Carmen que había llenado su corazón de odio por sí misma, de la Carmen que ya no vivía, sino que sobrevivía y, si bien era consciente de que la felicidad que había alcanzado años atrás jamás volvería, me sentía muy capaz de construir una nueva. En esto estaba cuando vi que Julio regresaba, con un pantalón vaquero destrozado y una camiseta blanca que, con seguridad, había conocido también tiempos mejores.

—¿Es que siempre tienes que ir vestido como un mendigo? ¿A qué dedicas la pasta que te pagan los pijos esos de L'Hypnose?

—Ay, nena, nena. ¿Tanto te jode que, aunque vaya así vestido, te siga poniendo caliente?

—Oh, Julio, veo que, además de la ducha, te has tomado tu dosis diaria de Viagra. Bien hecho —bromeé.

—Si me tomo una pastilla de Viagra y luego te tengo delante con ese vestido, me explota la polla.

—Qué guarro puedes llegar a ser.

—Ni te imaginas. Pero eso lo discutiremos más tarde. Ahora quiero saberlo todo de a qué te dedicas en París.

—Pues me pillas en un momento de cambios. Cambio de piso, cambio de profesión… Cambios.

—¿Para bien o para mal?

—Para fenomenal.

—¿En serio? ¿En qué restaurante estás?

—No, no. No he vuelto a cocinar. Literalmente. No enciendo un fogón desde hace dos años y medio. Estoy bloqueada en ese sentido.

—Vaya. Lo siento.

—¿Sabes que eres la única persona a la que le puedo contar a qué me dedico sin ápice de miedo a que me juzgue?

—Me estás asustando. ¿Es legal?

—Bueno, más o menos. Soy puta.

—¿Perdón? —Juro que al impasible Julio del Campo le abandonó el color la cara.

—O sea, soy *escort*, que es una cosa mucho más fina y que da bastante menos miedo.

—Explícame eso.

—Cuando llegué a París, estaba destrozada. No creo que te puedas imaginar hasta qué punto. Había perdido a mi marido, mi familia, mis amigos, mi negocio, había abortado el único bebé que en algún momento tuve posibilidad de concebir, nuestro sórdido escándalo erótico estaba en boca de todos... No podía trabajar. Pero, de verdad, no podía moverme de la cama. Lo único que hacía era llorar y llorar y llorar. Día y noche. No dormía, no comía, no me aseaba. Alquilé un zulo mugriento y me dejé morir allí. No sé qué esperaba en realidad, que la muerte viniera a buscarme o qué. A veces, llegué a llorar por no tener coraje para acabar con todo. —Se me quebró la voz.

—No digas eso ni de puta broma. Ya te aviso. No quiero ni oírlo.

—El caso es que no podía cocinar. Y no sabía hacer demasiadas cosas aparte de eso. Mandé algunos currículos a editoriales para trabajar como traductora, sabía que dominar el español, el inglés y el francés era un buen punto a mi favor. Me mandaban algunos trabajos de vez en cuando y, más o menos, me daba para subsistir. El alquiler del zulo era barato, y apenas tenía gastos. Lo poco que tenía me lo gastaba en emborracharme en un bar cercano a mi casa. No era alcohólica, antes de que me añadas un nuevo problema que no tenía.

—No he dicho nada. Yo me emborracho un montón y no soy alcohólico. —Le debió de parecer una coyuntura excelente para pedir otro par de whiskies.

—Bueno, lo que te decía. Me pasaba el día allí bebiendo, hasta que un día conocí a una mujer increíble. Creí que quería llevarme a la cama y, de hecho, lo consiguió. —Me reí—. ¿Por qué de repente tengo la sensación de que me estás prestando mucha más atención?

—Me encantan las historias lésbicas. Continúa. —Me apremió.

—Me la follé. O, mejor dicho, dejé que me follara ella, que sabía mejor lo que se hacía. Cuando acabamos, me propuso entrar a trabajar como *escort* de lujo. Básicamente, consistía en acudir a actos sociales con tíos muy ricos que necesitaban que alguien los acompañara. La mayoría son extranjeros, así que muchas veces hacía más de traductora que otra cosa. Al final de la noche, podía haber cama o no. Aunque suene a leyenda urbana, no me acosté con tantos. A la mayoría solo los acompañaba a la ópera o a una cena.

—Me dejas muerto, nena. ¿Ganas pasta?

—No me quejo. Pero lo he dejado. Hoy acompañé a un tío a la ópera como favor personal, y ese es mi último trabajo.

—¿Y a qué te vas a dedicar ahora?

—He escrito un libro.

—¿Un libro? ¿De cocina?

—No, no, nada que ver. —Me reí—. Bastante complicado escribir un libro de cocina cuando no puedes ni encender el horno.

—¿Y de qué?

—Uno de mis clientes fijos es un prestigioso editor. Lo gracioso es que ya trabajaba para él sin saberlo en un tema de traducciones. Me sugirió que escribiera un libro de cocina, y yo en realidad escribí una obra, supuestamente de ficción, sobre mi trabajo como *escort*. Se presenta el mes que viene.

—Felicidades, Carmen, me alegro muchísimo.

—Gracias.

—Pero ¿no te da corte que la gente sepa… bueno… ya sabes?

—La obra se presenta como una ficción, una novela. Sé que los publicistas van a sembrar la duda sobre si es una historia real o no, pero en cualquier caso, yo no voy a vender el secreto de ningún cliente, que la mayoría de ellos son además amigos. Y mi intimidad está tan a salvo como la de ellos.

—Madre mía. Vaya cambios de vida. Me dejas descolocadísimo.

—Ya. Una locura todo. Pero bueno, ¿y tú qué? ¿A qué te has dedicado estos dos años?

—A dar la vuelta al mundo. Cuatro veces.

—Estás de coña, ¿no?

—No. Cuando me tuve que ir de Gijón, no tenía ninguna motivación. Sabía que había tocado techo en el terreno laboral, que nunca iba a ser más feliz en mi trabajo de lo que había sido en aquel restaurante. Y tenía pasta, tenía muchísima pasta. Entre lo que había ganado en mis años en Tokio, lo que se repartió en la liquidación del restaurante… Tenía más dinero del que era capaz de gestionar. Mis padres y mis hermanos estaban bien, no necesitaban ayuda. Así que me dediqué a viajar. Conocí ochenta y cuatro países y me follé a mujeres de casi todos ellos.

—Eres increíble, Julio. —Me carcajeé.

—Luego me salió la oferta de aquí y, bueno, salvo el idioma este del diablo, lo llevo bastante bien de momento.

—¿Vives aquí? —Hice un círculo con el dedo abarcando el hotel.

—Sí. No me apetece buscarme un apartamento, estoy cojonudamente de hotel.

—Pues yo acabo de mudarme del zulo mugriento en el que vivía al piso más bonito de París.

—¿En serio? ¿El más?

—El más bonito no sé, pero debe de estar bastante arriba en el *ranking*. El más pequeño, sin duda.

—¿Dónde es?

—En la Île Saint-Louis. ¿Sabes? Gonzalo y yo siempre soñamos con vivir allí. El día siguiente a mi llegada a París la recorrí entera y me torturé a cada paso que di. Y juré no volver allí jamás. Pero hace unos meses encontré un anuncio de un apartamento que me podía permitir, y no sabes lo difícil que es poder permitirte nada en esa isla, y me decidí a verlo. Me gustó y, bueno, estoy acabando de desembalarlo todo.

—¿Necesitas ayuda?

—No, gracias, Julio. Lo bueno de pasar de mi zulo a otro zulo es que todas mis pertenencias caben en un par de cajas de zapatos.

—¿Estás bien?

—Hace un par de meses que empecé a estar un poco mejor. Los dos primeros años fueron un infierno, un puto infierno. Y hoy, con esta charla, estoy muchísimo mejor.

—Oye, no sé cómo decirte esto. ¿Te apetece tomar la última en mi habitación?

—Me apetece, claro que me apetece. Pero será mejor que no. Necesito asimilar todo lo que hemos hablado, no meternos de cabeza en un polvo rápido, que no iba a solucionar nada.

—Yo no echo polvos rápidos. Me ofende que no lo recuerdes. —Me acarició la mejilla.

—Cierto, disculpa. Y por eso la oferta es tan tentadora.

—Quédate, no seas idiota. Tú estás sola, yo estoy solo… Me debes el polvo que no he echado con la pelirroja, además.

—Tienes que parar este ritual de cortejo a tiempo, Julio. —Me reí.

—¿Por qué? ¿Porque sabes que tú no vas a poder echarle el freno?

—Puede ser. En serio, me marcho.

—Bueno, como quieras. A ti no te voy a insistir como si no te conociera. Estamos viviendo los dos en París, antes o después va a ocurrir, ¿no?

—Es probable. —Me sonrojé, en parte por el sofoco de estar teniendo esa conversación de una forma tan obvia y en parte por la pura anticipación de lo que nos estábamos prometiendo.

—Si cambias de idea, o si algún día de estos pasas por el barrio, mi habitación es la 624.

—Lo tendré en cuenta. —Me acerqué a él y lo besé, despacio, tierno, como a un amigo, lo que era. Un beso en los labios sin que ninguno de los dos, y quizá eso era lo más sorprendente, sacáramos la lengua a bailar.

—Adiós, nena.

—Adiós, Julito.

Aún iba sonriendo en el taxi cuando me di cuenta de que no había un motivo real para no acostarme con Julio. Era, sin duda, el hombre más sexual que había conocido en mi vida, nos compenetrábamos bien en la cama y, lo más importante de todo, ambos sabíamos que éramos inmunes al enamoramiento. Con él en la cama me lo había pasado todo lo bien que se puede pasar cuando no hay amor de por medio, lo cual, en mi caso, era casi el cien por cien. Casi. Para llegar a la plenitud, sabía que necesitaba a Gonzalo y, como ya nunca lo tendría, Julio era la mejor opción que me podría haber planteado.

Le pedí al taxista que diera la vuelta, pagué la carrera y me bajé en el hotel que había abandonado apenas diez minutos antes. Me metí un momento en el cuarto de baño del *lobby* para asearme un poco y tratar de calmarme. La imaginación echada a volar sobre lo que iba a ocurrir en su habitación me hacía sudar las manos. Al salir del aseo, me encaminé directa a los ascensores y pulsé el botón de la sexta planta. Mientras buscaba su *suite* por los ostentosos pasillos del hotel, llegué a plantearme si Julio no habría conseguido un plan B de última hora en el bar del hotel. Sería una forma bastante curiosa de hacer el ridículo. «Es Julio —pensé—. Si está con alguien no voy a hacer el ridículo, voy a hacer un trío». Cuando me recuperé del ataque de risa que me dio a mí sola por ese pensamiento, me vi delante de la habitación 624. Toqué con los nudillos, y Julio me abrió la puerta al instante, vestido solo con unos calzoncillos negros y su camiseta blanca.

—Te estaba esperando. —Fue su único recibimiento antes de poseerme con su lengua como ya no recordaba que se podía ser poseída.

Esa noche, por primera vez en más de dos años, no tuve que fingir los orgasmos.

20

Pocos días después de aquel encuentro con Julio, dejé al fin de posponer uno de los proyectos que llevaba tiempo latente en mi cabeza, pero al que no me atrevía a dar forma. Había disfrutado tanto escribiendo la biografía de Diana, había sido tan terapéutico abandonarme a la narración de algo tan irreal como verídico, que sentí un enorme vacío el día que me despedí del manuscrito para dejarlo en manos de la editorial. Nunca me había considerado a mí misma una persona demasiado creativa. Habiendo crecido al lado de Gonzalo, viendo su capacidad para expresar emociones a través del arte, siempre había considerado que mi personalidad era mucho más pragmática y que poco podría aportar en una profesión creativa. Incluso en la cocina, siempre había sido mejor ejecutora que creadora. Veía a Julio idear platos nuevos en la época en la que compartíamos la responsabilidad de crear los menús del restaurante y sabía que era imposible que aquellas ideas se me ocurriesen a mí. Pero algo estaba cambiando. Quizá mi bagaje vital de los últimos años, la gente que había conocido, las sensaciones que había vivido, el afloramiento de sentimientos que ojalá hubiesen quedado para siempre inéditos, hacían que me fluyesen ideas en la cabeza y que, cada vez con más frecuencia, la tentación me llevase a plasmarlas sobre el papel. No lo había hablado con nadie, ni siquiera con mi editor, con el que quedaba cada semana para hablar de las novedades en la promoción de la biografía de Diana.

En ese momento, me encontraba dando vueltas a la idea de una novela histórica cuya trama transcurría en la Inglaterra victoriana, por lo que me pasé semanas y semanas documentándome en la Biblioteca Nacional. Si a Julio le extrañaron todas las veces que me llamaba y yo tenía que salir en silencio de la sala de estudio en la que estaba recluida, tampoco me lo comentó.

Julio y yo nos veíamos sin rutinas ni calendarios. Tan pronto una semana quedábamos a diario como pasábamos después tres semanas sin vernos. Esa sensación de libertad y de ausencia de ataduras siempre fue lo que mantuvo nuestra amistad en pie. Eso, y el hecho de saber que pasaran los años y las tempestades que pasaran, cuando nos reencontráramos siempre sería como si nos hubiésemos visto el día anterior. Así fue en aquella noche de despedida de soltera en que aceptó trabajar para mí apenas doce horas después de reencontrarnos, tras dos años sin saber el uno del otro. Y así estaba siendo en París. Sus horarios de trabajo eran tan extraños, y los míos tan libres, que a veces quedábamos a las cuatro de la madrugada para tomar un café, como las personas en su sano juicio hacen a las seis de la tarde. Para mí, con la salvedad de Petite, tener un amigo por primera vez en tres años era tan reconfortante que apenas le daba importancia al hecho de que siempre que nos veíamos acabáramos en la cama. Y cuando digo *siempre*, es literal. Y cuando digo *cama*, no es literal. El caso es que todas y cada una de las veces en que uno de los dos llamaba al otro, sabíamos que estábamos quedando como amigos, pero también asumíamos el broche de oro que iba a tener la noche. O el día. O los días.

Haber recuperado la capacidad de sentir en el aspecto sexual fue para mí tan liberador que a veces sonreía sin darme cuenta. Petite se reía de mí cada vez que íbamos a tomar el aperitivo —Petite había convertido *tomar el aperitivo* en una tradición parisina imprescindible—. Decía que se me notaba a la legua que alguien «te está follando bien». Y, bueno, para qué engañarnos, era una verdad como un templo.

ꕔ

—No me gusta que vengas a cenar aquí —me dijo Julio el primer día que me presenté en su restaurante a cenar, con Petite, por supuesto. Su cara reflejaba un rictus serio, pero sus ojos tenían esa mirada socarrona que solo los más cercanos sabíamos diferenciar—. Y no me gusta que nadie diga que quiere felicitar en persona al chef, lo cual es una horterada, por cierto.

—Y este hombre encantador que tienes delante es Julio —me dirigí con ironía a Petite—. Julio, Petite. Petite, Julio.

—*Enchantée*. —Le ofreció la mano Petite. Julio se la besó, y por un momento creí que me había teletransportado al Versalles del siglo XVIII.

—Lo de felicitar al chef era por hacerte pasar un mal rato y que ahora tengas que saludar a todos estos pijos, así que te lo admito. Pero ¿se puede saber por qué no te gusta que venga a cenar aquí?

—Mejor no te contesto a esta pregunta, que hay una dama delante —respondió, guiñándole el ojo a Petite de esa manera que solo Julio sabe hacer.

—Oh, cariño, te puedo asegurar que en esta mesa no hay ninguna dama.

—Muy bien, tú lo has querido —se dirigió a mí entre carcajadas—. No quiero que vengas a cenar aquí porque un día se me va a ir la cabeza, te voy a arrancar la ropa y te voy a follar encima de la mesa, aunque esté el comedor lleno. Es más, te voy a follar con muchas más ganas si está el comedor lleno.

Petite abrió los ojos desmesuradamente. Me habría gustado poder explicarle a Julio hasta qué punto era un milagro sorprender a esa mujer con un comentario sexual. Me reí con ganas mientras lo veía desaparecer entre felicitaciones del resto de comensales.

—¿Ese hombre es real? —me preguntó Petite.

—Llámame mañana a mediodía, y mis agujetas te contestarán por mí.

—Oh, *mon Dieu*, Carmen. ¿Por qué se acuesta contigo y no conmigo? ¡Libéralo! ¡Todo el mundo debería poder disfrutar de ese cuerpo! —Se rio, echándole una nada discreta mirada, justo en el momento en que él entraba a la cocina.

—¿Liberarlo? ¡Julio nació liberado! Puedes tirártelo siempre que te plazca.

—¿En serio? ¿Relación liberal?

—¿¿Relación?? ¡Con Julio no tengo nada parecido a una relación! —Desafiné tanto que me di cuenta incluso yo de que el tema me estaba poniendo nerviosa.

—Pues tú dirás. Hace meses que solo te acuestas con él, ¿me equivoco?

—Petite, hace años que solo me lo tiro a él, salvo citas de trabajo, ¿recuerdas?

—Pues más a mi favor.

—Ya sabes que no me gusta comprometerme con nadie. Por eso no me acuesto nunca con nadie.

—Ya, pero con él sí.

—Sí. Y ya nos habíamos acostado en diferentes épocas de nuestra vida. —Omití el hecho de que Julio había sido el coprotagonista del desastre que precedió a mi llegada a París. Petite ni siquiera conocía mi historia.

—¿Estás enamorada?

—Sí, por supuesto, ya te lo he dicho cientos de veces. Estoy enamorada de Gonzalo.

—Te estoy preguntando si estás enamorada de Julio.

—¡Claro que no! En serio, si lo hubieras catado —dije en tono de broma—, entenderías por qué me lo tiro cada cinco o diez años.

—Me has dado vía libre, no descartes que *lo cate* en las próximas semanas.

—Y espero todos y cada uno de los detalles. Aunque, conociéndoos, entiendo que si algún día os juntáis, París eclosionará.

—No lo dudes.

Justo en ese momento, recibí un *whatsapp* de Julio que acabó de calentar la ya de por sí caldeada velada.

«Salgo en media hora. Tómate algo de postre mientras me esperas, que hoy vas a necesitar todas tus fuerzas. Echa a tu amiga. Hoy no me apetece jugar a dos bandas».

Esa noche, Julio me folló de todas las maneras que yo había conocido hasta entonces, y creo que patentó dos nuevas. Recuerdo que dormimos a ratos, y que no hubo una tregua hasta más allá del mediodía del día siguiente. Julio tenía el día libre, y ninguno de los dos parecíamos tener nada mejor que hacer que devorarnos con una agresividad que llegó a dejarnos marcas en la piel. Juntos éramos sórdidos, soeces, hablábamos tanto como jadeábamos, nos gustaba demasiado el sexo como para hacerlo en silencio.

—Vale, lo asumo, tenemos que parar —me dijo, entre risas, tras el enésimo orgasmo de aquel maratón sexual.

—¡Te lo suplico!

—¿Qué pasa, nena? ¿Ya no disfrutas conmigo?

—Solo tú puedes preguntarme eso después de ¿ocho orgasmos? No sé, perdí la cuenta en el quinto, creo.

—Estás tan jodidamente rica que podrían ser nueve si me das cinco minutos —me dijo con su mejor voz de seductor mientras me mordía los pezones sin demasiada delicadeza.

—¡Nooo! En serio, Julio, sabes que siempre te sigo el ritmo, pero esto es demasiado incluso para ti.

—Lo sé, lo sé —reconoció, al tiempo que se levantaba—. ¿Te apetece comer algo?

—¡Por favor! Pero que no esté esferificado ni deconstruido ni mierdas de esas tuyas.

—Créeme, con los inventos que hago en L'Hypnose, hasta a mí me apetece comerme unos huevos fritos cuando salgo de allí.

—Es muy probable que con unos huevos fritos llegue el noveno orgasmo. —Me reí, mientras esquivaba la almohada que me tiraba a la cabeza.

—¿Te has tirado a muchas últimamente? —le pregunté, ya con la comida en el plato, movida por la curiosidad insana que siempre me habían producido Julio y sus sórdidas anécdotas sexuales.

—A nadie.

—¿¿Perdón??

—No, en serio, ríete. Pero no doy más de mí con el trabajo. No salgo de fiesta, ya me tiré a las tres chicas que trabajan en el restaurante en las primeras semanas, y no fue nada del otro mundo.

—¿Te tiraste a las tres? —lo interrumpí entre carcajadas—. Pero, si se enteran, ¿no te vas a meter en un lío?

—Hombre, quiero pensar que se enteraron cuando me las estaba tirando a la vez.

—Dios mío, Julio. Siempre vas un paso más allá de mi propia imaginación. ¡Das miedo!

—Sí, pero ya ves. Ahora de repente soy un santito. No salgo de fiesta, no tengo tiempo de conocer a nadie y, cuando lo tengo, me resulta más cómodo… Bueno, quiero decir que…

—Te resulta más cómodo llamarme a mí, que sabes que siempre estoy dispuesta.

—Ah, vale, sí, por un momento pensé que no estaba hablando contigo. Pues sí, eso, que me resulta más cómodo llamarte a ti que irme a ligar con los horarios intempestivos que tengo.

—Un planteamiento muy razonable.

—¿Y tú? ¿Te estás tirando a alguien? Porque si me dices que no y que tomas la píldora, mandamos al carajo los condones, y me haces el hombre más feliz del mundo.

—Primero, no tomo la píldora, así que vete olvidándolo. Segundo, aunque la tomara, no me fío de que no tengas un millón de enfermedades de transmisión sexual latentes, habida cuenta de tu historial. Y tercero, no, no me tiro a nadie.

—¿Por?

—No me tiro a nadie, por placer, salvo esto que tenemos nosotros, desde que llegué aquí. No tengo ganas de conocer a nadie.

—¿Pero no es eso lo bonito? ¿Ese tonteo previo a tirarte a alguien?

—Julio, ese tonteo previo a tirarte a alguien es lo que tú ves. Las chicas con las que lo haces ven un tonteo previo a enamorarse o a empezar una relación o como lo quieras llamar. Yo me tiraría a medio París si me aseguraran que nadie se va a enamorar de mí ni me va a exigir nada, mucho menos exclusividad.

—Joder, tu próximo libro podría titularse *La filosofía de Julito*, porque has dado en el clavo con mi forma de pensar.

—Ya lo sé, Julio. Es que somos iguales —le dije, mientras me encendía un cigarrillo tumbada en su sofá, vestida solo con un *culotte* rosa palo y un sujetador *balconette* a juego.

—¿Ya no ofreces a los amigos?

—Ah, coño. Pensé que ya no fumabas.

—Porque soy un puto desastre y nunca me acuerdo de comprar tabaco. Pero sí, sí que fumo. ¿Es que me has visto alguna vez dejar los vicios?

—En Gijón te tiraste una buena temporada sin fumar.

—Sí. Y con novia formal y sin follarme a otras. ¿Recuerdas lo poco que tardé en pasarme por el arco del triunfo todo aquello?

—Joder, Julio, no hables de ese tema a la ligera. Sabes que me da un vuelco todo cuando me acuerdo.

—Pues ya va siendo hora de que se te pase, tontita, que me da un poco de pereza el rollo mujer atormentada.

—¡Oye! —protesté. Y después de protestar, reflexioné—. ¿De verdad parezco una persona atormentada?

—Carmen, no tienes amigos, te niegas a hablar con nadie de tu vida pasada, ¡ni siquiera con Ana! Aquello ya pasó, Carmen, joder, y ya lo sufriste bastante. Decide qué quieres hacer con el resto de tu vida.

—Lo he pasado tan mal, Julio… —Se me llenaron los ojos de lágrimas.

—Ven aquí, anda. —En un gesto insólito en Julio, me abrazó y me besó en el pelo—. Yo también lo he pasado muy mal, nena, pero ya pasó. Tienes que estar preparada para tener una relación, para enamorarte, para que te vuelvan a romper el corazón, para tener amigos, para todo. Todo. Eso es la vida, joder. No la dejes pasar por un error cometido hace años.

—Ojalá fuera tan fácil.

—Hazlo fácil.

—Lo intento. He mejorado más desde que llegaste a París que en todos los años anteriores.

—¿Sí? Me alegro mucho.

—Sí. Estaba sola del todo, Julio. Pasaba semanas enteras sin hablar con nadie. De repente, un día me hablaba alguien en el supermercado, y no me salía la voz del tiempo que llevaba sin utilizarla.

—Yo también he estado muy solo. ¿Sabes? En uno de los viajes, me recorrí Rusia en tren, tres semanas. Y en esas tres semanas, congelado de frío, no hablé con una sola persona. Bajaba del tren, visitaba la ciudad, compraba cuatro cosas para comer y no interactuaba con nadie. Joder, me planteé tantas veces por qué coño estaba haciendo aquello… La soledad es muy jodida.

—Mucho. Y tú y yo hemos nacido para solteros, no para solitarios.

—Lo que yo te diga. ¡*La filosofía de Julio* tendrías que escribir!

ဌ

Los meses fueron pasando, y Julio y yo, sin darnos cuenta, fuimos convirtiendo la amistad con cama en una suerte de relación de pareja de la que ninguno de los dos nos atrevíamos a establecer los términos. Yo era monógama por imposición propia, y algo me decía que Julio estaba en una situación similar. No solo algo me lo decía, sino que Petite me confirmó que una noche en que había acabado con dos compañeras cenando en el restaurante, él la rechazó con educación cuando ella sugirió que fueran a tomar una copa a su piso.

Por esas fechas, yo ya me había atrevido a hablar con mi editor sobre la novela que estaba escribiendo, y me había aprobado la idea y los primeros bocetos del borrador.

Vivir en la Île Saint-Louis podía ser un sueño cumplido para mí, pero desde luego no era cómodo. Sin coche, moto ni ningún otro tipo de transporte, elegir vivir en el único lugar de París al que no llega el metro convirtió mi día a día en un estrés de caminatas, taxis y tiempo perdido.

—Julio, yo no puedo seguir así. Estoy harta de pasarme la vida de tu hotel a mi apartamento, de mi apartamento al restaurante. Estoy agotada —me quejé una noche, mientras esperaba a que saliera de trabajar.

—¡Pues vente a vivir conmigo!

—¡Julio!

—¿Qué? ¿Quieres que me declare en la torre Eiffel como todos esos imbéciles románticos?

—Vete a la puta mierda, Julio.

—¡Joder! ¿Qué te pasa? —El calor fue subiendo a sus mejillas a medida que se daba cuenta de que había metido la pata—. Joder, joder, perdona. Perdona, en serio. No me acordaba de que Gonzalo…

—¡Que no lo nombres, joder!

—Ay, madre mía, te has levantado con el pie izquierdo hoy, ¿eh?

—Vete a la mierda —le dije. Pero me reí. Me hizo reír esa capacidad de Julio de no tomarse nunca nada en serio—. Perdoooooona. Sí, tengo un día de mierda. No he conseguido taxi, he tenido que caminar tres mil kilómetros hasta el metro, me he equivocado y lo he cogido en sentido contrario…

—Oh, la pobre princesa ha tenido que venir en metro.

—Yo habré amanecido borde, pero tú estás de un simpático…

—En serio, ¿por qué no pasas de ese apartamento y te vienes a vivir al hotel conmigo?

—Porque cuando abro la ventana veo la torre Eiffel.

—¡Pues ponemos un póster!

—Y porque no me parece normal vivir en un hotel.

—Yaaa. Es horrible que te hagan la cama y que cuando vuelves de trabajar todo esté impecable.

—Me gusta mi apartamento. Solo tengo que convencer al ayuntamiento de que pongan una estación de metro y listo.

—Cualquier cosa con tal de no venirte a mi hotel. —Fingió llorar.

—Ahora mismo tengo muchas ganas de ir a tu hotel, ¿sabes? —ronroneé, mimosa, mientras acariciaba con la lengua el lóbulo de su oreja.

—¡Taxi! —bromeó.

3

No podría explicar cómo ocurrió, pero entre esa conversación y otras dos o tres del mismo estilo, Julio acabó mudándose a mi apartamento. Llegó con su vieja bolsa de deportes llena con sus pertenencias. Había visto a Julio con aquella misma bolsa desde que estudiábamos en Vitoria, y siempre la trasladaba de un lado a otro medio vacía. Así era Julio. Cuando le señalé el exiguo espacio que le había hecho en mi armario —en un momento concreto de mi fase post depresiva parisina había recuperado el gusto por ir de compras—, me dijo que le sobraba.

Y así fue. Tirando por alto, todas sus posesiones se limitaban a dos pantalones vaqueros negros, cinco camisetas, un par de jerséis, dos pares de zapatillas de deporte y su portátil. Recuerdo que, viéndolo deshacer el equipaje, me di cuenta de que él vivía desde hacía quince años con incluso menos posesiones de las que yo me había traído cuando había huido de Gijón.

Pasamos bastante poco tiempo vestidos en los primeros dos meses viviendo juntos. Para Julio, era una novedad tener en su vida a una mujer que le siguiera el ritmo sexual. Para mí, era una novedad el simple hecho de tener a alguien en la mía. Nos levantábamos tarde y empezábamos nuestra rutina sexual diaria antes siquiera de lavarnos los dientes. Él se iba a trabajar, me dejaba comida en algún *tupper* y regresaba rozando la madrugada. Con la perspectiva de no tener que madrugar al día siguiente, las noches nos envolvían en una vorágine morbosa de la que ninguno de los dos queríamos escapar.

Lo mejor de vivir con Julio era saber que cada noche íbamos a poseernos como si el mundo se fuese a acabar al día siguiente, pese a que en realidad lo que había entre nosotros no pasaba de los límites del lecho que compartíamos.

3

Una noche en que Julio salió antes de trabajar, y yo venía de tomar un *gintonic* con Petite, se me hizo la boca agua por una vez no con él, sino con la cena:

—Dime la verdad, ¿cuánto tiempo hace que no te comes una tortilla de patatas?

—Pues... más de tres años seguro. ¿Es eso lo que huelo?

—Exacto. —Me apretó contra su cuerpo y metió su lengua en mi boca con lujuria—. Y eso que saboreas es un gran reserva Rioja.

—¡Dios! Y yo que vengo un poco entonada de *gintonics*.

—Pues yo ya me he bebido media botella mientras cocinaba, así que me temo que vamos a acabar borrachos.

—¿Te has bebido la mitad del vino? Te odio.

—Tranquila, nena. He robado dos botellas, que nos conocemos, y sabía que con una no íbamos a tener ni para empezar.

—¿Robado? —Me reí—. ¿De dónde?

—De L'Hypnose, ¿de dónde va a ser?

—Julio, tío, ganas una cantidad indecente de dinero. ¿No puedes comprar dos botellas de vino?

—Que se jodan, me tienen hasta los huevos. Lo he hecho más por joder que por bebérnoslas.

—¿Qué te pasa en el trabajo?

—Pues que no me gusta lo que cocino, Carmen. Dime la verdad, ¿a ti te gusta la mierda que preparo?

—No, me da dolor de estómago y de cabeza al mismo tiempo. Se les fue de las manos el esnobismo.

—¿Ves? Pues por eso. No me gusta, tía, estoy como la última época en Tokio, hasta los huevos del curro. Y eso que en Tokio aún me apañaba con el idioma mejor que aquí.

—Julio, por ahí sí que no paso. No es normal que lleves casi un año en París y no hables una palabra de francés.

—Joder, siempre voy contigo a todas partes y me he acomodado.

—Bueno, a partir de ahora te obligaré a hablar a ti.

—Vaaaale. —Se rindió—. ¿Te puedo decir una cosa sin que te pongas triste?

—Ay, con lo bruto que eres, si ya das por hecho que me voy a poner triste, me das miedo.

—No. —Sonrió—. En serio. ¿No te recuerda todo esto muchísimo a...?

—... a las cenas del restaurante. —Completé su frase, su recuerdo—. Sí, lo he pensado antes, pero no quería decírtelo para que no me llamaras alma torturada.

—Fueron buenos tiempos.

—Los mejores. —Noté que se me iban a llenar los ojos de lágrimas y atajé por donde pude—. Julio, ¿tú estabas enamorado de Eva?

—No. Creía que sí, ojo, no la engañé. Es muy de hijo de puta lo que voy a decir, pero una vez pasado el disgusto, cuando me fui de Gijón y empecé a retomar mi vida, a tirarme a todo lo que se movía y a hacer lo que me daba la gana, me sentí aliviado.

—¿De verdad?

—Joder, Carmen, ¡le había puesto un anillo en el dedo! Y que conste que Eva es la mejor persona que he conocido en mi vida, y no me voy a perdonar nunca lo que le hice, pero ¿en serio me imaginas casado? ¿Cuánto tardaría en ponerle los cuernos y destrozarla? ¿Cuatro días?

—Quizá tres. —Sonreí.

Seguíamos sentados a la diminuta mesa de mi cocina, picoteando los restos de la tortilla y a punto de terminar la segunda botella de vino. Levanté los pies y los apoyé en el borde de su silla para ponerme cómoda. Los efectos del alcohol empezaban a amodorrarme, pero Julio se encargó de despertarme de golpe poniendo uno de mis pies sobre su entrepierna que, cómo no, estaba dura.

—No vayas tan rápido —me quejé—. Me gusta que estemos hablando, no solemos dedicar demasiado tiempo a ello.

—Ya. —Sonrió—. A mí también. Es reconfortante tener a alguien con quien hablar, ¿sabes? He pasado demasiado tiempo jugando al lobo solitario y a veces no es muy divertido.

—¿Nunca te has planteado sentar la cabeza?

—¿Sentar la cabeza? Me lo planteé con Eva, claro. Casi casi me obligué. Pero sé que no puedo. Ya no es solo el sexo. Es que me gusta demasiado entrar, salir, viajar, vivir libre de ataduras. Todo eso.

—Debes de ser la única persona que conozco que es inmune al enamoramiento.

Su mirada se oscureció de un modo que nunca había visto en Julio.

—No lo soy.

—¿Ah no? —Sonreí, con prudencia. No pasaba por alto su cara crispada—. ¿Estás enamorado, entonces?

—Es posible.

—Eres consciente de que no deberías decirle eso a una mujer que en teoría es tu novia, ¿verdad?

—Vamos, Carmen. Tú y yo sabemos que no somos eso. Además, ¿quién te ha dicho que no es de ti de quien estoy enamorado?

Mi centro de gravedad debe de estar muy equilibrado. Es la única explicación que encuentro a que en aquel momento no me cayese redonda al suelo. Abrí mucho los ojos y me dispuse a balbucear una explicación, cuando las carcajadas de Julio me sacaron del abatimiento.

—¡Dios! Deberías haber visto la cara que has puesto. No, Carmen, no eres tú.

—¡Joder! Te odio, te lo juro. Me has dado el susto de mi vida. —Me repuse—. ¿Y quién es, entonces?

—Es alguien a quien nunca podré tener y a quien nunca dejaré de amar. ¿Sabes qué? Mejor olvida esta conversación.

Y la olvidé. La olvidé perdida entre sus besos húmedos, su lengua recorriendo todo mi cuerpo, sus manos bajo mi pantalón. Con Julio en mi cama, podría haber olvidado hasta mi propio nombre. Pero no podía olvidarlo a él. A Gonzalo. El único hombre con el que había convivido antes de empezar esa especie de relación con Julio. Julio y yo formábamos la pareja menos romántica de la historia, lo cual es natural teniendo en cuenta que ninguno de los dos estábamos enamorados y que continuábamos juntos por una mera atracción sexual. Yo echaba de menos las mañanas en que Gonzalo me despertaba con el desayuno en una bandeja, los mensajes a media mañana en los que me decía que me echaba tanto de menos que no podía trabajar —aunque solo hiciera media hora que nos habíamos visto—, los viajes por el mundo y sus declaraciones de amor en público y en privado. Con Julio no tenía ni quería nada de eso y no podía evitar preguntarme si a lo que tenía con él era a lo máximo que podría aspirar en mi nueva vida post Gonzalo. Una vida cómoda, con un compañero sensual y divertido —fuera Julio o cualquier otro—, pero sin sentir amor. Amor de verdad, loco, incondicional, amor del que te estira las entrañas y te hace pensar que, si la otra persona se aleja, tú vas a dejar de respirar. Trataba de no pensar demasiado en ello, pero mi subconsciente tenía otros planes para mí y, en ocasiones, cuando Julio llegaba muy cansado de trabajar y se dormía antes que yo, lloraba en la cama por la añoranza de lo que había perdido.

21

La primera noche primaveral de aquel año, la primera en que no hacía falta un jersey para protegerse de la brisa parisina, Julio llegó a casa exultante.

—Prepara la mesa en la terraza, que está una noche estupenda.

—Qué contento vienes, ¿no?

—Eufórico es la palabra que buscas. Me voy a dar una ducha. Traigo comida del restaurante y unas botellas de champán.

—¿Unas? ¿En plural?

—Tres. Y nos las vamos a acabar. ¡Monta la mesa! —Me apremió.

La terraza de mi apartamento era mi lugar favorito antes de que Julio se mudara. Eran solo unos cuantos metros cuadrados, pero parecían extenderse a lo largo de todo el Sena. Orientada al oeste, se veía majestuosa la torre Eiffel al fondo, solo tapada su base por la catedral de Notre-Dame, que se levantaba a pocos metros de mi piso. Eran probablemente las mejores vistas de todo París y hacían que compensara las incomodidades del sexto sin ascensor, la ausencia de calefacción, lo diminuto del piso y demás penurias que me acompañaban desde que me había mudado allí. En mis primeras semanas en el apartamento, pasaba mucho tiempo en la terraza. Cogía una manta y me sentaba en un cojín en el suelo a observar la torre iluminada. Pensaba en Gonzalo, claro, en nuestra vida pasada, en aquella petición loca de matrimonio cuando yo apenas había alcanzado la mayoría de edad y en tantas experiencias felices que habíamos vivido juntos. Muchas veces me dejaba llevar por la nostalgia y lloraba pensando en qué sería de él ahora. Si se habría casado, si tendría hijos, si pensaría alguna vez en mí... Desde que Julio se mudó a vivir conmigo, apenas había pisado la terraza. Con la excusa de que era invierno, preferí no compartir con él un espacio que, para mí, era de Gonzalo y mío.

Esa noche, decidí invertir la tendencia. Julio era mi mejor amigo, me había hecho disfrutar en los últimos meses como creía que jamás volvería a disfrutar y, además, parecía tener algo que contarme.

—¿Aún estás así?

—Que ya acabo, hombre, no seas pesado. Vete trayendo las cosas de comer.

—He traído un poco de todo, ha sobrado tanta comida hoy en el servicio que nos la hemos repartido todos y aún ha habido que tirar más cosas.

—Esto está increíble. —Saboreé, encantada con aquel despliegue de aromas.

—Espera. Voy a por el champán.

—¡Julio! —elevé un poco la voz para que me oyera pese a tener la cabeza dentro del congelador, donde había metido las botellas a enfriar—. ¿Qué es eso que te tiene tan eufórico?

—Me ha salido una oferta de trabajo increíble.

—¡¿En serio?! ¡¡Qué bien!! —Brindé con él, chocando mi copa contra la suya—. Cuéntamelo todo.

—A ver, hace como dos meses, estuvieron aquí unos americanos súper forrados. Me avisó el dueño de L'Hypnose de que iban a venir a cenar unos «paletos americanos», según sus propias palabras, pero que eran gente con muchos contactos en el mundo de la hostelería y que había que lucirse. Yo no me lucí una mierda, hice las cosas como las sé hacer.

—Qué chulito eres —lo interrumpí.

—Ya, gracias, nena. —Me sonrió—. El caso es que al acabar la cena pidieron hablar conmigo, felicitarme y demás. Ya sabes cómo odio eso. Fui allí, y el que llevaba la voz cantante me pareció cualquier cosa menos un paleto. Nos pusimos a hablar en inglés, y los gilipollas de L'Hypnose se tuvieron que joder porque no entendían nada. Resulta que el tipo me dijo que estaba montando un hotel de lujo en Nueva Orleans y que no descartaba hacerme una oferta para dirigir el restaurante.

—¿¿Y??

—Impaciente —protestó—. Y hoy me ha llamado y me ha hecho la oferta en firme. Tú sabes cuánto cobro yo en L'Hypnose, ¿no?

—Sí.

—Pues el doble.

—Tienes que estar de coña.

—No. No estoy de coña. Pero me importa una mierda el dinero. Me encanta el proyecto. Va a ser un restaurante de fusión entre gastronomía cajún, francesa y asiática. No tengo ni idea de comida cajún, pero me pondré las pilas. Francesa la tengo más que dominada, y asiática sabes que siempre ha sido mi debilidad. Es un proyecto alucinante.

—¿Cuándo te vas?

—Carmen… —Su mirada se ensombreció un poco—. Joder, perdona. No sé… no sé si esto debería haberlo afrontado como pareja o…

—Julio. —Me puse seria—. Te he preguntado cuándo te vas sin pensar ni siquiera en "nosotros". —Marqué las comillas con los dedos de forma exagerada—. Ni por un momento he pensado que esto que tenemos influyese en nada en tu decisión.

—¿De verdad? Es que me siento como un imbécil ahora mismo.

—Pues no tienes por qué. Los dos sabíamos que esto se iba a acabar. O te iba a encontrar en la cama con una rubia —se rio—, o yo me iba a hartar de jugar a las parejas o algo externo iba a precipitar el final. Ni yo voy a irme al otro lado del mundo por ti ni tú te vas a quedar aquí por mí, eso está muy claro.

—Te voy a echar de menos. Y no es ninguna ñoñez. Es la verdad.

—Yo también a ti, imbécil. Porque además sé que ni me vas a llamar ni nada.

—Ya me conoces. Pero que no te llame a diario no significa que no me acuerde de ti. Aunque en el trabajo haya sido una mierda, me lo he pasado increíble contigo estos meses.

—Y te vas a vivir a la ciudad del vicio. ¡Madre mía!

—Me voy a follar a tantas mujeres en el Mardi Gras que es posible que me deporten, y tengas que acogerme de nuevo.

Nos reímos juntos y disfrutamos de aquella cena de despedida. Julio se iría un par de días después, y queríamos disfrutar del tiempo que nos quedaba juntos.

3

Tras devorarnos durante esas cuarenta y ocho horas de forma casi consecutiva, llegó el momento del adiós.

—Muchísima suerte, Julito. —Lo abracé en la terminal de salidas del aeropuerto. Los aeropuertos tenían siempre la capacidad de ponerme melancólica y, en aquel momento, me di cuenta de lo mucho que iba a añorar a Julio—. Te voy a echar de menos.

—Y yo a ti, nena. —Me besó el pelo con cariño—. Sabes que somos amigos aunque no hablemos a diario, ¿verdad?

—Lo sé. ¿Sabes? Hay algo que nunca te he dicho. Antes… antes de que tú llegaras a París, yo… yo no podía…

—¿Me estás dando las gracias por devolverte la capacidad de correrte?

—¡Julio! Tienes una habilidad para convertir algo bonito en sucio…

—No es sucio, coño, parece mentira que digas eso. Pero no soy nuevo en esto. El día que nos reencontramos era muy obvio que llevabas *muuuucho* tiempo sin tener un orgasmo.

—Vas a usar el «yo le devolví el orgasmo a una chica» para ligar, ¿verdad?

—No lo dudes. —Se rio, y acabamos los dos estallando en carcajadas.

Cuando cesaron las risas, Julio se puso serio.

—Me había prometido no meter la puta nariz donde no me llaman, pero…

—No me asustes.

—Llama a Ana, Carmen. Por favor, llámala. No sabes cómo te echa de menos.

—Julio… —Se me llenaron los ojos de lágrimas.

—No me quería meter en nada, Carmen, pero ella me lo pidió y…

—¿Estáis en contacto?

—No —cortó—. Dejemos ese tema.

—Es ella, ¿verdad?

—Van a cerrar la puerta de embarque —ignoró mi pregunta, desviando los ojos hacia las pantallas de información—. Dame un beso, anda.

—¿Como si estuviéramos locamente enamorados? —Me reí.

—Sí.

Nos besamos como cualquier cosa menos una pareja enamorada. Cuando empezábamos a calentarnos tanto que corríamos el riesgo de que Julio se quedara en tierra, conseguimos reunir un poco de cordura, le dije adiós con la mano y volví a mi solitaria vida.

3

Pocos días después de que Julio se fuera, me decidí a hacer algo que no tendría que haber pospuesto durante tanto tiempo. Mi relación con Julio había tenido un efecto terapéutico, me había curado. Seguía pensando en Gonzalo, sí, pero ya con cariño más que con la sensación de que toda vida posterior a él no sería una vida real. Y había alguien que merecía saberlo más que ninguna otra persona en este mundo:

—¿Carmen?

—Sí, Ana, soy yo. —Me derrumbé y empecé a llorar como una niña. Ana siguió el mismo camino y hubo un silencio prolongado, intenso, solo roto por nuestros sollozos.

—Dios mío, Carmen, ¿qué tal estás? ¿Dónde estás?

—Da igual donde esté. Estoy bien. Estoy mejor de lo que pensé que podría llegar a estar.

—Te he echado muchísimo de menos, Carmen, muchísimo.

—Y yo a ti, Ana. Pero no podía… no quería hablar con nadie de Gijón.

—Yo no te reprocho nada. Nunca lo he hecho, joder, ¿por qué me dejaste fuera? —me gritó.

—Perdóname, por favor. No… no podía…

—Bueno, ahora ya está. Cuéntamelo todo. Déjate de chorradas, ¿dónde estás? Gonzalo ha estado…

—¡No! ¡No quiero oír ese nombre!

—Pero…

—No, Ana, ningún *pero*. Le destrocé la vida, y decidimos que lo mejor era separarnos antes de acabar odiándonos. Y no volver a vernos. Nunca.

—Las cosas ni son así ni tienen por qué ser así, Carmen.

—Ana, las cosas *sí* son así. Casi… casi me muero de dolor los primeros meses, ¡los primeros años! Ahora, bueno, ahora estoy tranquila, me dedico a otras cosas, y alguien me pidió que te llamara. Y me di cuenta de cuántas ganas tenía de hacerlo.

—¿Julio?

—El mismo.

—¡Qué cabrón! ¿Os habéis visto?

—Algo así. —Me reí.

—¿Te lo has tirado otra vez?

—Quizá un poco más que eso. —Me reí. Sabía que con Ana no había lugar para tapujos.

—¿Estáis juntos? ¡¿Novios?!

—Ya no, ya no. Lo intentamos, pero…

—¡Pero esa idea era una mierda! ¿Cómo no me pedisteis consejo? —Se rio a carcajadas.

—Julio me curó, Ana. Yo era un despojo cuando nos reencontramos, y él me ha ayudado muchísimo. No nos enamoramos, claro. Ha sido más un amigo que un novio, pero me ha devuelto a la vida.

—No sabes cómo me alegro. De corazón.

—Bueno, ¿y tú qué? ¿Cómo están mi ahijada y sus hermanitos?

—Pues… ahora son cuatro. Llegó el niño al fin.

—¡Madre mía! ¿Cuatro?

—Sí, hija, sí. El año pasado nació Nicolás, y su padre ya se quedó tranquilo.

—¿Todo bien con él?

—Sí. Todo tranquilo. No tenemos tiempo de mucho más con cuatro críos pequeños en casa. Tengo la sensación de haberme pasado los últimos diez años embarazada.

—Habrás cerrado el grifo, ¿no?

—¿Cerrado? ¡Me he ligado las trompas!

—¿En serio?

—Y tan en serio. ¡Ni uno más!

Entre risas y bromas, nos dieron dos horas de conversación. Quedamos en seguir en contacto por WhatsApp y en que yo la llamaría de vez en cuando.

22

¿Julio? —Aquella llamada me pillaba por sorpresa. Julio es de los que nunca llaman sin una razón práctica. De hecho, no había vuelto a saber de él desde su marcha de París, meses atrás.

—Hola, Carmen, tengo que hablar contigo de algo muy serio.

—Julio, no me asustes. ¿Qué ocurre? ¿Estás en París?

—No, estoy en el jodido Nueva Orleans, a unos trescientos grados a la sombra. Vamos a ver, tengo que contarte algo, y tú actúas en consecuencia como te dicte tu conciencia, ¿OK?

—OK, dispara, me estás poniendo histérica.

—Me acaba de llamar Fabio. Está en París.

—Julio, ya sabes que yo no quiero tener contacto con nadie…

—Déjame terminar, por favor. Me ha llamado porque pensaba que yo seguía allí. Resulta que lo han pillado con un paquete en el Charles de Gaulle. No me ha querido explicar muy a fondo, pero vamos, resumen: paquete de droga, detenido, ya lo han juzgado y le han caído dos años de cárcel.

—Dios mío.

—Sí, Dios mío, Dios tuyo y Dios de su puta madre. El caso es que yo ahora mismo no me puedo pirar de aquí. Acabo de conseguir coordinar toda esta mierda y no puedo ayudarlo. Él solo me pedía algo de ropa, artículos de aseo, una ayuda práctica. Se le veía muy abatido y no paraba de repetir que lo olvidara, que se pondría en contacto con alguna de las ONGs que trabajan en la cárcel. Pero sentí que tenía que contártelo por si tú querías mover ficha.

—Sí, Julio, claro. ¿Qué puedo hacer para ponerme en contacto con él?

—He conseguido sacarle el teléfono de su abogada. Apunta.

Y con ese sencillo acto, el gesto de escribir nueve números en una libreta, mi vida cambió como jamás creí que pudiera hacerlo.

23

El día que Fabio me vio aparecer en la sala de visitas de la cárcel, no podría haber mostrado más estupefacción ni si me hubiera salido una segunda cabeza.

—Carmen.

—Fabio.

Y solo lo abracé. Abracé a la persona con la que me unía un vínculo en teoría pequeño. Habíamos trabajado bien juntos, nos reíamos cuando salíamos en grupo, pero no habíamos pasado de ahí. Hasta el día del desastre. Podrían pasar mil años que yo jamás olvidaría que, mientras todo el mundo me juzgaba y me odiaba, alguien me había sacado en volandas de aquel restaurante convertido en mi infierno particular. Y me había llevado a casa y aún le quedó cariño suficiente para mandarme *whatsapps* de ánimo en aquellas semanas de purgatorio que precedieron a mi marcha de Gijón. Aunque solo fuera por aquello, yo no iba a dejar a Fabio ahora en la estacada. *Quid pro quo.*

—Puto Julio, no hacía falta que te implicara —me dijo, con aquella voz que hacía tantos años que no oía. Siempre me había gustado escuchar su voz, con un ligero acento rioplatense que, al contrario de lo que ocurría con su vocabulario original, nunca había llegado a perder del todo.

—No me ha implicado él, me he implicado yo.

—No quiero que estés aquí, Carmen, lo siento.

—Te he traído algunas cosas —lo interrumpí, ignorando que me estaba echando de allí.

—Gracias, te estoy muy agradecido.

—Olvídalo. —Le quité importancia en un gesto con la mano—. Ropa interior, camisetas blancas, una manta, desodorante, algunas otras cosas de aseo… Si echas algo en falta, dímelo, y te lo traigo el próximo sábado.

—No vas a venir el próximo sábado. No quiero que estés aquí.

—Voy a venir el próximo sábado y voy a venir todos los sábados mientras estés aquí.

—No, no vas a hacerlo. Supongo que es decisión mía, ¿no?

—He hablado con los funcionarios. Los sábados te notificarán a las seis menos cuarto si tienes alguna visita y de quién se trata. La visita espera aquí, y tienes un máximo de una hora para hablar o intercambiar objetos que hayan pasado antes los controles de seguridad.

—De acuerdo, muchas gracias por la información, pero preferiría recibir solo las visitas de mi abogada cuando tenga algo que contarme.

—Fabio. —Lo miré fijamente—. Yo voy a venir cada sábado mientras estés aquí. Es decisión tuya salir o no. Pero yo voy a estar aquí.

—¿Y se puede saber por qué?

—Porque yo no he estado nunca en una cárcel como esta, pero durante tres años viví una cárcel emocional. Sé lo que es no querer ver a nadie porque odias al mundo, no querer sobrevivir porque te odias a ti mismo. Un buen amigo me ayudó a salir de esa cárcel cuando ni siquiera quería hacerlo.

—Ya, pero mi cárcel es real, ¿recuerdas?

—De esa ya nos preocuparemos más adelante. Ahora mismo, lo importante es que te tomes esto de la mejor manera posible. —Su mirada oscura me indicó que no solo no me creía, sino que le molestaba oírlo. Tomé la única decisión posible—. Me marcho. El sábado volveré.

ଓ

Me fui sin mirar atrás. El sábado siguiente, regresé, y el siguiente, y el siguiente. Fabio rechazó las tres visitas. El cuarto sábado consecutivo, conduje mi pequeño coche de alquiler hasta la cárcel sin esperanza alguna de verlo. Me atormentaba pensar en el infierno emocional por el que estaría pasando Fabio. Por lo poco que sabía de sus relaciones familiares, estaba segura de que nadie habría ido a verlo aparte de mí, y tampoco tenía ningún amigo en París.

—Señora, ¿puedo darle un consejo? —me dijo el guarda de seguridad ese cuarto sábado.

—¿Disculpe?

—Llevo varios sábados viéndola venir aquí, y el presidiario rechaza siempre sus visitas. —Lo vi dudar, pero prosiguió—. No se enamore de un tipo de esos, hágame caso. Usted parece una mujer elegante y educada, ellos son basura.

—Escúcheme bien, señor. Lo que yo haga con mi tiempo libre los sábados es asunto mío. Si ya ha terminado de revisar mis bolsas, le ruego que me las devuelva. En los sucesivos sábados, limítese a hacer su trabajo. —Me volví y añadí—. Y la única basura que veo por aquí es usted.

ଓ

Entré en la sala de visitas esperando que un funcionario —rogaba con toda mi alma que fuese otro diferente al de mi encontronazo anterior— viniera a comunicarme que Fabio había rechazado la visita. Y entonces lo vi. Entró en la sala de visitas con paso firme, la vista fija en la mesa en la que yo esperaba. Resulta casi obsceno recordar que, incluso en aquel contexto, llamaba la atención por su atractivo. Vestido con los informes pantalones del uniforme de presidiario y una camiseta blanca, se le veía más delgado, más demacrado, pero ni siquiera los surcos negros bajo sus ojos restaban un ápice de belleza a su mirada.

Se sentó frente a mí y, contra todo pronóstico, esbozó una sonrisa. No una de aquellas sonrisas arrebatadoras suyas, solo una sonrisa resignada.

—No te vas a rendir, ¿verdad?

—Las peores cosas que me han pasado en la vida me han ocurrido por rendirme.

—No quiero verte aquí, Carmen. Es... es horrible pensar que tú estés aquí dentro, aunque solo sea de visita.

Dos mesas a la derecha de nosotros, una familia discutía a gritos. En otro rincón, una pareja se tocaba de un modo que resultaba excesivo.

—Es bastante sórdido, sí. Pero he visto cosas peores en mi vida.

—Ya, pero yo no he causado que las vieras. Si estás aquí es por mí, y me da asco solo pensarlo.

—Sí, tienes toda la razón. Pero la decisión de venir o no es mía, como ha sido tuya la de rechazar la visita todos estos sábados. —Hice una pausa y lo vi asentir—. Bien, una vez dejado claro esto, vamos a hablar de tu situación.

—¿Mi situación? Pues ya la ves. Estaré dos años en este agujero de mierda. Si consigo que no me maten o algo casi peor.

—He hablado con tu abogada. Me ha dicho que la sentencia es inapelable, que casi has tenido suerte de que solo fueran dos años. Las cárceles en Francia empiezan a tener un problema de sobrepoblación, y están siendo laxos con los delitos de tráfico en pequeñas cantidades.

—¿Has... has hablado con mi abogada?

—Claro. Quería ponerme al día de cómo podía ayudarte.

—Joder. ¿He rechazado todas tus visitas, y fuiste a hablar con mi abogada?

—Hombre, debo admitir que nunca un hombre me había dado plantón tantas veces, pero soy una chica insistente. —Verlo sonreír, aunque solo fuese un instante, me hizo pensar que las barreras que se había esforzado por levantar podrían empezar a caer—. Lo dicho, hemos decidido que otro abogado que me han recomendado la asesorará en el proceso. Se llama Jacques, es un buen tío, es el socio de un amigo. Y es muy bueno.

—Carmen, Carmen... Para. Yo no tengo dinero para hacerme cargo de otro abogado. Y Monique lo está haciendo bien.

—No te preocupes por el dinero. De verdad, que el dinero sea la menor de tus preocupaciones. Y esto te lo quiero dejar muy claro desde ya. Tengo mucho dinero, Fabio, y no tengo nada en qué gastármelo. No tengo pareja, no tengo familia, no tengo amigos… Mi único amigo en el mundo es Julio y está más forrado que yo —bromeé, tratando de quitarle hierro a la conversación—. De verdad, por favor, no hablemos de dinero.

—No me siento cómodo con eso. Pero voy a ser sincero yo también. Esto es una pesadilla, y al fin he asumido que tengo que hacer todo lo posible por salir. Como sea. Y si ese *como sea* incluye que tú me pagues el mejor abogado posible, bajaré la cabeza de vergüenza, pero aceptaré. Solo puedo prometerte que el día que gane dinero, te devolveré hasta el último céntimo.

—Acepto. ¿Quieres hablar de lo que te ocurrió?

—Sí. Pero no hoy. —Miró el reloj que indicaba que nos quedaban apenas dos minutos antes de que se lo llevaran—. Necesito la hora completa para explicarte todo. ¿Vendrás el sábado próximo?

—Por supuesto. ¿Me vas a dar plantón?

—No, ya no. Muchas… muchas gracias. —Empezó a levantarse.

—Fabio, ¿qué ha pasado con tu melena? —le pregunté, intrigada por aquel pelo mucho más corto que lucía ahora. El primer día que lo había visitado tenía todavía su larga melena negra.

—No tenía gomas del pelo y, bueno, es incómodo vivir aquí con el pelo suelto todo el día.

—Eres idiota, te dije que me pidieras lo que necesitaras. —Me saqué la goma que siempre llevaba en mi muñeca y se la di—. Toma. Ya lo tienes bastante largo otra vez.

—¿Rosa? —Nos reímos. Era reconfortante verlo reír—. Solo a ti se te ocurre.

Las llamadas de los guardas interrumpieron nuestras risas. Le di un breve beso en la mejilla y me marché.

3

El sábado siguiente, él ya estaba en la mesa cuando llegué.

—Vale. ¿Qué es lo que sabes? ¿Qué te ha contado mi abogada?

—Lo básico. Hace dos meses y medio llegaste al aeropuerto Charles de Gaulle, tu mochila fue seleccionada al azar para control de drogas, y encontraron doce gramos de cocaína, envueltos en granos de café para ocultar el olor. Te detuvieron, tuviste un juicio rápido y te condenaron a dos años. Fin de la historia, no sé nada más. Bueno, sí, que te has negado en todo momento a decirle a la abogada de dónde había salido la droga.

—Eso ya no importaba, ¿no? Podría haber dicho que me la había dado el mismísimo Jesucristo que daría igual.

—¿Quieres contarme tu versión?

—No hay versión. Es tal cual lo has dicho, no hay mucho que añadir.

—No era tuyo, ¿verdad?

—No.

—¿Quieres contarme…?

—Aún no —me interrumpió—. Quizá nunca.

—De acuerdo. ¿Estás bien aquí? Es decir, dentro de las circunstancias.

—Dentro de las circunstancias. —Sonrió con amargura—. Trabajo en la cocina, sabes que siempre se me dio bien.

—Oh, sí. Si no llegas a echarme una mano aquella vez que Julio se puso enfermo, creo que me habría vuelto loca.

—¿Y tú qué? ¿Sigues cocinando?

—Yo… —Se me ensombreció la mirada. Y el ánimo—. Yo no he vuelto a cocinar desde que llegué aquí.

Asintió.

—Fue duro, ¿no?

—Fue horrible. Aún lo es a veces.

—¿Por qué te fuiste?

—¿Podría haberme quedado allí?

—No. Supongo que no. Joder, aquella noche en el restaurante…

—La peor noche de mi vida.

—¿Por qué lo hicisteis, Carmen? Lo teníais todo, joder, lo teníamos todo.

—¿Crees que no lo sé? Una sola noche de mi vida, una sola… Julio y yo nos emborrachamos, se nos fue la cabeza… Y ¡bam! Un mes después, todo había saltado por los aires.

—¿Habría acabado todo igual si no se hubiera hecho público?

—No. No lo sé. Lo he pensado cientos de veces. Supongo que habríamos podido gestionarlo de otra manera. Quizá Gonzalo habría podido perdonarme, no sé. Hay muchas cosas que solo nosotros sabemos de lo que ocurrió aquellos días.

—¿Querrás contármelas?

—Sí, pero no hoy —repetí su frase del sábado anterior—. Nos estamos quedando sin tiempo.

—Puta mierda.

—Me gusta hablar contigo. Siempre me gustó, ¿sabes?

—Sí. A mí también. —Me sonrió—. ¿Nos vemos el sábado?

—Claro.

24

Es curioso cómo recuerdo la etapa que Fabio pasó en la cárcel. Mi único trabajo en aquel momento era escribir, por lo que pasaba la mayor parte del tiempo encerrada en mi casa. Como si me hubiese mimetizado con la situación de Fabio, mis semanas transcurrían con la mente puesta en esa única hora que pasábamos juntos los sábados. Quizá si yo no hubiera pasado por los últimos tres años de locura en mi vida, mi cabeza habría estado tan alerta como para darse cuenta de que aquello empezaba a traspasar la barrera de una simple amistad.

—Dios. Pensé que me habías dado plantón.

—Perdona, perdona, perdona —dije un día, sentándome apresurada—. Había un accidente en la autopista que me ha retrasado un poco.

—No te preocupes. Oye, nunca te lo he dicho, pero, no sé, si algún día tienes planes o si no te apetece venir, no tienes ninguna obligación de estar aquí. Lo sabes, ¿no?

—Si algún día ocurre algo así, te lo haré saber con tiempo. Pero, por el momento, no se me ocurre nada que me apetezca más que venir aquí a charlar contigo.

—Ya. Yo espero la visita de los sábados con devoción.

—¿Devoción? —Me reí—. Creo que nunca nadie había esperado nada de mí *con devoción*.

—Pues será porque no te conocen. Tú... tú eres fantástica, Carmen. No sé qué sería de mí aquí sin tus visitas.

—Y yo no sé qué habría sido de mí aquella noche del restaurante sin ti. Nunca... nunca te lo he dicho, pero... Me habría muerto si no me hubieras sacado de allí.

—Lo que no entiendo es que nadie más lo hiciera. Joder, estabas tan indefensa... La gente cotilleando, Julio lanzando todo por los aires, la furcia de Nuria riéndose, tus suegros llorando... Si fue una pesadilla para mí, prefiero no pensar lo que estabas viviendo tú.

—Estaba embarazada. —No sé por qué lo dije. Sentí que, si alguien se había ganado el derecho a saberlo, era Fabio.

—¿Qué?

—Me quedé embarazada de Julio. Lo había descubierto aquella misma mañana. Claro que en aquel momento no sabía que era de Julio. Lo descubrí cuando me dejaste en casa. Gonzalo se había hecho unas pruebas de fertilidad y ese mismo día recibió los resultados. No había duda, el bebé era de Julio.

—Y qué... ¿qué pasó con el embarazo?

—Decidimos... decidí abortar. Me hicieron la intervención un par de semanas después, se complicó, tuve que guardar reposo... Gonzalo me cuidó tanto... —Se me llenaron los ojos de lágrimas—. Cuando me recuperé, él me pidió el divorcio, y yo... no podía continuar en Gijón.

—Dios mío, Carmen. Si ya me parecía que lo tenías que haber pasado fatal con la versión que yo me sabía, con esto...

—Con esto entiendes que desapareciera.

—Sí. Quizá yo también lo hubiera hecho —reconoció—. ¿Tienes contacto con alguien de casa?

—Solo con Julio.

—¿No has vuelto a saber nada de Gonzalo?

—No. No he querido. No sabría cómo enfrentarme a él. Solo deseo su felicidad, es lo único con lo que sueño, con que haya rehecho su vida y sea feliz.

—Yo lo vi hace...

—No —le corté, tajante—. No quiero saber nada de él. Por favor. ¿Te importaría que Gonzalo fuese un tema tabú?

—No me gustan los tabúes.

—A mí tampoco, créeme. Pero hay cosas que no puedo... hay cosas con las que no puedo.

—Está bien.

—¿Y tú? ¿Sigues en contacto con la gente?

—Bueno, me llamo con Julio alguna vez, aunque ya sabes cómo es.

—Dos veces al año como mucho, ¿no?

—Una, la mayoría de las veces. —Se rio—. Y, bueno, estuve un tiempo en contacto con Eva.

—Eva...

—Sí. Fui a su boda. Me alegré mucho por ella, se la veía muy feliz.

—No sabes cómo me alegro. Si alguien se merece ser feliz es Eva, aunque yo hiciera todo lo posible por joderle la vida.

—Fue muy feo lo que le hicisteis. Mucho. Si las cosas se hubiesen sabido de otra manera, no habría querido ni dirigiros la palabra a Julio y a ti. Pero, bueno, el espectáculo del restaurante me pareció demasiado castigo incluso para vosotros.

—Fabio, nunca te cortas a la hora de decir lo que piensas, ¿verdad?

—No. ¿Fuisteis unos cerdos con Eva? Sí. ¿Os merecíais lo que urdió Nuria? No.

—Me he preguntado tantas veces por qué lo haría... Ella tenía que saber que aquello sería el fin del restaurante, aunque solo fuese por no quedarse sin trabajo...

—Nuria es un monstruo. No es una mala persona porque no es ni persona. Y lo peor es que yo le hice el juego el tiempo que estuvimos acostándonos.

—Todos cometemos errores. Yo inventé el concepto *cometer errores*. —Sonreí.

—¿Estabas en contacto con Julio cuando él vivía aquí?

—Sí, puede decirse que sí —le dije, riéndome con ganas.

—Vamos, que retomasteis lo vuestro.

—¡No! Nunca hubo un *lo nuestro* allá en casa. Aquí nos reencontramos y estábamos los dos muy solos. Lo seguíamos pasando bien en la cama y decidimos que esas dos cosas eran una buena base para intentar una relación.

—¿Y qué falló?

—¿Qué no falló? —Me reí—. Bueno, en realidad funcionó bien, pero todos sabíamos que aquello iba a acabar. ¿Julio monógamo?

—Pero seguís siendo amigos.

—Sí, claro. No hubo ningún corazón roto, ¿sabes? A él le plantearon la oferta de Nueva Orleans, y ambos sabíamos que ni iba a rechazarla por mí ni yo iba a irme con él.

—Mierda.

—¿Qué?

Señaló el reloj por toda respuesta. El tiempo se acababa, una semana más de angustia esperando el sábado a las seis. Sí, angustia. Empezaba a necesitar esas visitas quizá tanto como las necesitaba él. Fabio se había metido dentro de mí, empezaba a sentir por él cosas que no me había permitido sentir en años. Era todo tan distinto a lo que había ocurrido con Julio... A Fabio deseaba acariciarlo, besarlo, abrazarlo. Con Julio todo había sido sexo desenfrenado, con Fabio ni siquiera soñaba con llegar a tanto.

3

—Tengo que proponerte algo, Carmen —me dijo una tarde, cuando ya casi se nos acababa el tiempo.

—Dime. Siempre estoy abierta a proposiciones de un chico guapo. —Coqueteé. Hacía semanas que lo hacía, esperando alguna señal por su parte, que nunca llegaba.

—A ver. Llevo ya seis meses aquí. A partir de los seis meses de condena, los presos tienen derecho a un *vis-a-vis* semanal con su pareja. Es como la visita de los sábados, pero en un cuarto individual, ya me entiendes.

Asentí.

—Bueno... —continuó él—. Es los martes por la tarde, tres horas cada semana. He pensado que quizá te apetecería.

—Sí, claro. —Me sonrojé. Tal vez aquella no era la declaración de amor más romántica de la historia, pero a mí, en aquel momento, me lo pareció.

—Pues tienes que darles tu nombre a los guardas y cubrir un formulario o algo así.

—OK, lo haré ahora al salir —dije, levantándome. Me acerqué a darle un beso en la mejilla, aunque aquel día me pareció que ambos lo acercamos peligrosamente a la comisura de los labios.

—Y, Carmen —añadió, sonrojado—, gracias.

3

Aquella semana se convirtió en una auténtica locura. Había prometido entregar mi última novela a finales de marzo, estábamos a ocho de abril y ni había comenzado con las correcciones básicas. Escribir se había convertido en mi terapia dos años atrás y todavía lo había sido más cuando la historia narrada no era la de los peores años de mi vida. Varias críticas habían alabado mi talento, y no me quejaba del ritmo de las ventas. No me quejaba en absoluto. Por eso mis editores no comprendían por qué había abandonado el ritmo vertiginoso que había tenido desde que empecé a escribir. Yo sí lo comprendía: ya no necesitaba terapia. Fabio era mi terapia.

Quedé con Petite el lunes anterior a mi primer *vis-a-vis* con Fabio. Estaba tan emocionada que parecía que tuviera una cita para ir a un concierto en la Ópera de Viena.

—¡Vaya! ¿Dónde te has metido estos meses? A veces pienso que solo me querías cuando te mandaba clientes.

—¡Petite, joder! Grita un poco más, que creo que en Pekín no te han escuchado.

—Siempre tan remilgada… —Se carcajeó—. A ver, ¿cuál es esa novedad que querías contarme?

—Petite, la he jodido bien.

—No. ¡No!

—¿Qué?

—Te has enamorado.

—Como una perra en celo.

—No, querida. Las perras no se enamoran, es todo mucho más biológico. Por eso tampoco lloran. ¿Tú no decías que nunca más te ibas a enamorar?

—Y jamás pensé que pudiera volver a pasar. Pero pasó.

—¿Y qué viejo ricachón lo ha conseguido? ¿Es Julian? Oh, sí, seguro que es Julian.

—No es Julian. No es nadie que tú conozcas. Es… es un viejo amigo. De España.

—¿¿Tu exmarido??

—¡No! ¡No, joder! Deja a Gonzalo fuera de esta historia. Y, antes de que lo preguntes, tampoco es Julio. Esa historia ya he aprendido que solo iba de cama y más cama.

—¿Una historia que solo va de cama y más cama es mala? —Hizo una señal al camarero—. ¡Otro *gintonic*, por favor! ¿Quieres algo más?

—No. Y no.

—Bueno, ¿y quién es el afortunado?

—¿Te hablé alguna vez de Fabio?

—No, no me suena —me respondió, muy concentrada en hacer memoria.

—Era uno de los trabajadores del restaurante. Bueno, era el trabajador del restaurante al que no me tiraba. Y ahora está aquí, bueno, está…

—¿Y dónde habéis quedado? ¿Por qué no vienes a mi casa? ¡Atraca mi vestidor si quieres! ¿Quieres que te consiga cita con Danièle? Me debe varios favores, podría llamarla y…

—Está en la cárcel, Petite.

—¿En la cárcel? ¿Qué?

—Que me he reencontrado con él porque lo han encarcelado y, bueno, llevo casi seis meses visitándolo.

—¿Drogas?

—Emmm… Sí. Pero hay algo que no me ha contado, creo que lo engañaron.

—Siempre lo hacen, cariño, siempre son inocentes. ¿Te has tragado esa mierda? ¿Está enganchado?

—No, no. Petite, en serio, no es nada de eso. Créeme. Lo pillaron con doce gramos de coca en el aeropuerto, no es un narco de un cártel colombiano.

—Repito, ¿está enganchado?

—Nooo. Conviví con él seis años, a diario en el trabajo, y creo que lo vi fumarse un porro una vez. Dos como mucho. Del resto, nada. En serio, apenas bebe. Es un buen chico.

—*Mon Dieu!* ¡Estás loca por él!

—Sí, total y absolutamente —confirmé entre risas.

Casi obligada por Petite, que me observaba desde el sofá, me probé todos y cada uno de los modelos de lencería de mi armario. Lo cual, dada la profesión que había tenido unos años atrás, es mucho decir. Habíamos dispuesto que lo mejor sería ir vestida de forma discreta y guardar la artillería en el interior. Al final, me decidí por una falda lápiz por la rodilla en color gris marengo y una camisa blanca, recta y sobria. La primavera aquel año en París estaba siendo sorprendentemente calurosa, por lo que decidí llevar solo una gabardina negra por encima. Nadie sospecharía que bajo esas capas de ropa escondía un exquisito conjunto de encaje blanco. Petite lo consideraba demasiado inocente; yo suponía que eso era lo que a Fabio más le gustaría. No eran tan inocentes los tacones de trece centímetros que me permití ponerme, ni las intenciones con las que me subí al coche y emprendí el camino a nuestra particular cita.

3

Me temblaron las manos durante todo el trayecto hasta la cárcel. Tuve que aferrarme tanto al volante que tenía los nudillos blancos cuando aparqué. Me dirigí a la sala de espera con las rodillas temblorosas; ojalá pudiera culpar a los zapatos.

Cuando me hicieron pasar al cuarto donde iba a tener lugar el *vis-a-vis*, Fabio ya estaba allí y sujetaba entre sus manos un paquete.

—Hola —dije, tímida por primera vez en años.

—Hola. —Me sonrió.

—¿Qué... qué es eso?

—El *pack* de este sitio para estos... encuentros. Sábanas de plástico, toallitas refrescantes y tres condones. —Se rio—. Son optimistas.

Me limité a sonreír. De todas las relaciones sexuales que había tenido en mi vida, que no eran pocas, aquella iba a ser sin duda la más surrealista. En el fondo, agradecí aquello para no pensar en el hecho de que el hombre que me esperaba sentado en el camastro —y que ajustaba en ese momento las sábanas de plástico— significaba para mí más de lo que lo había hecho nadie en cuatro años.

—Ven aquí, anda —me dijo, recostado contra la pared.

Me senté delante de él, y me abrazó por la espalda. Hundió su nariz en mi pelo.

—Hueles muy bien, ¿sabes?

Seguí callada. Los nervios me tenían agarrotada de tal manera que era incapaz de articular palabra.

—¿Quieres saber lo que ocurrió?

—¿Qué? ¿Cuándo? —pregunté.

—Con mi detención.

—Claro —respondí, sin entender el rumbo que tomaba la conversación.

—He trabajado como un puto esclavo estos años, Carmen. Las condiciones que teníamos en tu restaurante no son muy habituales, ¿sabes? Tuve que ir tirando del dinero de la indemnización que me pagasteis y me he comido toda la mierda: años sin vacaciones, horas extra sin pagar... Todo. Y ahora, por fin, llevaba quince meses currando en un restaurante decente, me pagaban más o menos bien... Cuando me dijeron que me daban dos semanas de vacaciones, no lo dudé y me compré un billete a París. ¿Sabes? Yo me moría de envidia cuando os oía hablar a Gonzalo, a Julio y a ti de los viajes que habíais hecho por el mundo. Yo solo me subí a un avión el día que me vine a España desde Argentina. Y me apetecía venir a París e ir a Londres. Pensaba coger el *Eurostar* para ir allí también.

Fabio seguía hablando, y yo casi había olvidado los motivos que me habían llevado hasta allí.

—Dos horas antes de salir hacia el aeropuerto, mi madre vino a mi casa. Llevaba unos meses sin verla, en realidad cada vez la veía menos. ¿Sabes? Cuando trabajaba en el restaurante, venía a visitarme de vez en cuando, supongo que sabía que mi situación económica era buena y que podía aprovechar algo. Y aun sabiendo que era por eso, yo estaba feliz y contento. Soy un imbécil, siempre me quise creer que lo hacía porque en el fondo le quedaba algo de amor por mí. Vino a verme aquella mañana antes de salir para el aeropuerto y me dijo que me había echado de menos y que quería pedirme un favor. Me contó que tenía una vieja amiga que vivía en París y que se había dejado un anillo en su casa la última vez que había ido a visitarla. Me dio un paquete muy bien embalado y me dijo que ella me estaría esperando en la puerta de llegadas del Charles de Gaulle. Yo la conocía, la conozco, y me olió raro. ¿Un paquete de cartón con tres vueltas de cinta de embalar para transportar un anillo? Mi madre ha tonteado con las drogas desde que yo tengo uso de razón suficiente como para darme cuenta. Durante una época, con un cerdo que vivió con nosotros en Argentina, hizo algo más que tontear. Creo que por eso nos trasladamos a España, nunca me quedó muy claro. Le hice jurarme que aquello era lo que me decía, que no había nada raro. Me lo juró por la memoria de mi abuela, Carmen, de su propia madre. Me dijo que ella no había sido la madre perfecta, que era consciente de sus errores, pero que me quería y que jamás haría nada que me pusiera en peligro. Tuve el paquete en la mano más de media hora antes de coger el taxi. Lo cogía y lo metía en mi mochila, confiando en mi madre. Al momento, lo dejaba sobre la mesa del comedor y me decía a mí mismo que no podía llevármelo, que podría acabar mal. No me preguntes por qué no lo abrí, porque no lo sé. Quizá porque necesité confiar en ella, necesité que me demostrara que era mi madre, al fin, después de casi treinta años. Soñaba con llegar al aeropuerto y encontrarme a una mujer normal, no a uno de aquellos espectros *yonkis* que solían ser las amigas de mi madre, y que me dijera «oh, gracias, me has traído el anillo que me dejé en España». Y seguir con mi viaje, y conocer París y Londres y volver a casa y sentir que trabajaba duro para permitirme unas vacaciones de vez en cuando. Cuando eligieron mi mochila para el control rutinario de drogas, supe que era el final.

—¿Has hablado con ella desde que estás aquí? —Se me habían llenado los ojos de lágrimas con su relato, y él me sonrió, tímido.

—La llamé cuando conseguí calmar toda la ira que llevaba dentro. ¿Sabes lo que me dijo? Que era un boludo que ni siquiera esto había sido capaz de hacer bien. La llamé varias veces después de eso, no me preguntes el porqué. No ha vuelto a cogerme el teléfono.

—Dios mío, Fabio. No sé ni qué decir.

—Es que no hay nada que decir. Perderé dos años de mi vida por culpa de eso. Pero se acabó. No quiero volver a tenerla en mi vida. Jamás.

—Te entiendo, no sabes cómo te entiendo. Echar de menos a tus padres cuando los necesitas es lo peor que te puede pasar en la vida, lo que más inseguridad te puede crear. Marca tu vida como ninguna otra cosa puede hacerlo.

—Joder. Había olvidado que tú creciste sin tus padres. Murieron en un accidente cuando tú eras una niña, ¿no? Por eso te crio Concha.

—Sí. Murieron en un accidente.

—Qué mierda.

—Pero no cuando era niña.

—¿Perdona?

—Casi han pasado las tres horas. La triste historia de mi infancia, el martes próximo. —Traté de darle humor al tema.

—Siento haber acaparado la conversación, pero necesitaba sacarme esta mierda de dentro.

—Fabio, tenemos todo el tiempo del mundo para contarnos lo que queramos, no te preocupes por eso.

—Carmen, gracias. Muchas gracias por todo, de verdad. Nunca… nunca nadie había hecho nada por mí, y tú estás aquí siempre.

Me acerqué a él y rodeé su cintura con mis brazos. Me quedé así hasta que los guardas vinieron a darnos el primer aviso. En un minuto tenía que salir de allí. Me puse de puntillas y dejé sobre sus labios un beso breve, rápido, casi un beso de amiga. Él me revolvió el pelo y me despidió con la mano.

—Hasta el sábado.

ᘓ

Esa noche no fui capaz de dormir. Le di vueltas y más vueltas a la horrible historia familiar de Fabio durante todo el trayecto en coche. Cuando llegue a mi casa, ya solo me quedaba espacio en el cerebro para pensar en la actitud de Fabio conmigo. Me dormí reflexionando sobre qué éramos con exactitud. Al llegar al *vis-a-vis*, me había recostado contra él y me había dicho que olía muy bien. Y no pareció rechazarme cuando lo besé al marcharme. Pero tampoco profundizó en ese beso.

25

Cuando llegué a visitar a Fabio el sábado siguiente, estaba tan feliz que me gané una buena multa en mi coche de alquiler habitual por querer llegar a la visita de las seis lo antes posible.

—Holaaaa.

—Hola, Carmen. —Me besó en la mejilla. Definitivamente, no tenía ni idea de en qué punto estábamos—. Se te ve radiante. ¿Qué pasa?

—Ayer estuve con tus abogados. Tengo noticias. Vas a saltar en la silla cuando me escuches.

—Dispara. Me tienes en ascuas.

—¿Recuerdas el problema que te dije que había en Francia con la sobrepoblación en las cárceles? —asintió—. Bien, pues el gobierno acaba de presentar un proyecto para que algunos convictos puedan salir en libertad antes del final de la condena, si cumplen una serie de requisitos.

—Te escucho. —Sus ojos se iluminaron de la pura anticipación.

—Condenas iguales o inferiores a dos años, comportamiento impecable durante la condena, trabajo estable y vivienda a menos de cincuenta kilómetros del juzgado. Todo ello comprobable antes de salir de prisión. Se reduce la condena de prisión a la mitad, y el segundo cincuenta por ciento se disfruta en un régimen de semilibertad.

—¿Qué posibilidades tengo?

—Si te portas bien el tiempo que te quede aquí, estás fuera en seis meses.

—Pero ¿el trabajo?, ¿la vivienda?

—Pondremos mi casa como vivienda, luego ya buscarás otra cosa —*si quieres*—. Y esta semana hablaré con la gente que conozco aquí a ver si pueden conseguirte un trabajo. El martes, cuando venga, ten un currículum preparado, aunque sea una cosa rápida a mano, luego ya me encargaré yo de darle formato y demás.

—Carmen, ¿no es demasiado?

—¿Demasiado?

—Carmen, tú tienes tu vida, no tienes por qué implicarte de esta manera conmigo.

—Primero, yo me implico en lo que me da la gana. Te puedo asegurar que, si no me apeteciera, no lo haría. No soy una ONG. Y segundo, lo más parecido que he tenido a una vida en los últimos cuatro años ha sido venir aquí cada sábado. Así que déjame a mí. ¿O es que no quieres salir de aquí?

—Es lo que más deseo en este mundo. Bueno, quizá lo segundo —me dijo con una voz ronca que me impresionó.

—¿Y qué es lo primero? —pregunté en tono de claro coqueteo.

—Dejémoslo. —Desvió la vista—. Además de lo del currículum, ¿tengo que hacer algo más?

—No. Por el momento, no. —Miré la hora—. Me marcho. Nos vemos el martes.

—Carmen.

—Ni se te ocurra, chaval.

—Sí se me ocurre. Gracias.

☙

La visita del martes, de nuevo en el cuarto de la semana anterior, la pasamos comentando su currículum.

—¿Pero por qué no me habías dicho que al final terminaste Turismo?

—No lo consideré importante. De hecho, juraría que ya había acabado la carrera antes de que te fueras.

—¿Sabes? Te admiro.

—Esa sí que es buena. ¿Tú me admiras? ¿A mí?

—Sí, a ti.

—¿Y eso por qué?

—Joder, Fabio, no es muy difícil de imaginar. Te has currado toda tu vida solo. Yo tuve una vida muy jodida antes de empezar con Gonzalo, sí, pero tenía todo el dinero del mundo a mi disposición. Hice siempre lo que quise, estudié donde quise, viajé por el mundo. ¡Joder! Pasé las Navidades de mis veinte años recorriendo el oeste de Estados Unidos con mi novio.

—No llegaste a contarme lo de tus padres.

—No. No llegué a hacerlo.

—Anda, ven aquí. Ven aquí y cuéntame.

Me senté a su lado, dejé que me abrazara y lo miré a los ojos. Podría haberlo besado, creí incluso ver su mirada expectante. Pero allí, en aquel cuarto infame de una cárcel parisina, elegí la amistad. Empecé a hablar.

—Mis padres murieron cuando yo estaba en segundo de carrera. Cuando entré en la universidad, conté a todo el mundo que habían muerto cuando era pequeña para evitar preguntas incómodas y ya nunca conté la verdad a nadie. Te contaré la versión resumida. Mi padre era millonario, y mi madre una camarera que decidió tener una hija como seguro de vida. A los seis meses, mi madre se cansó de jugar a las muñecas, y se fueron a vivir a Estados Unidos. Los vi unas pocas veces en mi infancia, y ya casi ninguna en mi adolescencia. Algunas veces, me llamaban el día de mi cumpleaños. Bueno, mi madre lo hacía. De mi padre casi ni me acuerdo. Ahora que lo pienso, si cierro los ojos, no recuerdo con nitidez la cara de ninguno de los dos. Sobreviví gracias a Concha y a la familia de Gonzalo. Los padres de Gonzalo iban a las reuniones con mi tutora, me llevaban al médico cuando estaba enferma, su madre me atendió en mi primera regla. —Sonreí, triste, al recordarlo—. Dios mío, los echo tanto de menos. Tanto.

—¿Hablaste alguna vez con ellos después de…?

—No. No me atreví. Quizá si no hubieran estado en el restaurante aquella noche, quizá si las cosas hubieran sido diferentes… Ellos me regalaron su amor durante treinta años. Cuando pasó todo aquello, se los dejé a Gonzalo. Como a nuestro perro, la casa, el dinero. Dejé todo atrás para venir a hundirme en el fango en París.

—Somos unos mierdas, ¿no?

—¿Haciendo bromas para rebajar la tensión?

—Te has reído.

—Porque ya no estoy en el fango. Ninguno de los dos lo estamos.

—¿Y dónde estamos, Carmen?

—No lo sé. Dímelo tú.

—Estamos bien.

Y, dicho eso, me abrazó. Si su erección no se hubiera clavado con fuerza en mi muslo, habría quedado muy claro ya que solo éramos amigos. Con ese abrazo y la conversación anterior, la confusión continuaba.

3

Con el final del verano, mi ritmo de trabajo se incrementó hasta niveles extenuantes. Estaba escribiendo ya mi cuarta novela, y la editorial había hecho un lanzamiento muy ambicioso de la tercera, lo cual incluía firmas de libros, encuentros *online* con lectores y todo tipo de actos promocionales. Además, por consejo de mis editores, tuve que regresar a las redes sociales, de las que había huido como de todo lo demás algunos años atrás. Ahora ya estaba de nuevo localizable, y mi cerebro, además de abotargado por el estrés de tener que combinar tantas facetas diferentes del trabajo, se debatía entre el incipiente enamoramiento que sentía por Fabio y la ilusión de que Gonzalo pudiera encontrarme a través de Facebook o Twitter. Yo lo busqué a él, luché contra el impulso de hacerlo durante días, pero al final caí. No encontré nada, ni en una ni en otra red social. A Gonzalo nunca le habían gustado esas cosas, y supuse que seguía sin utilizarlas. Me sorprendió sentir que lo buscaba por pura inercia, porque me había acostumbrado a que todos los pasos siempre me llevaran a él, pero, a decir verdad, si lo hubiera encontrado, tampoco habría sabido qué hacer. Y, desde luego, no lo habría buscado un martes ni un sábado.

Los lunes, los miércoles, los jueves, los viernes y los domingos eran para mí días de trabajo agotador, de horas antes el portátil, de reuniones y, por primera vez en cuatro años, de socialización. Pero los martes y los sábados seguían siendo solo de Fabio. La ilusión que me provocaban aquellas visitas apenas me permitía dormir la noche anterior. Me esmeraba en prepararme para verlo como una adolescente en su primera cita. Él seguía sin dar señales de sentir nada por mí diferente a una amistad profunda bañada de gratitud. O sí las daba, no lo sé. Siempre había algún comentario, alguna mirada, alguna sonrisa que hacía que me ilusionara, que pensara que había una chispa de esperanza para un *nosotros*, pero él las atajaba antes incluso de que yo pudiera ser consciente de si eran reales o solo estaban en mi cabeza.

☾

—¿Sabes que eres preciosa? —Ahí estaba. Uno de esos comentarios que hacían que me acalorara, y no solo en las mejillas.

—¿Yo? No... Emmm... —En apariencia, toda mi locuacidad la utilizaba para mis novelas y me quedaba en blanco ante aquellos músculos torneados y aquella sonrisa ladeada que me volvía loca.

—En cuanto dejes atrás tus recuerdos y tus impedimentos, harás muy feliz a algún cabrón afortunado. —Y ahí estaba, el comentario con el que me dejaba claro que él no pretendía ser ese *cabrón afortunado*.

—Sí, bueno, ojalá. Quién sabe.

—¿Puedo pedirte algo?

—Claro.

—Tengo la sensación de que me paso la vida pidiéndote cosas, pero este es un capricho tonto.

—A ver, deja la intriga. —Le sonreí—. ¿Qué es lo que quieres?

—Quiero que me prepares la tarta de fresas que hacías en el restaurante. Llevo cuatro años deseando volver a comerla.

—Fabio, sabes que yo no puedo. No cocino ya.

—Recuerdos e impedimentos… Recurriré al chantaje emocional. Llevo meses comiendo una mezcla de comida para perros y mierda. Tráeme la tarta.

—Veré lo que se puede hacer. —Madre mía. Sabía que iba a preparársela. Empezaba a preguntarme si habría algo que no hiciera por ese hombre.

—¿Cómo va el tema de mi condicional?

—Bien, viento en popa. Esta semana me reúno con un amigo de Petite…

—¿Petite? ¿Quién es Petite?

—Una amiga. Mi exjefa.

—¿Jefa? ¿En la editorial?

—No, no. Yo trabajaba de otra cosa antes de empezar a escribir.

—¿Ah, sí? ¿De qué? —Su tono era despreocupado, y me preguntaba cómo salir de aquella pregunta que tanto me atemorizaba responder. Había sido tan sencillo con Julio y era tan complicado ahora.

—Hagamos una cosa —decidí—. En mi próxima visita, te traeré mi primer libro. En él, bueno, se explica todo lo referente a mi trabajo. No me apetece dedicar toda la visita a explicártelo, ¿OK?

—OK. ¡Qué misteriosa!

—Hablemos del trabajo —cambié de tema con rapidez—. Petite tiene un buen amigo que trabaja en el departamento de Turismo del Ayuntamiento. Vamos a reunirnos con él esta semana para ver si puede hacer algo para buscarte un trabajo relacionado con tu carrera.

—¿En serio? Dios mío, Carmen, a mí me vale cualquier cosa, supongo que de camarero será lo más sencillo.

—Queremos asegurar. Tu abogado dice que será todo más factible si el tribunal te ve como un buen chico, con estudios universitarios, que cometió un error, pero que es reinsertable en la sociedad. Ser extranjero no te va a ayudar, así que tenemos que atar todo el resto de cabos.

—De acuerdo. Me parece que ya he repetido esta frase algo así como un millón de veces, pero es que… no sé cómo voy a agradecerte todo lo que haces por mí.

—No hay nada que agradecer. Yo soy la primera que te quiere ver fuera de este agujero.

—Se acaba el tiempo.

—Mierda. —Seguimos la rutina habitual. Beso en la comisura de los labios, abrazo algo más largo de lo habitual entre dos amigos, caricia en la cara. Cada día salía de allí más confusa respecto a sus sentimientos. Los míos estaban claros hacía semanas.

G

La reunión con el amigo de Petite fue cómoda y agradable. No sé cuántos favores le debería aquel hombre a Petite y prefería no conocer la naturaleza de los mismos, pero lo cierto es que se esforzó por ponernos en bandeja aquello que le solicitábamos. Fabio podría obtener un puesto eventual como guía turístico de la ciudad de París si estudiaba tres manuales y aprobaba un examen. La materia era dura, pero el amigo de Petite nos aseguró —y aquí venía el gran favor que nos hacía aquel hombre— que podría realizar el examen después de obtener el trabajo. Era tráfico de influencias, sí, pero mi moral quedaba bastante desvaída cuando el objetivo era que Fabio saliera de la cárcel.

G

El siguiente martes, me dirigí a la prisión con la emoción de tener buenas noticias que comunicar.

—Hola, preciosa. —Me abrazó y me olió el pelo. En serio, tenía que dejar de hacer eso o se me licuarían las neuronas.

—Hola, precioso —bromeé—. Tengo noticias. Apunta esta fecha: diecisiete de octubre. Es la vista para tu libertad condicional.

—¿En serio? Pero ¡quedan solo unas semanas!

—¿Qué pasa? ¿Necesitas más tiempo para despedirte? —Me reí.

—No, pero ¿lo tenemos todo? ¿No hacen falta un montón de trámites?

—A ver, ya está presentado el documento de la vivienda. Mi casa pasará a ser tu vivienda habitual. No te esperes un gran palacio, tendré que colocar una cama plegable en el vestidor, porque el espacio no da para más.

—No, no, pero, por favor, en cuanto salga de aquí, me buscaré otro lugar.

—Eso ya lo veremos, ahora vamos a centrarnos en que salgas.

—Vale. ¿Y lo del trabajo?

—El trabajo, sí. Esta semana me reuní con el amigo de mi amiga, lo que te expliqué la semana pasada. Vas a tener que trabajar duro.

—Eso no es un problema.

—Ya lo sé. Va a hacer algún tipo de chanchullo para que puedas entrar a trabajar como guía turístico de la ciudad antes de aprobar los exámenes necesarios.

—¿Qué dices? ¿De veras?

—Sí, pero tienes que ser muy discreto. Tus compañeros deben creer que sí los has aprobado. Y tienes que aprobarlos, claro. Solo… solo te los posponen un poco. —Sonreí.

—De acuerdo. ¿Sabes de qué irá el trabajo?

—Sí. Tienes que estudiar tres manuales: uno terrorífico de gordo sobre París en general. Historia, cultura, arte, monumentos más importantes… Y luego uno específico de cada monumento que te asignen, que serán dos.

—Joder, Carmen. Es maravilloso. No me lo puedo creer.

—Falta el tema del comportamiento. ¿Va todo bien aquí dentro?

—Sí, sí, me mantengo invisible. No tengo problemas con nadie.

—Bien, sigue así. No queda nada.

—Ojalá. Por cierto, leí tu libro. —Me tensé—. ¿Es todo real?

—Sí, casi todo.

—Bien. No me gusta lo que leí. Te respeto y no soy nadie para juzgarte, mírame —sonrió con amargura—, pero preferiría no hablar de ello. No me siento cómodo con esa época de tu vida.

—De acuerdo. Yo tampoco. Es curioso, con Julio siempre hablé de ello con total naturalidad, pero contigo me siento incapaz.

—Pues entonces estamos de acuerdo —me dijo mirándome fijo, muy serio.

—Otro tema… —Cambié el tercio—. Y me vas a odiar. Me dicen que mejor te cortes el pelo, que parece que la melena por la cintura no es el *look* ideal para presentarse ante el tribunal.

—Hecho.

—¡Oh! ¿Tan fácil?

—Sí. ¿Qué pasa, Carmen? ¿Te gusto con melena?

—Me gustas de todas las maneras posibles.

—¿Disculpa? —Su mirada se ensombreció.

—Emmm… ¿sabes? Es casi la hora, he de irme —dije, levantándome de la silla tan rápido que la tiré al suelo.

—Carmen, ¡espera!

—No, déjalo. —Luché contra las lágrimas, mezcla de impotencia y vergüenza—. Olvida lo que he dicho, ha sido una tontería.

Y me fui sin mirar atrás. No volvimos a tocar el tema y dejamos pasar las semanas, ocupando el tiempo de las visitas en cuestiones prácticas sobre su trabajo, sus exámenes y la preparación de la vista de la condicional.

26

Pronto llegó el diecisiete de octubre. Me encaminé al juzgado tan nerviosa que me equivoqué dos veces en el metro. Acabé tomando un taxi cuando fui consciente de que en vez de acercarme a los juzgados, me estaba alejando de ellos. Estaba nerviosa por él, no quería ni pensar en la decepción que se llevaría si algo salía mal y me arrepentía de haber sido tan optimista en mis últimas visitas y no prever que podría haber algún problema.

Esperé en un pasillo durante horas mientras Fabio estaba en una sala contigua con sus dos abogados. Cuando al fin le tocó el turno, me comunicaron que a lo largo de la mañana había habido algunos problemas con familiares de presos y que las vistas se habían cerrado al público. Así que seguí sentada durante lo que me pareció una eternidad en aquel pasillo, a la espera de noticias.

Cuando lo vi salir esposado de la sala, y clavó sus ojos en mí, supe que todo había ido bien. Me acerqué a él, obviando a los dos policías que lo escoltaban, y lo abracé. Los ojos de ambos se llenaron de lágrimas, y hablamos para evitar derramarlas.

—Salgo hoy, Carmen. ¡Hoy!

—¿En serio?

—Me llevan ahora a la cárcel, recojo mis cosas, firmo un montón de documentos y sobre las cinco puedes recogerme. O sea, si no tienes algo mejor que hacer. Si no, cogeré un taxi o algo.

—Mmmmm… deja que piense. ¿Tengo algo mejor que hacer que sacarte de la cárcel? —bromeé—. ¿Tú qué crees, idiota? A las cinco estaré allí.

Esperé en el aparcamiento de la cárcel, fumando un cigarrillo tras otro y observando el edificio, deseando no volver a verlo jamás. Es increíble el modo en que el ser humano es capaz de adaptarse a cualquier circunstancia —yo lo sabía bien—. Con seguridad, si a Fabio le hubiesen denegado la libertad condicional, yo seguiría yendo allí dos veces por semana. O cada día, si me lo permitieran. Pero, en aquel momento, me sentía incapaz de volver a entrar, me sentía abrumada por el hecho de haber mantenido nuestra extraña relación durante casi un año.

Cuando salió por aquel portalón, que yo habría jurado que sonó metálico, como en las películas carcelarias, se acercó corriendo hacia mí. Me cogió en brazos y me dio un beso en los labios, breve, sorprendente, antes de poner su boca junto a mi oreja y repetir mil veces «gracias, gracias, gracias».

Nos subimos al coche camino de mi casa e hicimos el trayecto completo en silencio. Devolví el coche de alquiler en una agencia cercana, y echamos a andar hacia mi apartamento.

—¿No vas a hablar nunca más? —bromeé. Yo tampoco sabía muy bien qué decir.

—Es que… tengo tanto que decir y tan poco a la vez. Estoy bastante abrumado.

—No te preocupes por nada. Vamos a instalarte en mi piso, a ver si cabes. —Me reí.

—¿Tan pequeño es?

—Más.

Fabio se instaló en mi antiguo vestidor, donde yo había colocado unos días antes una cama individual plegable. Había embalado parte de mi ropa, la que menos utilizaba, para hacer espacio en aquel antiguo vestidor y, más o menos, había conseguido convertir aquel pequeño zulo en un dormitorio agradable. Claro que todos sabíamos que aquella solución sería provisional. Fabio se mudaría algún día y, en cualquier caso, un año más tarde tendría ya la libertad de volver a su hogar. Yo seguiría centrada, mientras tanto, en mi objetivo de que se mudara a mi dormitorio. Quizá algún día.

☌

Las primeras semanas de Fabio en mi casa se nos pasaron en una vorágine loca de trámites que hacer, lugares que descubrir y conversaciones que mantener. A ambos nos resultaba difícil comprender cómo podíamos tener todavía tanto por decirnos, después de un año en que no podíamos hacer otra cosa en la cárcel que hablar. Nos contamos nuestras respectivas infancias, y descubrí que podía mencionar a aquel Gonzalo con el que me había criado sin que la melancolía tomase posesión de mis sentidos. Hablamos de nuestras películas favoritas, los libros que nos habían robado el corazón y las canciones que escucharíamos una y otra vez sin llegar a cansarnos. Y trabajamos duro. Fabio estudiando sus manuales y preparando el curso intensivo que debía realizar antes de incorporarse a su trabajo. Yo, corrigiendo mi novela y atendiendo compromisos publicitarios. Y ambos, organizando toda la burocracia que suponía el nuevo estatus de Fabio en libertad.

Un sábado que decidí tomarme libre, mientras Fabio estudiaba sus manuales en mi apartamento —empezaría a trabajar tras las vacaciones de Navidad—, paseaba con Petite viendo escaparates por la Rue Royale cuando me di cuenta de que hacía cuatro años que no celebraba la Navidad.

Llevaba cuatro años fingiendo que el veinticinco de diciembre era un día normal, en el que yo trabajaba, o dormía, o hacía cualquier cosa menos pensar en que todo el mundo estaba reunido con su familia mientras yo ignoraba el calendario. Y, de repente, me encontré a mí misma comprando un árbol de Navidad y una caja entera llena de adornos.

—¡Madre mía! ¿A dónde vas con todo eso? —Me recibió Fabio al llegar a casa, con su enorme sonrisa habitual desde que había dejado la cárcel.

—He decidido que este año, en esta casa, se celebra la Navidad.

—Me parece bárbaro, pero ¿por qué?

—Porque llevo cuatro años sin celebrarla y este año, bueno, tú eres suficiente motivo para que quiera festejarlo todo.

—¿Yo?

—Sí, Fabio, tú.

—Ven aquí. —Me abrazó y me besó lento, tierno… pero en la mejilla.

Fabio era un excelente cocinero, lo había demostrado varias veces en el restaurante cuando tuvo que cubrir a Julio o a Nuria. Lo convencí para que se tomara un descanso en el estudio ese día, y cocinó para mí, bebimos más de la cuenta y pasamos toda la tarde tumbados en mi sofá.

—Me he quedado traspuesta —dije, mientras abría un ojo, tras unos minutos dormida.

—Duerme si quieres —me respondió en voz muy bajita—. Estás preciosa dormida.

—¿Preciosa? —Ignoré el latigazo que sentí en el corazón al oírlo decir aquello—. Pero si estoy acalorada y tengo unos pelos de loca terribles.

—Tienes cara de recién follada.

—¿Perdona? —Me sorprendió tanto esa frase en Fabio, siempre tan correcto, que creí haber oído mal.

—Esa es la cara que deberías tener todo el tiempo.

—¿Ah sí? —Me acerqué a él, coqueta—. ¿Y cómo crees que podemos arreglar eso?

—Lo arreglaríamos —Dejó de mirarme, vi temblar sus manos—. Claro que lo arreglaríamos. Así que me voy a dar una ducha y seguir estudiando.

Y se marchó de mí. Cada día que pasaba, estaba más confusa. Cualquiera que lo viese, que lo escuchase hablarme, que nos observase interactuando en aquella convivencia tan fluida que teníamos, pensaría que estábamos enamorados. Yo, desde luego, lo estaba. Y todo hacía indicar que él sentía algo. Pero no lo suficiente, al parecer.

G

Decidimos celebrar el Fin de Año en casa y salir después a tomar unas copas con Petite y otras chicas de la agencia. Con Fabio nunca hablaba de aquella parte de mi pasado, pero había coincidido con Petite en un par de ocasiones, y habían conectado muy bien. Él le estaba muy agradecido por su ayuda para salir de prisión, y ella había caído rendida a sus pies como toda mujer que lo veía durante más de un segundo.

Terminamos de cenar poco antes de medianoche y nos arreglamos con rapidez. Habíamos quedado con las chicas sobre la una en un local cercano al túnel del Alma, y no iba a ser sencillo conseguir un taxi. Salí de mi dormitorio acabando de ponerme los pendientes y, cuando levanté la vista, observé a Fabio toqueteando mi ordenador. Cuando se irguió, sentí que la sangre me abandonaba el cerebro, y que podría desmayarme si no me tranquilizaba. Allí estaba él, con un traje negro que parecían haber esculpido sobre su cuerpo y una camisa blanca con los botones superiores desabrochados de modo informal. No se había arreglado el pelo y llevaba su melena —mucho más corta en los últimos tiempos— revuelta sobre los hombros. Sí se había afeitado, en tiempo récord después de nuestra cena, y me estaba traspasando con la mirada. Yo había elegido un vestido corto —muy corto— en color rojo cereza, con un hombro al descubierto y con una trenza despeinada sobre el otro. Completaban mi aspecto unos tacones de vértigo y una capa blanca de pelo sintético.

—Dios mío. Estás… estás guapísima.

—Gra… gracias. Tú estás… bueno, estás espectacular.

—Tengo una pequeña sorpresa para ti. —Vi que sacaba de detrás de su cuerpo dos vasos con algo que no acerté a distinguir—. Uvas.

—¿Uvas? —Me reí—. ¿En serio?

—Sí, acabo de poner las campanadas en tu portátil. ¿Las vemos?

—¡Claro!

Comimos las uvas siguiendo todas las tradiciones españolas: reírnos, atragantarnos y abrazarnos al terminar. Susurró un «Feliz año nuevo» en mi oído, y nos separamos poco a poco. Sus ojos, aquellos ojos color miel con los que yo soñaba desde hacía más de un año, estaban fijos en mis labios, todavía sin pintar en la precipitación de las prisas previas a la medianoche. Me pasé la lengua por el labio inferior en un gesto reflejo provocado por los nervios.

—No hagas eso —me susurró, con voz ronca.

—¿Por qué?

—Porque no puedo más.

Y dicho eso, me besó. Nos besamos con una pasión desconocida para mí, su lengua se abrió paso entre mis labios sin pedir permiso, sus dientes mordisquearon mis comisuras, mi lengua, el perfil de mi mandíbula. Me aferré a su cuello y me dejé llevar, disfrutando de cada instante de aquel beso con el que soñaba desde hacía tanto tiempo.

—Vamos a llegar tarde —me dijo.

—Me da igual.

—Pero a mí no. Venga, vámonos.

Me tomó de la mano, y conseguimos de modo milagroso un taxi que nos llevara a la otra punta de la ciudad. Al llegar allí, saludamos a Petite y a las otras tres chicas que venían con ella, dos de ellas acompañadas por sus parejas. Formamos un grupo divertido y pasamos una noche amena. Pero separados. Fabio hablaba conmigo en la misma medida que con todos los demás. No volvió a besarme ni a cogerme la mano. Era incapaz de prever qué ocurriría cuando llegáramos a casa.

—¿Te lo estás follando ya? —me preguntó Petite, señalándolo con la cabeza, mientras él pedía unas copas para todos.

—Nooo, joder, ¡no! Hoy me ha besado, joder, el beso de mi vida, Petite.

—¿Yyyy?

—*Yyyy* —la imité— nada. Joder, nada.

—Deja de decir *joder*, que es la única cosa que no haces. —Se burló.

—¡Déjame en paz! Estoy frustrada, Petite, no puedo más. Estoy loca por él, me paso la vida insinuándome, y él parece que me sigue el rollo, pero luego… puf… todo se esfuma.

—Ataca, Carmen, no hay otra opción.

—No. Es mi amigo, si él no quiere nada conmigo, no voy a estropear nuestra amistad.

—Vaya chorrada. ¿Cómo se va a estropear una amistad por un polvo? Yo no tengo ningún amigo con el que no me haya acostado.

—Ya, pero tú eres tú, y él es él. No me mires así, yo soy igual que tú. Tampoco tengo ningún amigo al que no me haya follado. —Me reí—. Bueno, sí, lo tengo a él, que me va a devolver la virginidad.

La noche transcurrió entre risas y bailes, pero Fabio ni siquiera me miraba a la cara. Me sonreía y hacía bromas si estábamos en grupo, pero empezó a ser obvio que no quería quedarse conmigo a solas. Así que decidí emborracharme para olvidar. Y para tener una excusa para que no pasara nada al llegar a casa. Como Fabio no bebía alcohol, se encargó de depositarme sana y salva en casa, con los tacones en la mano, eso sí. Los tacones en la mano y las ilusiones por los suelos.

G

Fabio empezó a trabajar un par de días después. En el reparto de monumentos, tuvo la enorme suerte de que le tocara la torre Eiffel y la no tan afortunada asignación de la basílica de Saint-Denis. Las semanas que trabajaba en la torre llegaba a casa temprano, y cenábamos delante del televisor o, si la noche no era demasiado fría, en la terraza. Las semanas que le tocaba desplazarse a Saint-Denis, llegaba tan tarde y tan cansado que apenas nos veíamos.

Supongo que esas semanas sin vernos demasiado fueron las que me ayudaron a sobrevivir, ya que, cuanto más tiempo pasábamos juntos, más me enamoraba de él y más frustrada me sentía por que él me siguiese ignorando. Lo peor, o lo mejor, no sé, eran esas ocasiones en que me hacía algún comentario que avivaba mis ilusiones.

G

—¿Sabes, Carmen? —me dijo un día, mientras escuchábamos música francesa, abrazados en el sofá del apartamento—. Creo que nunca había sido tan feliz como en estas semanas desde que salí de la cárcel.

—¿De verdad?

—De verdad. Me encanta mi trabajo, me encanta esta ciudad y me encantas tú. —Abrí mucho los ojos, aquello podía ser el comienzo de una declaración—. Supongo que la cárcel me ha dado perspectiva para valorar lo que tengo en cada momento.

—A mí también me encantas tú.

—Gracias. ¿Estás con alguien, Carmen? Quiero decir, ¿hay alguien especial en tu vida?

—Hay alguien especial, claro que sí. ¿Es que no lo ves?

—Lo veo. Y me aterra.

—No hay nada de que tener miedo —usé mi voz más ronca para decir aquello—. ¿Por qué no quieres darte cuenta?

—Bueno, voy a vestirme. He quedado con una compañera de trabajo para tomar una copa.

«¿Qué? ¿¿Quéééé??»

Se marchó a tomar esa copa. Y yo me quedé destrozada. Estaba harta de mi relación con Fabio. De mi no-relación, mejor dicho. Nuestra rutina diaria era como esa sensación previa a un beso, ese momento en que sientes que vas a dejar de respirar si te apartas de la persona a la que amas, ese momento en que tu ritmo cardíaco se dispara hasta hacerte creer que caerás desplomada. Pero ese beso nunca llegaba. Llegaba la separación, las excusas, las frases a medias, las insinuaciones no consolidadas.

Llamé a Ana casi llorando y la puse al día de mi situación. Desde hacía unos meses, apenas hablábamos, manteníamos el contacto solo a través de algunos *whatsapps* ocasionales. Por ellos, estaba al tanto de que Fabio estaba en París y de que nos habíamos hecho amigos y yo lo estaba ayudando en su desgraciada circunstancia personal. Pero nunca me había atrevido a contarle mis sentimientos.

Después de una hora y media de conversación, una hora y media en la que no pude dejar de pensar en Fabio besando a su compañera de trabajo como en Nochevieja me había besado a mí, llegamos a una conclusión desgarradora: debía pedirle que se marchara de mi casa.

27

Cuando Fabio entró dos noches después en mi apartamento, supe que al fin había reunido el valor suficiente para pedirle que se fuera. Había luchado demasiado contra mí misma y contra mis demonios como para tirarlo ahora todo por la borda. No soportaba más vivir bajo el mismo techo con alguien que era ya obvio que lo único que sentía por mí era un profundo cariño.

—Hola, guapita.

—Hola, Fabio. ¿Podemos hablar?

—Sí, claro. —Noté la preocupación en sus preciosos ojos color miel.

—Fabio, yo no sé cómo decirte esto. Yo no soy tan buena persona como tú crees.

—¿De qué estás hablando?

—No… no puedes seguir viviendo aquí. Yo te ayudaré en todo lo que necesites, te lo juro. Te quiero, y te has convertido en mi mejor amigo en este año. Sabes que tengo dinero y tengo contactos, te puedo ayudar sin problema. Pero no puedo seguir viviendo contigo en la misma casa.

—Dios, lo siento. Siempre te dije que encontraría otro lugar donde vivir, pero supongo que me acomodé y no hice lo suficiente por buscar alojamiento. Voy a guardar ahora mismo mis cosas y me marcho cuanto antes. Te juro que pensé que no molestaba, que lo pasábamos bien juntos y no había prisa.

—Joder, Fabio —dije, casi con lágrimas en los ojos. Si alguien me hubiera dicho solo unos meses atrás que podría tener ganas de llorar por un hombre que no fuera Gonzalo, le habría dado un puñetazo—. No entiendes una puta mierda, ¿verdad?

—No. Si tengo que ser sincero, no. Entiendo que tú tenías tu vida, que te costó mucho conseguir, antes de que el imbécil de Julio te implicara en toda mi mierda. Y que, con toda la razón del mundo, quieres recuperarla. Si hay algo más que eso… no, no lo entiendo.

—Claro que lo hay, joder.

—¿Y qué es? —Si seguía mirándome con aquella cara de inocencia, con aquellos ojos honestos y con sus irresistibles labios, torcidos ahora en una mueca, no iba a poder resistirlo.

—Fabio. Me estoy enamorando de ti.

—Car… Carmen… ¿Qué dices?

—Joder, lo siento. Uno no elige de quien se enamora. Y te juro por mi vida que nunca pensé que yo podría volver a enamorarme, porque la herida de Gonzalo aún sangra, joder. Pero estoy enamorada de ti, y me resulta insoportable que nos tumbemos juntos en el sofá a ver una peli y saber que nunca te tendré.

—Carmen, no sabes lo que estás diciendo.

—¡No! No me trates como a una adolescente que se ha enamorado de quien no debe. Te llevo cinco años y he vivido lo suficiente como para que no me tomes por imbécil.

—Ahora eres tú la que no entiende nada. Joder. —Lo vi derrumbarse sin comprender todavía el porqué—. Carmen, estoy loco por ti.

—¿Qué? —Hasta yo misma noté que la voz que emitía no era la mía.

—Joder, Carmen, llevo loco por ti desde el día que entraste en la cárcel a visitarme. No, miento. Ya estaba un poco loco por ti en Gijón. Cuando empecé a trabajar en el restaurante, tuve que hacer un esfuerzo mental sobrehumano para no perseguirte. Me caía bien Gonzalo, sabía que era el amor de tu vida, y yo no soy Julio. Yo no me habría metido en vuestro matrimonio. Joder, ¡si por eso me tiré a Nuria! Y llevo años torturándome con la idea de que todo lo que te hizo, lo que nos hizo, fue porque te guardaba rencor por aquello. Ella siempre me decía que te miraba con ojitos, la muy zorra.

—Fabio, no me puedo creer lo que estás diciendo.

—Pues créetelo porque es muy real. Llevo semanas volviéndome loco en este piso. Sabía que tenía que irme porque no podía vivir para siempre de tu generosidad y porque me estaba haciendo daño, enamorándome de ti un poco más cada día. Pero, al mismo tiempo, me moría al pensar en no verte cada mañana, cada noche. Verte, hablar contigo, reírnos juntos, abrazarte… es lo único que me mantuvo cuerdo el año de la cárcel. Yo nunca me había enamorado y… y ahora soy un muñeco en tus manos. Estoy tan loco por ti que podrías hacer conmigo lo que quisieras.

—Pues tengo muy claro lo que quiero hacer.

Y con esa frase me abalancé sobre él. Nos besamos como adolescentes, como púberes descubriendo el amor, la atracción. Cada paso adelante fue telegrafiado. Su mano en mis nalgas. Mi beso en su cuello. Sus dedos en mis pechos. Yo, sentada a horcajadas sobre él en el sofá, sintiendo su erección apretada contra mis pantalones vaqueros.

—Joder, no sabes cuánto me gustas, cuánto… Bueno, es súper pronto para esta mierda, pero no sabes cuánto te quiero, Carmen. Estoy loco por ti.

—Cómo has tardado tanto en decirlo, idiota.

Nos reímos y seguimos besándonos, y no fuimos más allá porque quisimos ir despacio, algo que ninguno de los dos habíamos hecho nunca.

—¿Con cuántas te has acostado? —le pregunté entre risas, acalorada, mientras cenábamos algo, tras besarnos y tocarnos durante más de una hora. Una hora que se me hizo corta.

—Joder, Carmen, vaya mierda de pregunta de día uno de relación.

—Venga, vamos, cuéntamelo. Además, te juro que te lo pregunto por un motivo concreto.

—Vamos a hacer una cosa. Durante esta cena —señaló los platos—, vamos a seguir siendo amigos. Te cuento mi mierda, tú me cuentas lo que te apetezca, luego te llevo a la cama, te hago el amor como llevo meses deseando y, desde ese momento, somos novios normales que no hablan de esas cosas, ¿OK?

—¿Novios?

—¿Y cuál crees tú que sería la palabra adecuada para definir a dos personas que se quieren, que viven juntas y que se acaban de confesar que están enamorados el uno del otro?

—No sé, me ha dado vértigo la palabra, perdona.

—No pasa nada. Pero eres mi novia, y yo soy tu novio. No me insultes pretendiendo hacerme pasar por *follamigo*, porque sabes que somos muchísimo más que eso.

—Vaaaale, perdona.

—Y setenta y tres.

—¿Eh?

—Que me he acostado con setenta y tres. Y como me tenga que ir a dormir sin que sean setenta y cuatro, me subiré a la torre Eiffel y me lanzaré haciendo un mortal.

—Vale, lo he pillado. —Me reí—. Y, habiéndote acostado con un número considerable de mujeres, ¿puedo saber por qué conmigo nunca lo intentaste? Porque entiendo que a esa cifra no se llega siendo prudente y tímido.

—Pues porque eras tú. Y porque no quería joder la amistad, aunque suene a topicazo. Porque, si no podía tenerte, al menos quería ser tu amigo y sufrir el placer de tener que verte. Pero, sobre todo, porque no me sentía digno de ti.

—Pero ¿qué mierda es esa? ¿Digno de mí? ¿Qué eres, un *lord* victoriano?

—No. Soy un puto exconvicto en libertad condicional, hijo de una furcia que lo engañó para que pasara cocaína a su contacto en París. Eso soy.

—¿Y yo qué soy? ¿Una princesa virgen?

—No. Eres lo que quieres ser. Aunque la vida te haya desgarrado, eres tú. Y te has reinventado un millón de veces y un millón más lo volverías a hacer. ¡Mírate ahora! Nunca pensaste ser escritora y ahora no solo lo eres, sino que recibes cartas de admiradores, la gente se pelea por tener tus libros firmados… ¿Es que no lo ves?

—Y tú no tienes *fans* porque los guías turísticos no los tienen. Porque no dudes ni por un momento que tú eres tan bueno en tu trabajo como yo en lo mío. Pero, en cualquier caso, todo eso me importa una puta mierda. Como si fueras el peor trabajador del mundo, es que me da igual. De lo que hablo es de por qué nunca me lanzaste a la cama de aquel cuartucho de mierda en el que teníamos los *vis-a-vis*.

—Pues por lo que acabas de decir, porque era un cuartucho de mierda. A veces tenía que apartar la vista de ti, joder, no podía soportar mirarte. Por eso estaba tan raro. Y ha sido peor aún desde que vivo aquí. Y es más, creo que hasta podría haberte hecho el amor en aquel cuartucho, pero no podría besarte, ¿sabes? No hay nada mejor que un beso, ese momento en que sientes que la otra persona te va a besar, que lo va a hacer porque no puede no hacerlo. Eso siempre va precedido de una mirada, y por eso yo no podía sostenerte la mirada en la cárcel, porque sentía que me iba a perder en ella. No, Carmen, no podía follarte en aquel cuartucho por mucho que me apeteciera, porque yo soñaba con hacerte el amor como lo que eras, la mujer a la que amaba. —Se le quebró la voz—. La mujer a la que amo.

—Pues no pierdas más tiempo y hazlo.

Se acercó a mí despacio, con una lentitud exquisitamente dolorosa. No era la furia sexual de Julio ni el amor incondicional de Gonzalo. Era una mezcla perfecta de ambas cosas. Era Fabio.

Me cogió en brazos, me llevó al sofá y me sentó a horcajadas sobre él. Se quedó mirándome a los ojos durante minutos. Yo me sentía incapaz de sostenerle la mirada, pero lo hice. Adelantó su mano y empezó a acariciarme los labios con el pulgar. Se lo humedeció en su boca y siguió con la tortura en forma de caricia. Bajó las manos y empezó a acariciar mi vientre y mis caderas por debajo de la cintura. Agarró el bajo de mi camiseta y tiró de ella hacia arriba, despacio, con delicadeza. Se le escapó un jadeo al descubrir que no llevaba sujetador. Me acarició el costado varias veces, desde el final de la axila hasta la cadera. Me pasó la mano por detrás de la cintura y me aproximó a él. Cuando nuestros cuerpos estaban casi pegados, me besó los labios y descendió con rapidez hacia mis pezones. Los torturó con la lengua y con los dientes durante tanto tiempo que creí que iba a licuarme sobre su regazo.

En medio de todo aquel derroche de estimulación, encontré fuerzas para quitarle la camiseta y jugué también con mi lengua sobre su pecho. Se levantó conmigo en brazos y abracé su cintura con mis piernas. Me dejó encima de la cama sin separarse de mí y sentí su peso sobre mi cuerpo semidesnudo y las puntas de su pelo suelto haciéndome cosquillas en el pecho. Se agachó a los pies de la cama para tirar del bajo de mis pantalones, arrastrando mis bragas con ellos. Ya desnuda, lo vi despojarse él también de la ropa que le quedaba.

—Odio sacar este tema así, pero ¿tomas la píldora?

—No. Pero no importa. Confío en ti, y tú en mí, y el embarazo no es un problema. Hace dos años me confirmaron que ya no había ninguna posibilidad de tener hijos.

—Lo siento.

—Shhh… No hables más. Quiero sentirte dentro de mí. Piel con piel.

Se introdujo con lentitud, y sentí que iba a morir de placer. Me hizo el amor durante unos minutos, despacio, lento, cuidadoso. Tan diferente a aquello a lo que yo estaba acostumbrada y tan maravilloso.

—Carmen.

—¿Qué? —gemí. Me encantaba que usara mi nombre en la cama. Para Gonzalo siempre había sido su *enana* y para Julio, *nena*. Para Fabio, era yo, era Carmen.

—No puedo soportar este ritmo. Quiero hacértelo un poco más…

—¿Rápido?

—Sí. Fuerte.

—Hazlo. Por favor.

Incrementó el ritmo, y mi orgasmo tardó segundos en llegar. Veía a Fabio serio, concentrado, y la pulsión de los músculos de su mandíbula me indicaba que estaba haciendo un esfuerzo titánico para no seguir el mismo camino que yo.

—Carmen, no voy a aguantar mucho más. Verte correrte ha sido más de lo que puedo soportar.

—No tardarás en volver a verlo si aguantas un poco.

—Dios, eso es todo un reto.

Cuando noté que el calor volvía a invadirme como presagio de un nuevo orgasmo, Fabio pareció adivinarlo.

—Mírame mientras lo haces. Córrete para mí, Carmen, llevo toda la vida soñando con ello.

Sus palabras fueron el detonante para el orgasmo más intenso y desgarrador que había tenido en años. Fabio siguió mi camino, y nos derrumbamos juntos, abrazados, desnudos, amándonos con la mirada.

☙

Los siguientes meses se nos echaron encima entre las ajetreadas agendas laborales de cada uno y el desbordante amor que sentíamos el uno por el otro. No podíamos pasar un día sin besarnos con pasión, sin hacer el amor, sin adorarnos. Fabio tenía un lado romántico que yo nunca había vislumbrado en los años que hacía que nos conocíamos. Él decía que yo no lo había visto porque, antes de enamorarse de mí, jamás había sentido la necesidad de hacer cosas como aquella que hizo un viernes de junio.

—¿Por qué nunca vienes a recogerme al trabajo en la torre y sí vas tantas veces a Saint-Denis, que queda muchísimo más lejos? —me había preguntado unos días antes.

—No me gusta ir a la torre. No me trae buenos recuerdos.

—¿Gonzalo?

—Ajá.

—Carmen, tienes que dejar eso atrás, por favor. ¿Qué pasó en la torre?

—Ahí es donde Gonzalo me pidió que me casara con él. Yo era una cría, tardamos siete años en casarnos desde que me lo pidió, pero... bueno, siempre me ha recordado a él.

—¿Crees que eso es justo conmigo? —dijo serio, sus labios convertidos en una fina línea.

—No, no lo es. Gonzalo tiene que quedar atrás para siempre, lo sé.

—¿Me dejarás que te enseñe la torre?

—Sí. Dejaré que lo hagas.

Aquel día de junio, París atardecía asfixiante. Fabio trabajaba aquella semana en la torre y se le veía nervioso, instigando algo a mis espaldas, haciendo llamadas a diestro y siniestro. Me había pedido que lo esperara a las diez y media de la noche en el pilar Este, a donde él bajaría a recogerme cuando acabara su turno. Esa semana era la última antes de la temporada de verano y a partir de esa hora la torre estaría cerrada al público. No me podía creer que Fabio me fuera a ofrecer una visita privada y, en lugar de la melancolía por Gonzalo que me asustaba sentir, dentro de mí había una ilusión que no me esforzaba en comprender.

Lo vi aparecer casi a las once y comprendí que su retraso era debido a que se había tomado un tiempo para arreglarse. Vestía un pantalón negro de pinzas y una camisa blanca un poco desabrochada, como siempre, dejando a la vista el vello negro de su pecho. Sonreía con una disculpa pintada en los ojos por su breve retraso y, cuando se acercó a mí, depositó un suave beso en mis labios y me cogió la mano, sin mediar palabra.

Subimos en un ascensor privado hasta la cima, aquel lugar que yo llevaba tantos años evitando. Cuando entré en la pequeña plataforma de observación, corría una leve brisa, suficiente para aliviar el calor que hacía aquella noche. Torcí la vista siguiendo el trayecto de su mirada y entonces vi lo que Fabio había preparado para mí.

Una manta de cuadros escoceses cubría una parte del suelo y dos más descansaban en un rincón. Sobre la manta, varios platos con pequeñas raciones de comida y una botella de champán esperaban su turno para que los degustásemos. Me quedé sin palabras, y se me llenaron los ojos de lágrimas.

—¿Me haces el honor de cenar conmigo? —me preguntó, besándome la mano.

—Claro. No sé qué decir.

—Di que me quieres —me ordenó a escasos milímetros de mi cara.

—Te quiero, Fabio. Te quiero con locura.

Nos besamos, cenamos, hicimos el amor sobre aquella manta, a trescientos veinticuatro metros sobre París y, aún desnudos, Fabio empezó a hablar.

—¿Sabes? No tenemos que irnos a ninguna parte esta noche.

—¿Cómo dices?

—He movido todos los hilos del mundo para conseguir que nos dejen pasar la noche aquí. No sé si somos los primeros, pero no creo que mucha gente haya dormido en la torre Eiffel en su historia. Ese es mi regalo adelantado de cumpleaños para ti, aunque no compensa ni por un segundo toda la felicidad que tú me das.

—Fabio… —sollocé—. No sé qué he hecho para merecerte, pero no pienso dejarte escapar jamás.

ভ

Y no lo hice. Vivimos nuestro amor loco, nuestra pasión desbordada, durante unos meses maravillosos. En dos meses, Fabio conseguiría la libertad definitiva, había aprobado sus exámenes con unas notas excelentes, y en el Departamento de Turismo le habían asegurado que podía contar con la renovación de su contrato. Yo estaba escribiendo mi quinta novela, las ventas seguían por buen camino y disfrutaba de mi profesión al máximo.

Mi vida parecía ser tan perfecta en aquel tiempo que ya casi no pensaba en Gonzalo. Recordaba mis primeros años en París cuando pensaba en él veinticuatro horas al día; después, pasé unos años, cuando Julio y yo convivíamos, en que pensaba en él un ratito cada día. En aquel momento, en mi nebulosa de amor por Fabio, Gonzalo ya solo acudía a mi mente si algo muy tangible me recordaba a él. Alguna vez traté de comparar el amor que sentía por uno y por otro, traté de dilucidar cuál era el verdadero gran amor de mi vida. Siempre apartaba ese pensamiento de mi cabeza para evitar seguir derroteros que no me llevarían a ningún lugar agradable.

ভ

—¿Sabes? Me encanta tu sonrisa —le dije una mañana, después de hacer el amor.

—¡No! ¿Qué dices? —Se carcajeó abrazando mi cintura por detrás—. ¡Pero si tengo los dientes torcidos!

—No, no es verdad. No todos. Solo este —me giré hacia él y empecé a tocar sus imperfectos dientes con la punta de mi dedo índice—, y este. Bueno, y también este un poco.

—Qué rica estás —me dijo, alternando pequeños besos y excitantes mordiscos en las yemas de mis dedos.

—Deberías sonreír más.

—Lo haré. Ahora, por fin tengo motivos para hacerlo.

—¿Ah, sí?

—Tú eres mi motivo para sonreír, Carmen. Deberías saberlo.

—Oh. Eso es muy bonito.

—Ya, es que soy un conquistador. —Se rio—. ¿Y tú qué? ¿Tú tienes motivos para sonreír?

—Ahora sí.

—Eh, no te copies mis frases.

—No me copio. Es la verdad. Hacía muchos años que no era tan feliz como estos meses. De hecho, hacía años que no era feliz.

Fabio y yo pasamos meses sin comprender cómo habíamos podido tardar tanto en salir del armario de nuestro amor. Lo maravilloso de nuestra relación era que todos los miedos los habíamos dejado atrás en aquellos meses de horror en que sobrevivimos con mis visitas a la cárcel y en las primeras semanas tras su salida. En ese tiempo, los dos éramos unos timoratos, él con el estigma de no haberse enamorado nunca, y yo con pánico a volver a hacerlo y volver a sufrir. Como si nuestro primer beso, el primero de verdad, el primero con los sentimientos revelados, nos hubiera liberado de las cadenas que nos habíamos autoimpuesto, la relación entre nosotros fluyó de una manera tan natural que parecía que llevásemos juntos toda la vida.

Fabio se levantaba muy temprano para realizar sus visitas guiadas en español a grupos de turistas y, aunque su trabajo a mí me parecía mi particular idea del infierno, él estaba encantado. Desde hacía algunas semanas, completaba además su sueldo trabajando dos noches por semana en un restaurante cerca de nuestro apartamento. ¿En qué momento había dejado de ser mi apartamento para ser el de los dos? Pues no lo sé, pero habría repetido ese momento mil veces con tal de volver a aquella situación.

Cada mañana, antes de irse, sabiendo que yo tardaría aún unas horas en levantarme, me dejaba una nota en la nevera. La prendía siempre con un imán en forma de corazón que me había regalado la primera vez que paseamos por París, después de que él saliera de la cárcel. Lo había acompañado a las Galerías Lafayette a comprarse ropa y, en un puesto cutre, de *souvenirs* para turistas, él me había comprado ese imán. En aquel momento, yo aún no entendía aquella bipolaridad de sentimientos que él mostraba hacia mí y, aunque en cualquier otro momento de mi vida ese regalo me habría parecido una horterada, lo cierto es que, en cuanto llegué a casa, le concedí un lugar de honor en mi nevera.

La tradición de las notitas comenzó cuando acabábamos de empezar nuestra relación. Los primeros días solo me informaba de a qué hora llegaría o me decía qué delicioso plato me había dejado preparado dentro del horno. Siempre añadía algún comentario para hacerme reír o un dibujo o algo que era tan, simplemente, él.

—¿Sabes que me encantan tus notas en la nevera?

—¿Ah sí? No sé, como siempre dices que tienes mal despertar... Pensé que eso podría animarte. Empecé con la tontería y ahora me devano los sesos en la ducha buscando algo guay que escribirte.

—¿Guay?

—Sí, guay. —Se rio—. Además, me cuesta menos expresarme por escrito que en persona.

—En persona no lo haces nada mal, ¿sabes?

—Ya, pero prefiero lo escrito. Siempre cojo libros de tu biblioteca, no vayas a creer que solo leo los tuyos. No soy un analfabeto, Carmen —me dijo muy serio, mirándome a los ojos.

—¿Y se puede saber quién ha dicho que lo seas?

—No sé, te veo tan fantástica, siempre tan culta, tan preparada. Y yo me siento un inútil total a tu lado, un imbécil.

—Fabio, no es la primera vez que tenemos esta conversación —le dije muy seria, incorporándome con la sábana sobre mis pechos para cubrir mi desnudez—. No acepto la imagen que tienes de ti mismo. Mírame. —Lo hizo—. Eres un profesional serio, un tío culto, un hombre guapísimo, y estoy loca por ti. ¿Qué tengo que hacer para que me creas?

—Quizá hacerme el amor de nuevo.

—Trato hecho.

ε

Las semanas se fueron, el otoño llegó, y Fabio y yo hacía meses que pasábamos casi todo nuestro tiempo en casa en la terraza. Comíamos, en verano tomábamos el sol, escuchábamos música. Llevábamos juntos ya casi un año, y todo parecía idílico. Hasta aquella noche.

—Me gustaría ir a Gijón si me conceden el permiso en el juzgado, que todo indica que lo harán.

—Ajá —contesté, de repente intimidada por aquella conversación.

—Y me gustaría que me acompañases.

—Emmm… No, Fabio, lo siento. Sabes que no. Mi etapa allí está cerrada, no quiero volver.

—Carmen, tienes amigos allá, está Ana. No te estoy diciendo que retomes la relación con toda tu vida anterior, ya me entiendes, pero estamos bien y… lo estamos, ¿no? —Asentí, muda y consciente de lo injusto de mi comportamiento—. No sé, quiero que superes todo aquello, recorrer el mundo contigo, sin ataduras por un pasado que… que ya pasó.

—Y yo querría, Fabio, pero cada uno tiene su mochila. Y mi mochila es mi pasado. No voy a volver a Gijón nunca.

—¿Nunca? ¿Estás bromeando?

—No. No quiero volver a nada que me recuerde a mi vida anterior y a lo que ocurrió allí.

—¿Hace cinco años creías que podrías enamorarte de mí? ¿De cualquiera?

—No, pero…

—Ni *pero* ni nada, Carmen. Igual que has sido capaz de sobrevivir, de volver a divertirte, de volver a enamorarte, tienes que ser capaz de volver allí. Joder, no puedes cocinar, no querías ni acercarte a la torre Eiffel, no he conseguido que me acompañes al Louvre... ¡es como si el fantasma de Gonzalo viviera con nosotros!

—¡No lo menciones! ¡Joder! ¿Es que no puedes dejar a Gonzalo en el cajón en el que lleva metido cinco años?

—¡No! ¡No puedo! No quiero un exmarido en un cajón. ¡No quiero heridas abiertas entre nosotros!

—Pues lo siento. Sabías lo que había cuando empezaste esto.

—¿Cómo puedes ser tan fría? ¿Crees que planeé enamorarme de ti y que podría haber tomado otra decisión?

—Yo tampoco planeé enamorarme de ti. ¡Ni planeé que me flaquearan las rodillas cada vez que alguien me recuerda mi pasado!

—¡Yo solo quiero que te flaqueen las rodillas por mí!

—¡Déjame en paz, Fabio!

—Sí, por supuesto que te dejo en paz. Quédate ahí compadeciéndote de ti misma y llorando por tu pasado. Yo estaré en mi cuarto.

—¿No vas a dormir conmigo?

—No hasta que Gonzalo deje de dormir también con nosotros.

—¡Vete a la mierda, Fabio!

No llegué a acostarme en nuestra cama. Me tumbé en el sofá cuando en la terraza empezó a refrescar y me debí de quedar dormida en algún momento mientras lloraba. Porque lloré mucho tras aquella primera discusión con Fabio. Lloré porque nuestro equilibrio idílico se había roto, lloré porque había dejado de ver en sus ojos la admiración que sentía por mí, lloré porque creía en aquella relación y no quería que nada la hiciera tambalearse. Pero, sobre todo, lloré porque Fabio tenía razón.

Me levanté a la mañana siguiente con la espalda resentida por haber dormido en una postura imposible y los ojos pegados por las legañas de mis lágrimas secas. Fabio ya se había ido, y me levanté, triste y arrastrando los pies, a beber un trago de zumo que me ayudara a deshacer el nudo que tenía en la garganta.

En la puerta de la nevera, bajo el imán habitual, Fabio había copiado un poema de Pablo Neruda:

255

En mi cielo al crepúsculo eres como una nube
y tu color y forma son como yo los quiero
Eres mía, eres mía, mujer de labios dulces
y viven en tu vida mis infinitos sueños.
La lámpara de mi alma te sonrosa los pies,
el agrio vino mío es más dulce en tus labios:
oh segadora de mi canción de atardecer,
¡Cómo te sienten mía mis sueños solitarios!
Eres mía, eres mía, voy gritando en la brisa
de la tarde, y el viento arrastra mi voz viuda.
Cazadora del fondo de mis ojos, tu robo
estanca como el agua tu mirada nocturna.
En la red de mi música estás presa, amor mío,
y mis redes de música son anchas como el cielo.
Mi alma nace a la orilla de tus ojos de luto.
En tus ojos de luto comienza el país del sueño.

Bajo el poema, leí, entre las lágrimas que ahora me asaltaban por la emoción, su mensaje: «Perdóname, soy un imbécil. Pero un imbécil loco por ti. Tú marcas el ritmo. Te quiero».

28

Petite apareció a desayunar en mi casa tres semanas después de esa primera discusión cargada con todo el café de Starbucks que su pequeño cuerpo era capaz de transportar.

—Bueno, bueno, bueno, Carmen, me parece que pronto te veré vestida de blanco.

—Tranquilízate, bonita. Dudo mucho que Fabio vaya a ponerme un anillo en el dedo.

—¿Lo dudas? Pues yo creo que si no lo ha hecho aún es por miedo a que lo rechaces. Está loco por ti, Carmen. Es evidente.

—Y yo por él. Pero él va más rápido que yo.

—¿Cómo más rápido?

—A ver, Petite, él está viviendo su primer amor. Tiene treinta años, y para él todo es nuevo y maravilloso. La montaña rusa de estar enamorado por primera vez. Algunos la vivimos a los quince, pero él la está viviendo ahora.

—¿Y qué tiene eso de malo?

—Nada. Pero yo ya sé lo que es estar enamorada y que todo se vaya a la mierda y soy más prudente. Quiero ir más despacio, no necesito estar todo el rato dando pasos adelante. Ahora mismo estamos fenomenal, no sé por qué habría que cambiarlo.

—Pues porque las relaciones evolucionan, Carmen. Si os quedáis así toda la vida, acabaréis cansándoos. Para empezar, deberíais plantearos buscar otro apartamento, aquí apenas cabéis.

—¡Pero me encanta este piso!

—Ya, querida, pero es muy pequeño. Vas a tener que renunciar a algo por ese hombre. —Se puso seria—. No sé si eres consciente de lo afortunada que eres de tener a alguien que te quiera de esa manera.

—¡Qué sabrás tú a qué he renunciado por él!

No era justo que le gritara a Petite. Pero mis palabras encerraban una verdad tangible. Un par de semanas antes, poco después de mi discusión con Fabio, mi editor me había hecho una oferta aparentemente irrechazable. El año anterior, habían decidido introducir mis novelas en el mercado norteamericano de habla hispana, y estaban teniendo un éxito considerable. La editorial me ofrecía, por lo tanto, trasladarme durante unos meses, quizá un par de años, a Estados Unidos a trabajar con la filial de la editorial que comercializaba mis novelas al otro lado del océano. Ni siquiera le había pedido a mi editor unos días para pensarlo; lo había rechazado instantáneamente —instintivamente— porque Fabio no podría acompañarme y yo ya no podía vivir sin él.

No le había dicho nada a él para que no siguiera sintiéndose un lastre para mis proyectos profesionales. No le había dicho nada a nadie y ni siquiera había querido pensar demasiado en ello.

☙

—Estamos bien, ¿verdad, Carmen? —me preguntó Fabio unas noches después de aquella visita de Petite.

—¡Claro! Yo estoy mejor de lo que jamás pensé estar.

—En pocos meses tendré la libertad definitiva y, bueno, he pensado que me gustaría quedarme en París.

—¿Habías pensado en irte? —Enfrenté su mirada, asustada ante aquella posibilidad.

—No. Desde que estamos juntos, no. Antes solo pensaba en salir de Francia, irme a algún lugar donde mi aventura carcelaria fuera un mal recuerdo, pero ahora… Ahora solo pienso en estar contigo. A todas horas. El resto de mi vida. —Me miró, sus ojos color miel oscurecidos por la relevancia de sus palabras.

—Yo también quiero estar contigo para siempre.

—¿Vemos una peli? —Cambió de tema, con seguridad abrumado por la trascendencia de lo que hablábamos.

—¡Oooh! —chillé, mirando en internet la programación de esa noche—. Ponen *Love Actually* en el canal 8.

—Nunca he visto esa peli.

—¿¿Nunca has visto *Love Actually*?? ¡Te va a encantar!

—Suena demasiado a película para chicas.

—¡Cállate! Es fenomenal. ¡Vamos!

Vimos *Love Actually*, y Fabio me enjugó entre risas la lágrima que, como siempre que veía esa película, me cayó en la escena en que el chico adorable le confiesa sus sentimientos a Keira Knightley mediante un montón de cartulinas.

Tras la película, Fabio me llevó a la cama en brazos, e hicimos el amor durante horas. Acabamos rindiéndonos a la evidencia de que Fabio tenía que madrugar a la mañana siguiente y nos quedamos dormidos.

Cuando me levanté, fui corriendo a la nevera a ver su nota del día.

«*To me, you are perfect*[2]. Siento no haber tenido valor para pedirte esto en persona. Dime que sí, por favor».

Del imán colgaba un hilo, y del hilo, un anillo. Un anillo perfecto, muy fino, de oro blanco con una única piedra, un brillante pequeñísimo, que brillaba ahora en mi cocina a la luz de los primeros rayos de sol de la mañana.

Cogí un rotulador permanente y, como la loca emocionada que era en aquel momento, escribí un SÍ gigante en la puerta de la nevera. Cuando él volvió a casa horas después, vio la nevera, me miró y nos besamos, sellando el compromiso que nos uniría para siempre.

---

[2] En inglés, «para mí, tú eres perfecta».

29

sta es tu lista de invitados? —me preguntó Fabio una de aquellas tardes que dedicábamos a la organización de la inminente boda.

—Sí. Ana, Julio y Petite. No hay mucha más gente en mi vida.

—Es que yo tengo unos cincuenta invitados. Mis primos, mis amigos de Gijón, la gente que he conocido desde que trabajo aquí… No pueden ir cincuenta personas por mi parte y solo tres por la tuya.

—Pues yo no puedo contratar a gente para ir de figurantes a mi boda, como comprenderás.

—¿Has pensado ya en el sitio? —Tocó el otro tema espinoso de la organización.

—No, no lo he pensado. Aquí, en París, no sé por qué hay que complicarse tanto.

—Carmen, ¿tú qué clase de boda quieres?

—Yo quiero ir por la mañana al juzgado, firmar los papeles e irnos a comer con nuestros amigos más cercanos a un sitio elegante. Eso quiero.

—O sea, un trámite.

—¡Es que es un trámite, Fabio!

—¡Para mí no, joder! Para mí es lo más importante que he hecho en la vida. Unirme a ti, decirte delante de todo el mundo que te voy a amar cada día de mi vida, que jamás habrá otra mujer, que jamás dejaré de querer despertar cada mañana...

—Shhh... —lo interrumpí—. No digas nada más. Tienes toda la razón. Yo ya me casé una vez, tienes que comprenderlo. Para mí la ceremonia a lo mejor es menos ilusionante que para ti, pero todo eso que has dicho... Todo eso lo siento tanto como lo sientes tú, te lo puedo asegurar. Te mereces la boda que quieras tener, solo dime qué deseas y yo te ayudaré a que sea perfecta.

—Será perfecta con que tú estés allí.

—Estaré. Claro que estaré.

3

Un mes más tarde, me encontraba con Petite en el gigantesco probador de una tienda de novias de la Rue Montaigne.

—Estás fantástica, Carmen, *fantastique*!

—¿Seguro? —Me miré en el espejo, y no acababa de gustarme lo que veía. Me veía demasiado mayor para vestir un traje blanco inmaculado y demasiado vivida para que el atuendo fuese tan clásico.

—¿Qué es lo que no te gusta?

—No sé, me veo un poco rancia. Me encantaría casarme en vaqueros o con un vestidito corto, no sé.

—Aquí tienen vestidos cortos preciosos de novia, ¡pruébate uno!

—No, no. A Fabio no le gustaría. Está muy susceptible con el tema de la boda. Tiene el trauma del segundo marido. Cree que todas mis ilusiones por el vestido, la celebración, etcétera, las gasté en mi primera boda y que esta ya me da igual.

—¿Y tiene razón?

—En parte. No te voy a mentir. Estoy aquí y no puedo evitar acordarme de la primera vez que me compré un vestido de novia y de cómo jamás pensé en aquel momento que volvería a comprarme otro, once años después, para casarme con otro hombre.

—¿Aún piensas en Gonzalo? —me preguntó, mientras dejábamos mi vestido a la encargada, que le daría los últimos retoques antes de la prueba definitiva.

—Sí, supongo. Cada vez menos, pero a veces aún pienso en él.

—¿Quieres contármelo de una vez?

—Vamos a tomar un café.

—Si vas a contarme tu historia, creo que será mejor un whisky.

Le conté todo a Petite. Acabé llorando, y ella me abrazó, sin opinar, sin juzgar, sin utilizar ningún tópico para suavizar aquello que había ocurrido casi seis años atrás.

—Gonzalo es el amor de tu vida, ¿verdad?

—Gonzalo fue el amor de mi vida. De la vida que se quedó en España. Fabio es el amor de mi vida, de esta vida, de la que tengo ahora. No hay posibilidad de cambiar el pasado, solo importa el presente, y el presente es Fabio.

Pero Fabio tenía otros planes para mí. Unos planes en los que el pasado y el presente se entremezclarían hasta hacer trastabillar mi equilibrio vital.

3

—Ya he decidido el lugar y he elaborado la lista definitiva de invitados —me dijo aquella noche, en cuanto entré por la puerta de nuestra casa.

—¿En serio?

—Sí. He hecho un archivo en tu ordenador con todos los pasos de la organización.

—¡Genial! Enséñamelo.

—No, todavía no. Falta hablar de los regalos.

—¡Huy! Esa parte yo ya la tengo más que decidida —bromeé, recordando el precioso reloj Cartier que había elegido unos días antes, en una joyería cercana a nuestro apartamento.

—Yo también —me dijo muy serio. Un relámpago de tensión me atravesó la espalda. No sé decir por qué, pero sabía que algo iba a ir mal—. Carmen, tengo que decirte algo. Yo... yo... estoy nervioso con la boda. Estoy muy seguro, segurísimo, de mis sentimientos, pero temo por los tuyos.

—¿Por los míos?

—Carmen, dime que si ahora mismo Gonzalo entrara por esa puerta y te pidiera que volvieras con él, que lo arreglarais todo… Dime que le dirías que no, que estás enamorada de mí y que quieres pasar el resto de tu vida conmigo.

—Gonzalo no va a entrar por esa puerta, Fabio —le dije, la voz rota por las lágrimas sin derramar.

—¿Y si yo hiciera que entrase?

—¿Cómo dices?

—Carmen, quiero pedirte algo como regalo de boda. Quiero que veas a Gonzalo.

—¿¿Qué?? No puedes pedirme eso.

—Sí puedo pedírtelo. Y, de hecho, es algo que necesito que pase para continuar adelante con la boda. Necesito que cierres la herida, Carmen, que empecemos de cero.

—¡Pero yo no quiero verlo!

—Lo siento, Carmen. Si no cierras el capítulo de Gonzalo hablando con él, diciéndole que te has enamorado de mí y que esperas que se alegre por ti, no habrá boda.

—¡Pues no habrá boda! Pero no puedes decidir eso por mí.

—Piénsalo, Carmen. Por favor.

Me fui a dormir esa noche pensando en qué hacer. Yo lo amaba, amaba a Fabio con devoción y quería pasar el resto de mi vida a su lado. No tenía dudas sobre ello. No tenía dudas si olvidaba el hecho de que existía un hombre llamado Gonzalo Larrea, que había sido el centro de mi vida durante treinta años. ¿Podría hacerlo? ¿Podría mirar a Gonzalo a la cara y pedirle que se alegrara por mí? Él lo haría, lo sé. Gonzalo había sido mi hermano mayor, mi amigo, mi compañero, el hombre que dedicó toda su vida a asegurarse de que yo fuera feliz. No me cabía ninguna duda de que se alegraría de ver que yo no estaba hundida en el fango, que había salido adelante. Por eso me planteaba la gran pregunta: ¿podría soportar que Gonzalo se alegrase de que yo hubiera rehecho mi vida?

Hacía cinco años, diez meses y ocho días que no sabía nada de él. Podría estar casado, podría haber tenido hijos —adoptados o yo qué sé—, podría odiarme o, aún peor, podría serle indiferente. Mi vida debía continuar. De una manera o de otra, pero sin lastres de mi pasado.

—Lo haré —le dije a Fabio en cuanto abrió los ojos a la mañana siguiente.

—¿Qué? —me respondió, todavía adormilado.

—Llamaré a Gonzalo. Quedaré con él aquí, o en Gijón, o a medio camino o lo que sea. Lo haré por ti.

—Gracias, Carmen. Muchas gracias. Lo necesito. De verdad.

30

arqué su número diecisiete veces antes de atreverme a dejar que sonara. Diecisiete. *Piiiiiiiiiii. Piiiiiiiiiii.* Cada tono de su teléfono multiplicaba por mil el ritmo de los latidos de mi corazón. Celebré que Fabio no estuviera allí, no sería justo que la persona que me amaba, la persona a quien amaba, viese hasta qué punto me afectaba el simple hecho de hacer una llamada telefónica.

—¿Diga? —Su voz. Dios mío.

—Go... Gonzalo... —No tenía ni un mínimo aliento que me permitiese articular palabra.

—¿Quién es?

—Yo... yo...

—¡Dios mío! ¿Carmen?

—Sí, soy yo. —Me repuse a las lágrimas.

—Cielo santo, ¿dónde estás? ¿Qué ocurre?

—Gonzalo, quiero verte.

—Yo también, claro, seguro. ¿Estás en Gijón?

—Gonzalo, déjame hablar, por favor. Estoy en París.

—En París... —afirmó, no preguntó.

—Sí. Bueno, digamos que he rehecho mi vida de alguna manera. —No sé cómo fui capaz de mantener la voz firme, sentía que lo estaba traicionando por segunda vez, sentía que tener una vida era una puñalada a aquello que Gonzalo y yo habíamos construido durante una vida anterior—. Y quiero dejar cerrado un capítulo, verte y bueno…

—Está bien. —Noté el cambio en su tono de voz.

—¿Te importaría que nos viéramos fuera de Gijón, a medio camino o algo así, no sé? No tengo ganas de volver a Gijón. Sería demasiado…

—… intenso. Ya. Lo sé. No te preocupes, la semana que viene viajo a París. Podemos vernos ahí si tú quieres.

—De acuerdo.

—Perfecto. ¿Te acuerdas del bar aquel que había cerca de la torre Eiffel, donde íbamos a veces a comer *bœuf a la bourguignon*? —Dios mío, qué poco preparada estaba para que Gonzalo trajera a mi cabeza recuerdos de nuestra época parisina. Lo peor, quizá, es que a él parecía no afectarle, no había una mínima inflexión en su voz.

—Sí, no me acuerdo del nombre, pero sé qué sitio dices.

—Bien, mi hotel está allí al lado. ¿Te viene bien el sábado a las cuatro?

—Bien.

—Bien.

—Bueno, me alegro de haber hablado contigo, Gonzalo. Nos vemos el sábado.

—Adiós.

Tardé en controlar el temblor de mis manos el tiempo suficiente como para darme cuenta de que no iba a ser fácil ese encuentro. Maldita sea, iba a ser una pesadilla. Llamé a Fabio y le comuniqué la fecha y hora de mi encuentro con Gonzalo. Él me dio las gracias de nuevo.

�‌ങ

Aquel sábado me levanté tarde, ya que había tardado horas en dormirme la noche anterior, pese a que había fingido para que Fabio no se preocupara. Él tenía el día libre y se ofreció a acompañarme, pero ni habría sido justo con Gonzalo enterarse de esa manera de mi nueva relación, ni yo me habría sentido cómoda con Fabio allí. Si de verdad aquel encuentro servía para calibrar mis sentimientos, era yo sola quien tenía que enfrentarse a ello.

Llegué con diez minutos de antelación a aquel restaurante al que no había vuelto desde que Gonzalo y yo habíamos compartido vida en París. Quería seleccionar yo la mesa, quería sentarme de cara a la puerta para estar preparada cuando lo viera entrar, quería tratar de controlar la situación en la medida de lo posible. Al estar Fabio en casa ese día, no había podido elegir mi atuendo con cuidado, aunque en realidad tampoco sabía qué imagen pretendía dar. ¿Quería que me viera guapísima y radiante? ¿Despreocupada y segura de mí misma? ¿Informal, como si aquella cita no significara nada? No tenía ni idea.

Al final, me vestí con unos pantalones vaqueros no demasiado nuevos, una camiseta *sport* de rayas marineras y unas All Star azul marino. Cuando subí de la estación de metro, me di cuenta de que parecía más una turista que una parisina de adopción a punto de enfrentarse al amor de su —otra— vida.

Me senté en una mesa desde la que se dominaba la calle a la perfección y pedí un té negro con limón. Por suerte, aquel era uno de esos lugares de París que no consideraba necesario cumplir la ley antitabaco, por lo que me pude permitir encender un cigarrillo.

Dos minutos antes de las cuatro, mientras me preguntaba si Gonzalo aparecería o no, si llegaría tarde por primera vez en su vida o no, y sin quitar la vista de la puerta, sentí una corriente eléctrica atravesándome de arriba abajo. No entendía qué me había provocado aquella reacción. Como si hubiesen encendido el aire acondicionado a la temperatura mínima, se me erizó el vello de los brazos y sentí que el corazón se me desbocaba. Gonzalo estaba allí. Estaba allí, joder. ¿Dónde?

—Té *Earl Grey* y Marlboro Light. No has cambiado tanto.

Oí su voz a mi espalda y me giré con el alma en la boca. Gonzalo. Dios mío. No me había planteado que Gonzalo tenía ya cuarenta y tres años y que su pelo negro podía empezar a mostrar algunas canas. Las había. Y lo hacían todavía más atractivo. Estaba más delgado de lo que yo recordaba, pero también más trabajado, se notaba que había estado haciendo deporte. Iba vestido de forma impecable, como siempre, con un pantalón azul de pinzas y una camisa de rayas blancas y celestes de Ralph Lauren. Me sentí la niña que siempre había sido a su lado. Él, tan elegante, tan adulto, tan mayor. Yo, con mi camiseta y mis Converse. En contra de lo que pudiera parecer, eso no me hacía sentir menos que él, ni menos elegante, ni menos adulta. Solo me recordaba a lo que siempre habíamos sido: él, mi referente; yo, su enana. Dios mío. Qué difícil iba a ser todo.

—Gonzalo.

—Carmen. —Me dio dos besos casi en el aire, casi sin rozarme, agachado sobre mí con una media sonrisa que a cualquiera le habría parecido de seguridad, pero que yo sabía que escondía su nerviosismo.

—Gracias por venir.

—No hay de qué. Bueno, vayamos al grano, ¿qué es lo que querías decirme? —Bum. Directo y crudo.

—A ver... No sé por dónde empezar. Yo... bueno... he conocido... en realidad no he conocido... he... bueno...

—Dilo, Carmen, joder. Me estás poniendo nervioso.

—Voy a casarme. —Y en el momento exacto en que lo dije, supe que era mentira.

—Enhorabuena. Vives aquí, en París, supongo.

—Sí. —No sabía cómo continuar con aquella conversación, ni siquiera sabía decir si Gonzalo estaba enfadado, encantado o indiferente—. He vivido aquí desde... bueno, desde aquello.

—Me lo imaginaba.

—Ajá. Bueno, el caso es que me he reencontrado aquí con alguien que conocemos y...

—¿Es Julio?

—No. No, no, no. —No soportaba oír ese nombre en boca de Gonzalo. Ni por todo el oro del mundo pensaba decirle en ese momento que con Julio también había tenido una especie de relación—. Es Fabio.

—¿Fabio? Lo último que supe de él es que estaba en la cárcel por tráfico de drogas.

—Él no lo hizo. Lo engañaron y...

—Ya me lo imaginaba. Me quedé muy sorprendido cuando oí la noticia.

—Sí, bueno, el caso es que lo ayudé en la medida de lo posible el tiempo que estuvo en prisión y... una cosa llevó a la otra y...

—Os habéis enamorado.

—Sí, supongo que algo así.

—¿*Algo así*? Estás enamorada de él, ¿no? Vais a casaros. —Seguía incapaz de dilucidar su tono.

—Sí, sí, claro.

—Vale, y yo, ¿qué pinto en todo esto? No me digas que me has llamado para invitarme, porque ya te digo desde ahora que no voy a ir.

—No. La verdad es que ni siquiera barajé la opción de invitarte, no te voy a mentir. Es solo que... Bueno, Fabio consideró que tenía que cerrar el capítulo de... de nuestro matrimonio... de ti... antes de casarnos.

—OK, comprendo. Así que aquí estamos, cerrando el capítulo, ¿no? —Sonrió de forma amarga.

—Supongo. ¿Tú qué tal estás?

—Bien.

—¿Sí? ¿Tienes pareja?

—Hay alguien. Cuando vuelva a casa, voy a irme a vivir con una chica, llevamos juntos unos meses.

—Enhorabuena. —¿Por qué tenía que sentir ese vacío dentro al oírlo? ¿Por qué, si iba a casarme, odiaba sin conocerla a la mujer que compartía su vida con aquel hombre al que yo había destrozado? ¿Cómo podía no alegrarme por él?—. Bueno, he de irme.

—De acuerdo. Me alegra haberte visto.

—Sí, lo mismo digo. —Me fui corriendo, sin apenas despedirme y sin recordar pagar la cuenta, porque no quería que él me viera llorar.

G

Recorrí París durante horas entre lágrimas. Como aquella primera tarde que había pasado en París seis años atrás, la ciudad fue testigo de cómo exorcizaba mi dolor, el dolor de saber que jamás volvería a amar a nadie como a Gonzalo. Si él no me hubiera dicho que tenía pareja, quizá me habría atrevido a pedirle que me llevara con él, adonde fuera, adonde quisiera, que me llevara a él. O quizá no. Quizá no me habría arriesgado a que él pensara que volvía a ser una traidora, esta vez a Fabio. Pospuse mi regreso a casa porque sabía que iba a destrozarle la vida a Fabio, a quien menos lo merecía, a quien tanto me había amado, a quien me había devuelto la capacidad de enamorarme. Porque sí, seguía convencida de que estaba enamorada de Fabio, pero también sabía que habría que inventar una palabra más allá de esa para describir lo que sentía por Gonzalo, lo que siempre sentiría por él. Gonzalo era mi vida, mi amor. Gonzalo era yo, y yo era él.

Caminé durante horas, me dolían los pies y, como siempre que lo necesitaba, París decidió lloverlo todo. Empapada, de agua y de lágrimas, emprendí caminando el trayecto hacia mi casa, hacia aquella casa en la que moría mi última posibilidad de amar, de ser amada, de ser normal.

El final del camino lo empleé en tratar de tranquilizarme para minimizar los daños que le iba a infligir a Fabio. De todos modos, viví una última crisis de llanto en uno de los interminables tramos de escaleras de nuestro edificio. Fabio debía de estar esperando mi llegada expectante, o quizá yo hice más ruido del que creía. El caso es que estaba secándome las lágrimas mientras buscaba las llaves cuando Fabio abrió la puerta. Lo miré a los ojos, a aquellos ojos color miel de los que seguía paradójicamente prendada, y susurré un «lo siento» casi sin voz. Sus ojos se ensombrecieron.

—Voy a recoger mis cosas. Me marcharé mañana.

—No. Bastante mal he hecho ya. Me voy unos días a casa de Petite. Quédate aquí todo el tiempo que necesites, ya hablaremos de las cuestiones prácticas. Ahora no puedo.

Asintió, cogí algo de ropa de mi armario y me marché.

☾

—Cuéntame por qué no vas a ver a Gonzalo y le dices la verdad, porque te juro que no lo entiendo. —Me insistía Petite mientras yo me deshacía en lágrimas en su sofá.

—Porque ya le jodí la vida una vez, Petite. Ahora tiene pareja, se va a ir a vivir con ella, y yo no voy a volver a estropearlo todo.

—Carmen, sabes igual que yo que, si tú le pides volver, esa mujer desaparece tan rápido como llegó.

—Primero, no estoy tan segura de eso. —Me miró arqueando una ceja, incrédula—. Y, segundo, no me siento bien con lo que he hecho. No creo que la manera de volver con tu marido, al que engañaste con otro, sea dejando plantado al que iba a ser tu segundo marido al pie del altar.

—Ya. Eso sí lo entiendo. Aun así…

—Déjalo, Petite. Déjalo. Nunca voy a poder rehacer mi vida. Es igual. Mi fallo fue traicionar los principios que tenía tan claros cuando te conocí y permitirme a mí misma sentir amor.

—No digas gilipolleces. Cuando nos conocimos eras una piltrafa humana. En estos últimos meses al menos has sido feliz.

—¿Y de qué me ha servido? Lo único que sé ahora es que no tengo capacidad de amar.

—Sí que la tienes. El problema es que amas a alguien a quien no te atreves a amar.

—Ya. Ya lo sé. ¡Joder! Encima mira en qué follón he metido a Fabio. Ahora se tiene que buscar un piso, rehacer su vida en París… Dios, y tengo que empezar a anular todo lo de la boda.

—Vale, vale, vale. Vamos a ir por partes. Fabio se tiene que buscar un piso porque vivíais en el tuyo. No hagas un drama de ello, que no hay nadie en el mundo por quien hayas hecho más que por ese chico. Y segundo, déjame a mí todo lo de la boda.

—¿En serio?

—Sí, cariño. Yo me encargo de las anulaciones y de todo eso. Te pasaré la cuenta de gastos, ¡eh!

—Sí, sí, claro. —Sonreí—. ¿Puedo quedarme aquí hasta que Fabio encuentre un lugar donde vivir?

—¿Y tienes que preguntarlo? Anda, vente, vamos a preparar tu habitación.

31

Después de diez días sin trabajar y dedicando el noventa por ciento de mi tiempo a compadecerme por el final de mi relación con Fabio, decidí tomar el toro por los cuernos. En realidad, llevaba esos diez días sin hablar con él y tampoco había sentido el desgarro que sí me habían producido aquellos días sin comunicación con Gonzalo años atrás. Lo cual me reafirmaba en mi decisión.

Una mañana, me levanté al fin con el ánimo un poco recuperado e hice la llamada que llevaba días gestándose en mi cabeza.

—¿Sigue en pie la oferta para irme a Estados Unidos?

3

—¡¿Que vas a hacer qué?! —me gritó Petite cuando regresó a casa aquella noche.

—Me voy, Petite. Me voy a Nueva York.

—Carmen, ¿sabes que hay gente que no cambia de país cada vez que le rompen el corazón?

—Esta vez no me ha roto nadie el corazón. Lo he roto yo, te recuerdo.

—Me da igual. ¿Por qué te vas a ir al otro lado del mundo? Dime.

—Tengo esta oferta hace meses y la rechacé solo por Fabio. En serio, Petite, ¿me vas a decir que no te parece un sueño vivir en Nueva York?

—Vives en París, Carmen. —Me miró incrédula. Para Petite no había nada en el mundo mejor que París. Probablemente no lo hubiera.

—Ya no. El martes de dentro de dos semanas, me traslado a Nueva York. Es oficial.

—No tienes ni idea de cuánto te voy a echar de menos.

—No me digas eso. —Se me llenaron los ojos de lágrimas—. Yo también a ti, Petite. Joder, tú me salvaste la vida.

Nos abrazamos y nos preparamos para la despedida. Lo cual, en el mundo de Petite, significó que en menos de dos semanas me hizo recorrer todos los restaurantes, clubs y pubs de París y que, aunque me avergüence un poco reconocerlo, no estuve sobria por completo en ningún momento de aquellos días.

ჽ

Conseguí reunir fuerzas para quedar con Fabio y explicarle mis planes. Lo convencí de que se quedara con mi apartamento, que podría permitirse con sus dos trabajos sin demasiados problemas. Arreglamos en pocos minutos las cuestiones prácticas y nos sumimos en el primer silencio incómodo de los más de dos años que habían transcurrido desde nuestro reencuentro.

—Lo siento. Todo. —Rompí el silencio.

—Déjalo, de verdad —me interrumpió—. No hay lugar a disculpas. No sirven de nada.

—No me odies, por favor.

—No te odio. Me ayudaste en el peor momento de mi vida, y eso no lo voy a olvidar nunca. Dime al menos que estáis juntos.

—¿Quiénes?

—¿Quiénes van a ser? Gonzalo y tú.

—No, él ni siquiera sabe que rompimos el compromiso. No he vuelto a verlo ni a hablar con él desde aquel día.

—¡Joder! —Me sorprendió su vehemencia—. Solo te pido una cosa: arregla lo que tengas que arreglar con él, haz que este dolor sirva al menos para algo.

—Fabio, no lo entiendes. Yo no te dejé por él. Rompí esto porque me pediste honestidad, y te mereces que la mujer que llegue a amarte, lo haga con toda su alma, como tú lo harás con ella.

—No me puedo imaginar que esa mujer no seas tú. Prefiero ni pensar en ello.

—¿Podemos ser amigos? —Ahí estaba. La pregunta que me daba pánico hacer. No quería perderlo del todo. Era egoísta, quizá, pero necesitaba al menos saberlo.

—Aún no. Algún día, seguro.

—Lo entiendo.

—Hazlo, por favor. Tengo que coger distancia, perdonar y olvidar. Luego, te querré en mi vida. Has sido mi gran amor, Carmen, eso no lo puedo negar, pero también fuiste la mejor amiga que tuve jamás.

—Quizá nunca debimos pasar de eso.

—No. Yo no me arrepiento. No te arrepientas tú tampoco, por favor. Hemos sido felices, ¿no?

—Muy felices. —Me quebré y decidí irme—. Me voy.

Y me fui. Antes de salir, dejé mi anillo colgando del imán de la nevera junto a un «*Je t'aime*» sincero y profundo.

TERCERA PARTE:

LA EXPIACIÓN

32

Llegué a Nueva York un lluvioso día de marzo. Igual que había sucedido seis años antes, mi nueva ciudad de acogida me recibía con un diluvio. Aterricé en el aeropuerto de Newark cargada de ilusiones y con solo una pequeña maleta como equipaje de mano. Había escuchado el sabio consejo de Petite, y una empresa de mudanzas internacionales se encargaría de trasladar el resto de mis posesiones hasta el apartamento que la editorial había alquilado para mí en el lado oeste de la ciudad.

¡Qué diferente era todo a aquel otro día de plomiza primavera en que había llegado a París con el corazón roto! Seis años después, camino de cumplir los treinta y siete, al fin sentía que las decisiones que regían mi vida las tomaba yo, acertando o equivocándome, pero con plena autonomía sobre mí misma.

El corazón iba por libre, claro. Nunca en los últimos años, había pensado tanto en Gonzalo como en aquellos últimos días de París. No olvidaba las palabras de Fabio, no se me iba de la cabeza esa extraña ley de la compensación amorosa por la cual el corazón roto de Fabio tenía que servir para que Gonzalo y yo fuésemos felices.

Pero la realidad era muy distinta. La realidad era que hacía ya casi un mes que había visto a Gonzalo en París y no había vuelto a tener noticias suyas. Si se había alegrado por mi hipotética boda, no se molestaba en felicitarme. Si le había roto el corazón saber que lo que él y yo habíamos compartido años atrás iba a ser ahora mío y de otra persona, no movía ficha para impedirlo. Si era indiferente a mis sentimientos y se estaba limitando a vivir su propia historia de amor con la pareja que había mencionado en nuestro frío encuentro... bueno, si ese era el caso, entonces estaba actuando de forma coherente.

Desde el momento en que puse un pie en la terminal de llegadas del aeropuerto hasta unos ocho meses después, no tuve demasiado tiempo de reflexionar ni, casi, de respirar. El ritmo de trabajo en Estados Unidos era muy diferente al que había tenido en París, y la editorial no parecía tener muy claro eso de «escribo en mi casa y ya os voy mandando manuscritos según me venga la inspiración». Tenía que acudir a varias reuniones semanales con diferentes departamentos de la editorial —publicistas, correctores, traductores, etcétera—, además de comprometerme a presentar mis novelas en algunos actos sociales de la comunidad hispana. También debía dedicar, por política de la editorial, diez horas semanales a causas benéficas, y otras tantas a preparar exámenes de cualificación de inglés. El hecho de que hubiera vivido un año en Manchester y otro en Londres y fuera casi por completo bilingüe no los convenció de lo contrario.

Si a todo este extenuante ritmo de trabajo añadimos el aterrizaje en una ciudad de ocho millones de habitantes en la que todo, absolutamente todo, requería el doble de esfuerzo que en París, puedo decir que vi llegar las siguientes Navidades sin haber siquiera visitado la Estatua de la Libertad.

En cuanto conseguí adaptarme al ritmo de trabajo, y la editorial empezó a considerarme una trabajadora responsable que no iba a dedicarse a vivir la vida con los —generosísimos— fondos que me pagaban, que incluían el alquiler de mi apartamento de dos dormitorios en Hell's Kitchen, empecé de verdad a disfrutar la experiencia neoyorquina.

Mi rutina en Nueva York se convirtió en lo más parecido a una vida asentada y serena que había tenido jamás. Por las mañanas, dormía hasta la hora que yo quería, sin preocuparme del despertador, comía temprano y pasaba las primeras horas de la tarde descubriendo la ciudad. Llegaba a casa cuando empezaba a atardecer y escribía hasta que la inspiración me abandonaba o el sueño me vencía.

En esos meses, me perdí muchas veces en las salas del MoMA o del Met, del Frick o del Whitney, pensando en las explicaciones que Gonzalo me daría sobre aquellas pinturas que a mí me resultaban, muchas veces, incomprensibles. Me gustaba acercarme a comer a Central Park y, dado que mi bloqueo culinario continuaba —era ya permanente—, me sentaba los días de sol bajo un árbol a degustar alguna delicia grasienta de la gastronomía estadounidense. Me sentía como una turista en mi propia ciudad, quizá como años atrás me había sentido en París los seis meses que viví allí con Gonzalo. Pero esta vez sola, claro.

G

Pasaban las semanas y, a medida que me quedaba sin planes estimulantes —porque sí, incluso en Nueva York llega un día en que ya no queda nada nuevo por hacer—, empecé a echar en falta tener algo parecido a una vida social. Hablaba con cierta frecuencia con Petite y con Ana, e incluso llamé a Julio al poco tiempo de llegar para comunicarle que mi relación con Fabio había acabado y que había vuelto a trasladarme de país con un fracaso emocional en la maleta. Pero Julio vivía a dos mil kilómetros, y yo no tenía una sola persona en Nueva York con la que tomar una cerveza o pasear por alguno de los parques de la ciudad.

Mi profesión y mi prestigio dentro de mi nueva empresa se vieron beneficiados del relativo aislamiento en que vivía, claro. Escribía a un ritmo muy superior al que había conseguido en París, distraída por mi historia de amor con Fabio o por los múltiples planes con los que Petite me arrastraba por toda la ciudad.

Con mi sexta novela en el mercado europeo y americano, las labores de promoción un poco aparcadas y un bagaje de un año en Estados Unidos sin haber salido de la ciudad, me regalé a mí misma unas vacaciones.

G

—¡Hola, Julio! —lo saludé animada, el día en que me había decidido a buscar vuelos para ir a visitarlo—. ¿Preparado para recibir visita?

—¡Nena! ¡Cuánto tiempo!

—Sí, el tiempo exacto que ha pasado desde la última vez que llamé yo —le reproché, burlona.

—Bueno, bueno, ¿qué es eso de una visita?

—Me puedo coger unos días de vacaciones antes de las fiestas de Navidad, así que había pensado…

—¡Hey! —me interrumpió—. Yo también tengo vacaciones ahora. ¿Qué planes tienes?

—Pues nada concreto, pensaba ir a visitarte y conocer un poco el Sur.

—Ni de coña. Estoy harto de estar aquí metido. ¡Vámonos a México!

—¿A México? ¿Pero qué se nos ha perdido en México? —De repente, habíamos asumido ambos que íbamos a pasar las vacaciones juntos.

—Sol, playa y tequila. Yo no sé si se te ocurren muchas cosas mejores. A Nueva Orleans ya vendrás para el Mardi Gras.

 G

No sé muy bien cómo ni por qué, una semana después estaba metida en un avión con destino a Baja California con Julio. Pasamos una semana en un hotel pequeñísimo, que Julio conocía de una de sus vueltas al mundo años atrás, muy lejos de la idea de *resort* que yo me había hecho.

—Tienes asumido que en cuanto lleguemos a México vamos a follar como conejos, ¿verdad? —Esa fue la frase con la que Julio me dio la bienvenida en el aeropuerto de Atlanta, en el que ambos hacíamos escala desde nuestros respectivos vuelos de origen.

—Yo también me alegro de verte, Julito. —Me reí—. ¿Cómo te va todo?

—Fenomenal. En cuanto conseguí acostumbrarme a vivir todo el tiempo como si tuviera la puerta del horno abierta, descubrí que no me iría de Nueva Orleans jamás.

—¿Queda alguna virgen en Louisiana y estados limítrofes?

—Quizá un par de ancianas.

Nos reímos a carcajadas con ese comentario y con casi todas las conversaciones que tuvimos en los siguientes seis días. Conseguí contarle toda mi historia con Fabio y tuve que pelearme con él para que no me obligara a llamar a Gonzalo.

—Nena, sabes que yo creo en el amor lo justito. Pero, si a alguien he visto en mi vida formar la pareja perfecta, erais Gonzalo y tú. Llámalo, joder, no dejes pasar la oportunidad.

—¿Cómo tengo que decirte que Gonzalo tiene pareja, Julio?

—Tenía pareja hace un año. ¿Por qué no le preguntas a Ana si sabe algo? Sabes que está enterada de todo lo que pasa en Gijón y alrededores.

—Porque no, Julio, porque no quiero saberlo.

—Sí que quieres.

—No. Si Ana me llama y me dice que Gonzalo está con una chica fantástica, que están enamorados o que se va a casar o que van a tener un niño, yo me muero. Lo sabes.

—O sea que por fin asumes que sigues enamorada de él.

—Por supuesto. Creo que nunca te lo negué. Quizá me lo negué a mí misma el tiempo que estuve con Fabio, pero, después de eso, he asumido que me pasaré el resto de mi vida esperando que Gonzalo llame a mi puerta.

—No es propio de ti, nena. Tú luchas por lo que quieres conseguir, no te sientas a esperar que las cosas pasen.

—Con Gonzalo sí, Julio. No puedo volver a destrozarle la vida si él al fin es feliz.

—Y hablando de ser feliz, nena… —Cambió a esa voz ronca que yo conocía tan bien—. ¿Por qué no vamos a darnos un baño a la playa? No hay nadie.

Claro que nos dimos aquel baño. Y claro que acabamos entregados a un polvo submarino que me hizo olvidar la conversación anterior. En aquellos seis días con Julio en Baja, recordé por qué siempre acababa recurriendo a él en los momentos en que mi cuerpo necesitaba liberarse.

ദ

—¿De dónde vienes a estas horas? —le pregunté una mañana, aún adormilada y bajo los efectos narcóticos del sexo estelar que habíamos compartido la noche anterior.

—De correr —me respondió, secándose el sudor con la camiseta que acababa de quitarse.

—¿De correr? ¿Tú corres?

—Sí. Empecé al poco tiempo de instalarme en Nueva Orleans. Es un suicidio vivir en Estados Unidos y no hacer deporte. No he visto más grasas juntas en toda mi vida.

—Ya, yo he engordado un poco también desde que estoy aquí.

—Sí. —Arqueé una ceja esperando que arreglara el poco afortunado comentario. Era increíble que un hombre con esa bocaza tuviera a todas las mujeres a sus pies—. Se te han puesto las tetas más gordas.

—¡Julio! —le grité mientras se abalanzaba sobre mí, sudado y cachondo, dando paso a un nuevo asalto de aquellas vacaciones agotadoras. Me resultaba incomprensible que Julio necesitara deporte después del constante maltrato que le estábamos dando a nuestros cuerpos en posición horizontal.

La tarde siguiente, al ponerse el sol y bajar un poco las temperaturas, Julio me convenció para que fuera a correr con él por la playa. Mi baja forma era alarmante y, tras cuatro kilómetros siguiéndole el ritmo, tuve que suplicar clemencia —su concepto de clemencia fue practicarme sexo oral detrás de una roca escondida al fondo de un acantilado—, pero me gustó liberar tensiones corriendo.

Yo siempre había sido una persona activa, me gustaba caminar, solía moverme en bicicleta por Gijón y en París aprovechaba de vez en cuando el sistema de alquiler municipal, despertando las protestas de Petite, para la cual el único medio de transporte válido era el taxi. Y cuando Gonzalo y yo éramos muy jóvenes, nos gustaba nadar en su piscina o correr por los montes cercanos a nuestra urbanización. Pero, desde que me había instalado en París, no había vuelto a hacer ejercicio. Claro que tampoco comía tanto como para necesitarlo. Nueva York invirtió esa tendencia. Después del comentario de Julio sobre las *tetas gordas*, algo de lo que yo misma había sido consciente ya meses atrás, decidí aventurarme a probar con el *running*.

La semana de nuestra aventura mexicana terminó, y Julio y yo volvimos a nuestras respectivas ciudades y, como siempre, pasamos unos meses sin saber el uno del otro.

33

Mi segundo año en Nueva York fue si cabe más rutinario de lo que habían sido los últimos meses del anterior. Establecí un ritmo de vida que consistía en correr por las mañanas, escribir por las tardes y dormir por las noches. De lunes a domingo.

Me había enamorado del simple hecho de correr. Ojalá lo hubiera descubierto en mi apática primera etapa en París. Descubrí que, corriendo, se consigue desconectar la mente a un nivel que ninguna otra cosa —o al menos ninguna que yo hubiera probado— lograba. Además, me sentía más atlética y tonificada que nunca e incluso conseguía fumar menos.

Todas las mañanas, cogía el metro hasta la parte norte de Central Park y corría alrededor del estanque hasta que las piernas comenzaban a fallarme. Después, me permitía algún exceso calórico en Starbucks y volvía a casa a comenzar mi rutina de escritura. Seguía yendo a la editorial una tarde a la semana y así fui conociendo a algunos compañeros con los que conseguí —¡al fin!— tener un poco de vida social.

Los sábados por la noche empezaron a convertirse en una vorágine de copas y fiesta. Y como siempre, porque la cabra tira al monte, también de sexo. Tras un año en que solo me había acostado con Julio, empecé a echar de menos esa emoción de conocer a alguien nuevo, de coquetear, de sentir atracción. Por suerte, mis compañeros de trabajo, y ahora además de salidas nocturnas, eran bastante más jóvenes que yo, y los ambientes por los que nos movíamos también, por lo que nadie se acercó a mí buscando algo más profundo que un encuentro esporádico.

Yo me encargaba de proclamar a los cuatro vientos que no estaba interesada en nada más allá de eso, nada que implicara corazones rotos, lágrimas derramadas o expectativas incumplidas. Y sabía que eso era lo que yo dejaba siempre atrás, solo variaba que esas funestas consecuencias las sufriera yo, la otra persona o ambos. Pero había aprendido la lección de mi historia con Fabio: el amor no era una opción.

Me acosté con un compañero del departamento de traducciones, con cuatro o cinco desconocidos en un efluvio discotequero (en días diferentes, que los treinta y siete años ya no me permitían los excesos de la época universitaria), con un policía de origen italiano con el que no puedo negar que cumplí alguna fantasía estereotipada y hasta con un modelo de ropa interior con el que coincidía corriendo por el parque con cierta frecuencia y con el que acabé *coincidiendo* en su apartamento del Upper West Side una mañana en que el sudor no fue solo atribuible a los trece kilómetros que había corrido.

Visité a Julio en Nueva Orleans, y vivimos un Mardi Gras tan loco que me resulta inconcebible haber sobrevivido. Él viajó dos veces a Nueva York y acabó acostándose con dos de mis compañeras de trabajo. Y conmigo en los ratos que ellas le dejaron libre, claro.

Y entonces, cuando se acercaba el verano y Nueva York empezaba a resultar asfixiante, recibí la noticia que más ilusión me había hecho en muchos años: Ana venía a visitarme.

3

Ana llegó como es ella. Tan rubia y tan guapa que la mejor *cheerleader* de instituto palidecería a su lado; tan insegura que tuve que coger un taxi al aeropuerto y situarme en la puerta de llegadas con un enorme cartel con su nombre porque le daba pánico perderse; tan madraza que, antes de llegar a mi apartamento, ya me había enseñado cientos de fotos de sus cuatro hijos, pese a habérmelas enviado todas antes por WhatsApp

—juro que no hubo una sola inédita—; tan amiga que sollozó unos minutos eternos abrazada a mí cuando nos reencontramos tras más de siete años sin vernos.

Ana pensaba quedarse ocho días en Nueva York, y yo había preparado con mimo todos los planes posibles para que aprovechara la vivencia como lo que era: su primera salida de casa en más de diez años. Sabía que en los museos se aburriría y que le apetecería mucho más una experiencia tipo *Sexo en Nueva York*. Recorrimos la Quinta Avenida tantas veces que tuve la sensación de que el portero de Tiffany's en algún momento iba a prohibirnos la entrada. Comimos en Central Park muchos días, e incluso logré arrastrarla a correr conmigo un par de veces. Cogimos el ferry de Staten Island, vimos la Estatua de la Libertad en un crepúsculo azul en el que nos hicimos mil *selfies* y, por supuesto, perdí un día de mi vida viéndola abrir los ojos como platos en los *outlets* de una pequeña población cercana.

La última noche que pasó en Nueva York, decidimos quedarnos en mi apartamento. Había que hacer sitio en la maleta a sus nuevas adquisiciones y al montón de regalos para los niños que su madrina en la distancia había comprado para paliar un poco la culpabilidad de ni siquiera conocer a los dos más pequeños.

Como Ana no tenía que madrugar demasiado para coger el vuelo, empezamos a abrir botellas de vino mientras terminaba su equipaje y no dejamos de hacerlo, ni de charlar, hasta las cinco de la madrugada.

—No me puedo creer lo rápido que se me ha pasado la semana —me dijo con los ojos ya brillantes por las lágrimas, aunque aún quedaban horas para la despedida.

—Ya. Ya lo sé. —La abracé por detrás y le robé un beso en la mejilla. ¡Cómo podíamos haber estado separadas tanto tiempo! Había una cosa más que no me perdonaría que añadir a la nómina de consecuencias de mi huida de Gijón.

—No me has contado nada de tus aventuras amorosas, pequeña. Llevas toda la semana hablando del Maratón de Nueva York como si a mí me interesara lo más mínimo. —Se rio.

—¡Ana! ¡Que voy a correr un maratón! Bueno, voy a intentarlo al menos.

—¿Y qué necesidad hay de correr si nadie te persigue? —No había dejado de carcajearse, no sé si por el efecto del vino o por el simple hecho de imaginarme entregada a la vida deportiva.

—Me siento fenomenal cuando corro. Es como si todo lo que me preocupa, todas las tensiones, las mierdas que tengo en la cabeza, ¡boom!, desaparecieran.

—O sea que sí corres para huir. —Qué sabia pese al *colocón* de vino. Cómo me había descolocado en una sola frase.

—Sí. Dios, nunca lo había pensado así, pero sí, supongo que cuando corro, no veo los ojos de Fabio cuando nos despedimos o la cara de Gonzalo cuando me decía que se iba a vivir con alguien.

—¿Quieres saber algo?

—¿Sobre Gonzalo? No. Aún no.

—¿Aún?

—Ana, no sé. Tengo la sensación de que estamos más cerca que hace cinco años, como si en el fondo de mi alma supiera que en algún momento reuniré valor para llamarlo.

—¿De verdad? —Aplaudió emocionada—. ¿Y se puede saber cuándo pensabas decírmelo? Llevamos juntas toda la semana, y no habías dicho ni palabra.

—Ana. Acabo de ser consciente mientras hablaba —dije, conmocionada—. Joder. Acabo de darme cuenta ahora mismo de lo que he dicho.

—Carmen, te prometí hace tiempo no sacar este tema y, antes de que me mandes callar, ya te aviso que solo diré una cosa. Por favor, arregladlo. Sois el uno para el otro, lo sabemos todos.

—Bueno —cambié de tema, enjugándome una lágrima—, ¿y qué tal todo por *Villaconeja*?

—¡Qué envidiosa eres! —Se rio de mi broma como siempre que se la hacía—. Bien, supongo. Cuatro niños, imagínate, no tengo tiempo ni para respirar.

—¿Qué tal Marcos? Nunca hablas de él. —No me gustaba el marido de mi amiga, nunca me había molestado en disimularlo.

—¿Marcos? Bien, supongo. Nos vemos poco. Eso ayuda mucho a que un matrimonio prospere. —Se rio irónica, no me gustó su tono.

—¿Qué pasa, Ana?

—Nada. En realidad esa es la clave. No pasa nada. Nuestra vida es un ir y venir de colegios, actividades extraescolares, pediatras y pañales. No hacemos ninguna otra cosa. Carmen, no me subía a un avión desde mi luna de miel. ¡Por Dios!

—¿Pero eres feliz?

—No puedes decir que no lo eres cuando tienes cuatro hijos preciosos y sanos.

—O sea, que no lo eres, pero no lo puedes decir.

—Tengo la vida que me propuse tener. Una familia, demasiado numerosa seguro, pero una familia, al fin y al cabo. Yo nunca soñé con recorrer el mundo, como Julio y como tú.

—Mira a mí de qué me ha servido recorrer el mundo. Siempre que me voy de un lado para otro es arrastrando un corazón roto.

—Fue duro lo de Fabio, ¿no?

—Horrible. Nos queríamos tanto, Ana... —Me cayó una solitaria lágrima, y ella me recostó contra su hombro—. Perdona. Hacía tiempo que no me permitía pensar demasiado en Fabio.

—Siempre me pareció un gran chico.

—Lo es. Como Julio. Y como Gonzalo. Ha habido tres hombres en mi vida y los tres son maravillosos, ¿sabes? Supongo que, en cierto modo, he sido afortunada.

—¿Julio? ¿Julio es uno de los hombres de tu vida? —La noté tensarse junto a mí.

—No de forma romántica. Para nada, de verdad, no me mires así. Pero al final, joder, llevo tirándomelo la mitad de mi vida, y es un gran amigo. El mejor. Me rescató cuando más lo necesitaba.

—Siempre te ha querido con locura, ¿sabes?

—Ana, creo que, aunque los dos calléis siempre, a quien quiere con locura es a ti.

Calló, y no insistí. Acabamos de empaquetar las cosas y nos metimos en la cama, juntas, abrazadas, como hermanas.

Al día siguiente, camino al aeropuerto, el llanto comenzó ya en el taxi.

—Ana, tienes que dejar de llorar o yo tampoco podré parar y...

—¿Cómo voy a dejar de llorar? —me interrumpió—. La última vez que nos despedimos quedamos en tomarnos una cerveza al día siguiente. ¡Y he tardado más de siete años en volver a verte!

Estalló en el reproche que llevaba tanto tiempo guardando. Se lo agradecí, expiaba en cierto modo mi culpa.

—Te prometo que esta vez no será así, te prometo que nos veremos…

—¿Cuándo, Carmen? ¿Cuándo? —Me miró, aún enfadada—. ¿Crees que puedo dejar a cuatro niños con Marcos y mi madre una semana al año para venir a verte?

—No sé, Ana…

—¿Cuándo coño te vas a quitar la mierda de la cabeza y vas a volver a casa?

—No me grites, por favor —sollocé—. Ha sido una semana maravillosa, no la estropeemos.

—Tienes razón —me respondió tras unos segundos tensos—. Anda, dame un abrazo, que te tengo que pedir un favor.

—Dime —respondí, hundida entre sus brazos, consciente de lo mucho que la iba a añorar.

—Ya sé que no hablas con nadie de casa y todo eso, pero, bueno, no me siento cómoda ocultándote la verdad. Si en algún momento… bueno, si en algún momento hablas con alguien de Gijón, o si… no sé, si Marcos te localiza o algo…

—Ana, me estás asustando. ¿Qué es lo que ocurre?

—No me voy hoy a Gijón, Carmen. No he venido a Estados Unidos solo a verte a ti. Era un secreto, pero… contigo no puedo tenerlos.

Abrí los ojos como platos durante una fracción de segundo, antes de asentir. Me moriría antes de desvelarle a alguien aquello. Las dos personas a las que más quería en este mundo —al menos las dos con presencia activa en mi vida—… Cómo iba a traicionarlos, me limitaría a cruzar los dedos esperando que algo saliera bien. O que no fuera demasiado doloroso, al menos.

—¡Te veré por la tele en el Maratón! ¡Saluda a la cámara! —me gritó desde la puerta de embarque mientras me lanzaba un beso, poniendo morritos.

34

Parecía un día normal de una semana normal de un otoño neoyorquino normal. Siguiendo mi rutina diaria, me levanté temprano y me di una ducha rápida antes de salir a correr. Quedaban pocas semanas para el Maratón, y seguía una rutina de entrenamientos muy firme. Aquel miércoles, me tocaba una tirada larga, así que salí de mi edificio de la Octava Avenida ya corriendo, para aprovechar los muchos metros que me separaban de Central Park. Me apasionaba correr por el parque, sentir el silencio, ese bien tan valioso en una ciudad como Nueva York. Quizá si no hubiese podido entrenar allí, nunca me habría propuesto correr el Maratón.

Me disponía a cruzar la calle 53, con mis auriculares a todo volumen, cuando calculé que aquel coche estaba lo suficientemente lejos y que me daba tiempo a llegar a la acera contraria. No me dio.

Pum.

Silencio.

ᘒ

Cuando desperté, la luz a mi alrededor era blanquecina, hospitalaria. Notaba un escozor espantoso en mis fosas nasales, no entendía el porqué. Ojalá el picor me impidiera oler a desinfectante, a medicamento, a hospital. Notaba la garganta seca y solo podía pensar en beber. No pensaba siquiera en el dolor, solo tenía sed. Traté de mover la cabeza a un lado, buscando a alguien que me ayudara a comprender aquel vacío en el que me encontraba. No podía hacerlo, me encontraba inmovilizada por un collarín rígido. Entré en pánico y moví una mano para asegurarme de que mi cuerpo todavía respondía a mis órdenes. Ese movimiento alertó a mi acompañante y, entonces, lo vi. Julio estaba allí. Mi único pensamiento en ese momento fue que debía de estar bien jodida para que Julio se hubiera desplazado dos mil kilómetros en… ¿en cuántos días?

—¿Carmen? Nena, ¿me escuchas?

—Sí… —balbuceé.

—Voy a llamar a tu médico, vengo ahora mismo.

Entre Julio y aquel doctor me informaron de lo que había ocurrido, dado que mi último recuerdo era ajustarme los auriculares en el portal de mi casa. Según las cámaras de tráfico, yo había cruzado con el semáforo en rojo y el coche que se aproximaba no pudo frenar, ya que conducía a más de setenta kilómetros por hora.

—¿Cuánto tiempo llevo aquí?

—Cuatro días.

—¿Cuatro días? —me aterroricé.

—Has estado en coma. Por un momento temimos por tu vida, pero tus lesiones internas están remitiendo.

—¿Por qué tengo tanto dolor? —pregunté, no resistiendo más la presión que sentía por todo mi cuerpo.

—Lo siento. —Me sonrió el doctor. Con ese simple gesto, supe que sería honesto conmigo—. Te estamos suministrando toda la analgesia posible, pero tienes lesiones graves y, bueno, es normal que duela.

—Hablemos de lo que tengo. —Necesitaba saber qué me estaba ocurriendo, antes de que las peores opciones posibles siguieran pasando por mi cabeza.

—Hemos estabilizado la mayor parte de tus lesiones, cortes y magulladuras. Ese coche te dio un enorme golpe. Ahora mismo nos tenemos que centrar en el esguince cervical, supongo que sabes que hay que ser muy cuidadosos con este tipo de lesiones para evitar que se conviertan en crónicas. Pero bueno, con inmovilización y unas sesiones de fisioterapia, será suficiente. El problema real está en tu pierna, Carmen.

—¿Qué es lo que tengo?

—Tienes una doble fractura abierta de tibia. Las lesiones son feas, no te voy a mentir, y no hemos podido operarte todavía. Había que esperar a que despertaras del coma. Estás inmovilizada, y hemos realizado una reducción parcial de la fractura de modo manual, pero serán necesarias varias operaciones para que todo vuelva a funcionar de la mejor manera posible. La recuperación va a ser larga.

—¿Va a ser completa? —pregunté.

—Es demasiado pronto para decirlo. Trabajaremos en ello, te lo puedo asegurar.

Julio acompañó al doctor a la puerta y volvió a mi lado. Me quedé a solas con él. Tenía ganas de llorar, pero ni siquiera me caían las lágrimas.

—Nena, por favor, dime qué piensas.

—No pienso, Julio. Si pienso, me tiro por la ventana.

—Te van a operar esta tarde, ¿vale? Me lo ha dicho el médico cuando se ha ido. Tienes que quedarte un par de semanas ingresada si todo va bien. Después nos vamos a ir a mi casa a seguir con la recuperación.

—¿A tu casa? ¿A Nueva Orleans? ¿Tú estás loco?

—Carmen, vas a necesitar cuidados continuos, y yo no puedo trasladarme aquí.

—Sabes que hay gente a la que se le puede pagar para que haga esas cosas, ¿verdad?

—Y eso es lo que vamos a hacer, guapita, a ver si te crees que me pone llevarte al baño.

—Julio… —Creo que trataba de hacerme reír, pero consiguió derribar la barrera de mis lágrimas.

Sollocé durante horas abrazada a Julio, hasta el momento en que me bajaron a quirófano. Salí de él con una cicatriz a lo largo de toda mi pierna izquierda y un fijador metálico que debería llevar durante dos meses. Los siguientes dieciséis días los pasé en un duermevela constante provocado por la medicación. Por fortuna, ya que en los momentos de lucidez sufría dolores insoportables que me hacían desear haber seguido durmiendo.

ʚ

Cuando consideraron oportuno darme el alta hospitalaria, Julio no me dejó opción a protestar y me trasladó a su casa de Nueva Orleans. No dejaba de sorprenderme que Julio, el hombre más desastroso que había conocido en mi vida, hubiese dispuesto todo de una manera tan cómoda para mí. Me instaló en una habitación de la planta baja de su enorme casa, contrató a dos enfermeras que hacían turnos para atenderme y se encargó de que mi rehabilitación estuviera en las manos de los mejores profesionales de la ciudad.

Pasé las primeras semanas hundida, aterrorizada ante la perspectiva de no volver a caminar o de no poder hacerlo sin secuelas. Ya casi ni pensaba en volver a correr, consideraba que esa opción ni siquiera existía. Julio intentaba animarme, cocinaba para mí y, cuando me redujeron las dosis de medicación a un mínimo, trataba también de emborracharme. Pero nada funcionaba. Solo podía moverme de la cama con dos muletas que me hacían tener dolores constantes en los brazos y en la otra pierna, así que la mayor parte de los días ni siquiera me movía más que para asearme o ir al cuarto de baño. Las enfermeras tuvieron que lidiar con mi mal humor con una paciencia que hacía que, además, me sintiera culpable.

Dos meses después de llegar a Nueva Orleans, me trasladé a Nueva York de nuevo para someterme a una nueva operación en la que me retiraron los fijadores y me inmovilizaron la pierna con una escayola. Los doctores me confirmaron que mi recuperación iba por buen camino y que debía empezar a hacer algunos ejercicios de rehabilitación.

ʚ

De regreso en Louisiana, Julio insistió en presentarme a su ayudante de cocina del restaurante en el que trabajaba. Organizó una cena informal en casa, y yo acepté arreglarme por primera vez en todo el tiempo que lleva viviendo con Julio. No tenía ganas, pero tenía que demostrarle mi gratitud de alguna manera.

—Carmen, este es Robert. —El hombre que estaba ante mí era lo más parecido a un *quarterback* de instituto americano que había visto en mi vida. Solo que con diez años más.

—Perdona que no me levante. Como verás, no lo tengo fácil —me disculpé. Se agachó a darme un beso en la mejilla, y en ese mismo instante sentí que nos íbamos a llevar bien.

—Ya me ha puesto Julio al día de tus circunstancias.

—Está de maravilla, pero se ha acostumbrado a que la mime y… aquí la tengo, instalada —bromeó Julio.

—¿Vosotros…? —preguntó Robert.

—Oh, no, ya no. —Me reí.

—O sea que antes sí —afirmó, más que preguntar.

—Nos lo hemos pasado bien varias veces a lo largo de los años —explicó Julio.

—Carmen, Julio me ha comentado tus lesiones. Yo estudié Fisioterapia en la universidad. —Debió de ver mi cara de incomprensión y explicó—. Pasé unos años un poco locos y cuando decidí asentarme, descubrí que no quería trabajar en el sistema sanitario de este país. Supongo que sabes cómo va el tema y no me gusta. Así que me dediqué a mi otra pasión, que es la cocina.

—Comprendo.

—Conozco gente muy buena, tanto aquí como en Nueva York, puedo ayudarte en lo que quieras.

—Muchas gracias, Robert.

—Te he traído algunas cosas para que hagas rehabilitación, tengo todo en el coche. Luego me ayudará Julio a colocarlo en tu dormitorio.

—De verdad, no sé qué decir.

—Pues no digas nada. O mejor aún, cuéntame cómo era este imbécil a mi edad. Que siempre está queriendo darme lecciones y seguro que él era un mamarracho.

Aquella cena me devolvió la sonrisa y las ganas de disfrutar. Robert era un chico encantador, mucho más maduro de lo que se podría esperar de los veintiséis años que tenía. Y Julio era simplemente él. Me llamó coja, se rio de mi estilo caminando con las muletas… En resumen, como siempre había hecho, frivolizó con todas las cosas que a mí me quitaban el sueño.

Cuando Robert se fue, Julio y yo estábamos bastante borrachos. A medida que veía vaciarse las botellas de vino delante de mí, no calibré el hecho de que tendría que ir con mis muletas hasta la cama. Al tercer intento fallido de levantarme, sentí que unos brazos me alzaban en volandas.

—¡Hey! ¿Qué haces, Julio?

—Lo que he hecho tantas y tantas veces, nena: llevarte a la cama.

—¡Me vas a matar! ¡Estás más borracho que yo! —chillé mientras me depositaba con delicadeza encima de mi cama. A continuación, se depositó él mismo, también con delicadeza, encima de mí—. ¿Qué estás haciendo?

—¿Tú qué crees que estoy haciendo? —me dijo, con una voz ronca que yo sabía identificar muy bien.

—Apártate, por favor. No estoy para bromas.

—¿Quién se ríe?

—Yo no, desde luego. Julio. En serio. Para. —Sentía su lengua, caliente, lamer mi cuello.

—¿Por qué debería parar?

—Porque yo… yo no puedo, joder.

—¿*Qué* no puedes? —Levantó la mirada a mis ojos y se puso serio.

—Pues, como verás, no puedo echar un polvo.

—No, nena, eso no es así. No puedes caminar. Y no puedes, supongo, echar un polvo de pie contra la pared. O en la piscina. Aunque todas esas opciones me las voy a guardar para dentro de unos meses. Pero hoy no te vas a dormir sin ser follada, créeme.

—No me siento cómoda, Julio, de verdad. Estoy horrorosa, tengo unas cicatrices horribles. Ya nada va a ser como era… —Me eché a llorar. No podía seguir engañándome a mí misma, el sexo y las relaciones eran algo en lo que había pensado mucho después de mi accidente.

—Cállate. Eres preciosa, siempre lo has sido. Sabes que yo no digo estas cosas, así que, si lo prefieres, te diré que siempre has estado muy buena. Y soy yo, conmigo no te puedes avergonzar de nada, joder.

Me callé y dejé que Julio hiciera conmigo lo que quisiera. Al fin y al cabo, esa era su especialidad. Desabrochó con mimo cada uno de los botones de mi blusa, besando el espacio de piel que quedaba liberado. Me levantó en sus brazos para hacer salir la prenda de debajo de mi cuerpo mientras mordisqueaba mi cuello y mis hombros. A continuación, descendió, y me tensé. Todo lo relacionado con mi escayola y las curas que tenían que hacerme a diario para evitar irritaciones me parecía incompatible con sentirme sensual en una relación íntima. La experiencia de Julio en la cama fue la mejor terapia que pude soñar. Se deshizo de mis informes pantalones —los únicos que podía llevar con aquel yeso espantoso— y lamió cada centímetro cuadrado de mis piernas. Cuando encontraba alguna cicatriz, no la ignoraba, como yo querría que hiciera, sino que se ensañaba en ella. Apartó despacio mi ropa interior y comenzó a succionarme el clítoris con ansia. Después de meses sin ni siquiera tocarme a mí misma, el placer empezó a invadirme a una velocidad de vértigo.

—Julio, no te lo vas a creer.

—Ya lo sé. Córrete ya.

Y lo hice. Pensé que las oleadas de placer no se iban a terminar nunca.

—Hasta ahora he sido delicado porque sabía que lo necesitabas, pero esto se acabó. —Arrancó mi tanga de un tirón certero y se introdujo en mí con mucha lentitud—. Qué apretada estás, joder.

—Aaah —grité.

—No muevas la pierna. Voy a follarte fuerte y no quiero hacerte daño.

—Hazlo. Ya.

Follamos durante lo que me parecieron horas, aunque quizá solo fueron algunos minutos. Julio debería ser prescrito como terapia para cientos de dolencias físicas y psicológicas.

35

Al final, me quedé cinco meses en Nueva Orleans. El día de mi regreso a Nueva York, sabía que iba a echar de menos a Julio y también a Robert. Este último se había convertido en mi gran apoyo físico. Me visitaba de vez en cuando, me ayudaba con mis ejercicios y estaba en permanente contacto con mis fisioterapeutas tanto en Nueva York como en Nueva Orleans.

Quizá me había precipitado al regresar a casa, no estaba todavía recuperada del todo y aún sufría unos dolores que no estaba segura de que fueran a desaparecer algún día. Como en mi rutina diaria habían quedado libres las horas que antes dedicaba a correr, se me iba demasiado tiempo —y demasiado esfuerzo— en pensar. Pensé en Julio, en cómo en los últimos meses había sido como un hermano para mí, cómo ese pacto tácito sexual en el que llevábamos inmersos desde nuestra etapa parisina parecía llegar a su fin y estar cerca de convertirse en una relación platónica. Y pensé en Gonzalo, claro. Me negaba a aceptar que había estado a punto de morir y que él no lo sabría. Me costaba creer que hubiese sido Julio quien me cuidó en mis peores momentos, cuando Gonzalo había sido siempre mi enfermero particular, el que me había cuidado incluso en nuestro infierno personal, en aquellos días horribles posteriores al aborto. Sentí tentaciones de llamarlo cientos de veces e incluso llegué a marcar los primeros dígitos de su número de teléfono, pero siempre acabé colgando.

Las cosas más cotidianas en otras ciudades se convierten en un mundo en Nueva York. Así, tardé semanas en conseguir plaza en un club con las piscinas adecuadas para los ejercicios de rehabilitación que me habían prescrito. Durante meses, dediqué todo mi esfuerzo mental y físico a aquellos ejercicios y, por suerte, dieron resultado. Incluso comencé a caminar largas distancias y ya apenas sentía dolor. Seguía dedicando las tardes a escribir y, un par de meses después, tendría una nueva novela en el mercado europeo.

ვ

Seis meses después de regresar, llamé a Julio.

—¿Qué tal está la tía más buena de la costa este?

—Abandonada por su mejor amigo, por lo que se ve. Hola, Julio, tengo teléfono, puedes llamar cuando quieras.

—Ya sabes que yo no llamo nunca, idiota. —Se carcajeó—. ¿Qué tal sigues?

—Estupenda. El otro día corrí dos kilómetros.

—¿Quién te perseguía? —La misma broma que me había hecho Ana tiempo atrás. ¿Cuándo se darían cuenta esos dos de que estaban hechos el uno para el otro?

—¿Por qué estás tan gracioso? ¿Te he pillado follando?

—Por una vez en la vida, no. Me has pillado haciendo las maletas.

—Dime que no te vas a vivir al otro lado del mundo. Otra vez.

—No, no, no —atajó entre risas—. Me voy a visitarte.

—¿Y por eso no me has llamado? Pensabas venir a Nueva York y no llamarme, ¿verdad?

—Noooo. —Se rio de nuevo—. Acabaría haciéndolo, ya lo sabes. El caso es que voy con Robert.

—¿En serio? ¡Qué bien!

—Te pone Robert, ¿verdad?

—¿Querías la exclusiva de eso?

—Esa nunca la he tenido, querida.

—Bueno, venga, ¿cuál es el plan?

—Llegamos el viernes. ¿Nos haces de cenar en tu casa?

—Sabes que no cocino, ¿no?

—Qué pereza das cuando te pones atormentada. Pues pide algo de comer. En Nueva York todo el mundo hace eso, ¿no?

3

Me sorprendió que Julio insistiera en que invitara a Robert a cenar. Quizá él también se estaba dando cuenta de que entre nosotros la atracción sexual iba quedando sustituida por una amistad sincera. Suponía una novedad para nosotros interactuar con alguien más. De hecho, suponía una novedad el simple hecho de estar vestidos. Después de tantos años sin amigos, Julio me ofrecía un respaldo emocional del que empezaba a hacerme dependiente. Y eso no me hacía sentir mal. Aunque tampoco era tan tonta como para pensar que, si Julio insistía, no acabaríamos en la cama. Así que quizá lo mejor era que Robert cenase con nosotros y, por primera vez en años, Julio y yo no acabáramos un encuentro retozando.

Pedí comida a mi *deli* de confianza para cenas elegantes en casa. Que tampoco es que fuera algo que abundase en mi vida social. Robert estuvo tan encantador como yo recordaba de mi triste estancia en Nueva Orleans.

—¿Qué tal sigue esa pierna, Carmen? —preguntó cuando estábamos acabando de cenar.

—Bien, bien, ya casi al cien por cien. Estoy empezando a correr de nuevo, incluso.

—Fantástico. Pero no fuerces, ¿OK? Si tienes cualquier duda o dolores o algo, sabes que puedes llamarme, ¿no?

—Claro, aún no te he dado las gracias por todo lo que hiciste por mí en Nueva Orleans.

—Olvídalo. —Quitó importancia con un gesto de su mano—. Me doy por satisfecho con esta cena. Aunque, si vuelvo por Nueva York, me dejarás que te invite a tomar algo, ¿no?

¿Eran imaginaciones mías o aquel pedazo de hombre estaba flirteando conmigo?

—Por supuesto. No suelo rechazar una cena de un hombre asquerosamente más joven que yo. —Oh, sí, si estaba coqueteando, yo también sabía jugar a eso.

—Eh, recordáis que sigo aquí, ¿verdad?

—Julito, ¿nos vamos a poner con remilgos a estas alturas de la vida? —Me carcajeé, algo achispada por el vino de la cena.

—Anda, pon unas copas, que tengo aquí algo que te va a gustar.

—¿Os parece bien whisky?

Cuando regresé con las bebidas, Julio estaba acabando de preparar unas rayas de coca encima de la mesa de cristal de mi salón.

—Julio, no me jodas que sigues con esa mierda.

—Eh, eh, tranquila. ¿Te has vuelto una chica sana con los años?

—No, joder, pero tampoco es que vayamos a pasarnos la noche en un *after*. ¿Ponernos en casa? ¿En serio?

—O sea que no quieres, ¿no?

Me reí. Ese hombre tenía la capacidad de convertirme en la universitaria alocada que era cuando lo conocí.

Ya bastante entonados, nos sentamos en mi enorme sofá, yo en medio de ambos. Julio me recostó contra su cuerpo de forma casi cariñosa, casi no sexual. Casi. Justo en el momento en que Robert nos contaba que había vivido una época muy fuerte de experimentación en la universidad, en la que había probado todo tipo de drogas, Julio empezó a besarme el cuello.

Me encontraba tan cómoda teniendo una conversación distendida, recostada sobre quien en aquel momento se había convertido en mi mejor amigo, que tardé un rato en darme cuenta de que Julio se estaba calentando. Y Julio caliente era peligroso, muy peligroso.

—Nena, llevo toda la noche volviéndome loco con ese liguero. ¿Desde cuándo te pones liguero para cenar con unos amigos?

—Perdónalo, Robert, no ha asumido todavía que, cuando él está cerca, hay una altísima probabilidad de que la cosa acabe en cama.

—¿Y tú te vistes para la ocasión? —respondió Robert entre carcajadas.

—Robert, cariño, tengo treinta y nueve años. La lencería *sexy* es la mejor amiga de mi autoestima.

—Déjate de charlas con este imbécil y acércate un poco más, nena —susurró Julio muy pegado a mi oído.

—Julio, joder, para o vamos a darle el espectáculo.

—No creo que a él le importe —me dijo, con la voz cada vez más ronca.

Empezó a besarme el cuello, a morderme el lóbulo de la oreja, a lamerme la nuca. Sus manos volaron a mis pechos, y empecé a excitarme mucho más de lo que estaba dispuesta a reconocer. Tras unos minutos con los ojos cerrados, absorta en la nebulosa que Julio estaba provocando con sus pellizcos en mis pezones, recordé que no estábamos solos. Miré a Robert y lo encontré acomodado en el sofá, con un brazo sobre el respaldo, mirándonos fijamente, con una sonrisa de suficiencia.

—¿Te gusta mirar? —le dije con voz ronca, mientras Julio me deslizaba la minifalda, y yo la apartaba de una patada.

—No solo —respondió enigmático. Empezaba a ser consciente de que me encontraba tumbada en un sofá vestida solo con un tanga, unas medias con liguero y un sujetador de media copa del cual mis pechos habían escapado hacía ya un buen rato.

Julio se desabrochó el pantalón vaquero y lo deslizó hacia abajo arrastrando consigo la ropa interior. Miré a Robert y vi que también él tenía una prominente erección. Empezó a tocarse por encima de los pantalones.

—¿Qué va a pasar aquí en realidad? —pregunté, más porque me excitaba el simple hecho de oírlo que por confirmar lo que ya era evidente.

—¿De verdad no lo sabes, nena?

—¿Te lo has montado alguna vez con dos tíos, Carmen? —me preguntó Robert con aquella mirada suya que podía derretir glaciares.

—No.

—¿Te da miedo? —insistió Robert, aparentemente sin ninguna prisa por que precipitásemos la acción. Julio, mientras tanto, seguía dedicado a mis pechos. Todas mis terminaciones nerviosas ardían bajo el tanga sin recibir ninguna atención.

—No la conoces en absoluto si le preguntas eso, Robert.

—¿Puedo? —dijo acercándose a mí. Una sola mirada le confirmó que me apetecía aquello más de lo que yo misma habría imaginado. Se coreografiaron para que mientras Robert me sacaba el tanga, Julio hiciera lo propio con el sujetador.

—¿Es la primera vez que hacéis esto?

—No —contestaron al unísono.

Julio me empujó hacia adelante, y quedé de rodillas frente a Robert. Pese a mi evidente desnudez, él no dejaba de mirar mi boca. Por un momento, pensé que me iba a pedir permiso para besarme. Pero estábamos ya un punto más allá de la cortesía, así que se limitó a clavar sus labios en los míos y penetrar mi boca con su lengua. Oí el inconfundible rasgar de la funda del preservativo a mi espalda y, antes de que pudiera darme cuenta, Julio estaba de rodillas detrás de mí, penetrándome con fuerza hasta el fondo. Estaba tan empapada que la fricción de mis fluidos contra su pene resonó en el salón. Robert liberó su erección y me miró a los labios. No cabía duda de lo que venía a continuación. No jugué con su glande ni lamí el tronco. Solo introduje su sexo en mi boca hasta estar a punto de tener una arcada. Le dejé entrar y salir, dejé que él marcara el ritmo. Aquello era mucho más que una felación, Robert me estaba follando la boca a un ritmo salvaje. De alguna manera magistral, movió un brazo hasta dar con mi clítoris y, casi en su primer roce, no aguanté más y me corrí. Yo conocía los sonidos de Julio y sabía que no faltaba mucho para que él siguiera mi camino.

—Te queda otro, nena, y nos lo vas a dar cuando te lo pidamos, ¿verdad?

—Sí —gemí, y no sé siquiera si ese sonido llegó a salir de mi garganta, tan ocupada con Robert.

Tras unos minutos de uno de los placeres más intensos que jamás pude imaginar, Julio anunció casi a gritos su orgasmo.

—Me... voy... a... correr —chilló.

Y ese fue el pistoletazo de salida a tres orgasmos simultáneos. Noté el primer chorro de semen de Robert en mi garganta y el segundo en mi lengua. Tragué mientras notaba, a pesar del condón, cada uno de los espasmos de Julio. La sensación de tener a dos hombres corriéndose dentro de mí fue tan intensa que me precipitó a mi segundo orgasmo.

Caímos los tres desmadejados en el sofá, y ellos se retiraron con discreción al cuarto de baño.

—¿Eso que acabo de oír es una palmada?

—Perdona, nena —me gritó Julio entre carcajadas.

—¿Estáis festejando… esto?

—Nos ha pillado, Robert, tío, es lo que hay.

Me envolví en una manta, y ellos se pusieron la ropa interior y las camisetas.

—Así que a esto es a lo que dedicáis el tiempo libre en Nueva Orleans, ¿no?

—Más o menos.

—Sois unos putos cerdos.

—Hace un rato no parecía que te molestase.

—Y no me molesta. Es solo que… ¿cómo se llega a esto? ¿Un día en la cocina dijisteis «eh, podíamos follarnos a una tía a medias»?

—No, pero los piratas nos reconocemos con una mirada. ¿No sabes cómo me hice amigo de este?

—Ni idea.

—Pues en nuestro primer *afterwork* nos emborrachamos como perros, en el segundo nos pusimos hasta arriba de coca y en el tercero nos tiramos a dos amigas, en la misma habitación. Se corrieron antes que nosotros y con una mirada nos entendimos. Les dijimos si estaban dispuestas a cambiar de pareja y aceptaron. Y, bueno, después solo hemos ido perfeccionando la técnica.

—¿Y entre vosotros… nunca…?

—¿Solos? No.

—Porque él no me deja. —Se rio Robert—. Yo soy mucho más abierto y, bueno, soy bisexual.

—¿Más abierto que Julito? ¡Cielo santo, deberíamos llamar a las autoridades!

—Hombre, Robert, creo que ya te he dejado hacer bastante más de lo que nunca pensé. —Se rio Julio.

—Uy, uy, eso tenéis que explicármelo.

—Joder, ¿a ti te pondría que hiciéramos cosas entre nosotros?

—Pues yo que sé, dependerá de qué cosas.

—Bueno, mañana será otro día —dijo (nada) enigmático Julio.

—Lo teníais todo planeado, cabrones.

—Mira, bonita, te conozco desde que solo te habías comido la polla de tu novio de toda la vida. Robert te pone a mil desde que lo conociste. Y te has puesto liguero. No te hagas la tonta que no te pega nada.

Me reí y, entre copas y risas, nos dio el amanecer. El sábado dormimos todo el día y, por la noche, salimos a tomar algo.

—No te esperabas esto de mí, ¿eh, nena? —me dijo Julio mientras bailábamos en la terraza de un *rooftop* cerca de la Quinta Avenida.

—De ti, Julito, me lo espero todo. Miedo me das.

—Estábamos perdiendo chispa, joder, había que añadirle un poco de sal a la vida. Espero que en la próxima tengas la deferencia de aportar a una amiga tuya.

—Sigue soñando, chaval. —Me reí.

Cuando llegamos al apartamento, no hubo tiempo para preliminares. Robert me llevaba de la mano, no de forma cariñosa, sino posesiva. En cuanto entramos en mi piso, me giró, dejándome muy pegada a él y empezó a besarme como ya había adivinado el día anterior que le gustaba. Duro, exigente, húmedo. Julio, a mi espalda, me desabrochaba la cremallera trasera del vestido. Lo dejó caer al suelo.

—Me encanta cuando te pones zorra. Así que llevas toda la noche sin ropa interior.

—Ya veis que yo también sé dar sorpresas.

Robert me cogió en brazos, espoleado por la conversación con Julio y me dejó caer con poca delicadeza en mi cama. Se tumbó encima de mí y empezó a desnudarse mientras con su rodilla presionaba mi sexo. Cuando me quise dar cuenta, Julio estaba ya desnudo a mi lado.

—Me quedé ayer con ganas de una mamada.

—¿Mía o…? —señalé a Robert con el pulgar.

—Quieres que te demos el espectáculo, ¿verdad?

—Pequeña pervertida —dijo Robert mientras se sentaba en el borde de la cama, con la erección palpitante de Julio a escasos centímetros de su cara.

Julio me sonrió mientras Robert comenzaba a lamer su pene. En todas las experiencias locas de mi época universitaria, había visto muchas cosas. Pero nunca había presenciado en primera fila un encuentro entre dos hombres. Siempre creí que no me excitaría, y quizá no lo habría hecho si las posiciones entre ellos fuesen al contrario —quién sabe por qué—, pero aquella escena me estaba poniendo a cien. O a mil. Situada a su espalda, empecé a masturbar a Robert mientras Julio no dejaba lugar a dudas de que estaba disfrutando.

—Para, joder, Robert, para, que me voy a correr.

—¿Y no quieres?

—No. Quiero correrme en ella.

—¿Tú crees que…? —preguntó Robert.

—Es flexible.

—Recordáis que sigo aquí mientras habláis, ¿verdad?

—Nena, te vamos a hacer tan feliz que se te van a quitar las ganas de ser sarcástica. Túmbate boca arriba.

Obedecí. Estaba atrapada en una situación tan magnética que me sentía incapaz de decir que no a nada. Me tumbé en la cama, y Julio se ubicó en el hueco entre mis piernas. Robert le alcanzó un condón, y él se lo puso con una destreza que podría asustar a alguien que lo conociera menos que yo. Empezó a penetrarme con rapidez, con fuerza, casi con brutalidad.

—Ponte de rodillas en la cama, nena.

Vi a Robert acercarse y comprendí al instante a qué se referían cuando hablaban de flexibilidad. Iba a ser penetrada simultáneamente por los dos. Cuando Robert le hizo hueco a su polla al lado de la de Julio, creí que iban a romperme.

—Parad, parad, no puedo —gemí.

—Robert, sal, yo no puedo parar ahora.

—¡No! Solo… Solo quedaos quietos un momento.

Mi sexo se fue acomodando a ellos, en parte porque Julio me acariciaba el clítoris y Robert jugaba con su lengua con el *piercing* de mi pezón.

—Ya… ya está —jadeé.

La sensación de estar siendo penetrada por ellos dos, unida al resto de estímulos que estaba recibiendo y al simple pensamiento de que sus dos sexos se estaban frotando dentro de mí, me precipitó al orgasmo sin remedio. Julio empezó a jadear más fuerte en cuanto yo anuncié que me corría y se derramó dentro de mí.

—¿Robert? —le preguntó. Daba miedo presenciar lo sincronizados que estaban en esas faenas.

—Sal de ella, y tumbaos.

Le hicimos caso, coreografiados en la hipnosis sexual en que llevábamos todo el fin de semana inmersos. Con mi cabeza recostada en el pecho de Julio, observábamos a Robert masturbarse mirándonos fijamente. No nos sorprendimos cuando eyaculó sobre nosotros, alcanzando mis labios y el pecho de Julio.

Como no recuerdo en qué momento me quedé dormida, ni cómo ellos abandonaron mi habitación, me sorprendí a la mañana siguiente al encontrar a Robert durmiendo en mi sofá.

—Pero vamos a ver, ¿dejas que te chupe la polla, pero no podéis compartir cama? —le dije a un Julio somnoliento, que salía en aquel momento de mi habitación de invitados.

—Mariconadas, no, nena. Tenemos entradas para el béisbol, te apuntas, ¿no?

Y así, con un montón de nachos y cerveza en una grada a años luz del campo donde se jugaba aquel deporte que me resultaba incomprensible, terminó el fin de semana.

❸

Aquella fue la última vez que me acosté con Julio. Tres semanas después, recibí una llamada suya:

—¿Nena? —Me despertó. Me había acostumbrado a irme a la cama temprano, y Julio no asumía mis nuevos horarios de mujer reformada.

—¡Julio! —chillé, con el corazón en la boca—. ¿Qué ha pasado?

—Nada, joder. ¡Dios! ¿Tan raro es que llame yo?

—Julio, la única vez que me has llamado en casi veinte años, acababan de meter a Fabio en la cárcel. —La mención de ese nombre no me produjo el pinchazo en el corazón que había sentido los tres últimos años.

—Te llamaba para charlar. ¿Te he despertado?

—Sí, pero no te preocupes. No tardo en coger el sueño.

—Nena, hay algo que quería comentarte.

—Dime. —Me asusté.

—¿Tú tienes la sensación de que lo que pasó con Robert en Nueva York fue... no sé...?

—¿... la última vez?

—¡Joder! ¿Tú también lo sientes?

—Sí, Julito. Lo he pensado un par de veces desde entonces.

—¿Por qué?

—No lo sé. Es como si ya... como si nos hubiéramos gastado, como si nos hubiéramos consumido.

—Yo siento lo mismo. Fue bonito mientras duró, ¿no?

—Fue perfecto, Julio. Y solo se podía acabar de esta manera. Ni mi matrimonio, ni parejas, amistad, convivencia, nada... Nada podía impedirnos acabar en la cama cuando nos veíamos. Era como... como... no sé...

—Como un imán. Si te tenía cerca, yo... yo tenía que follarte.

—Y yo dejarme follar. No voy a ser tan soberbia como para creer que alguna vez te follé yo a ti. —Me reí.

—Has sido la mejor.

—No seas guarro, Julio. No hagas un *ranking*.

—No lo hago, lleva años hecho. Y eres la mejor.

—Gracias, supongo. ¿Amigos?

—Claro. Joder, con todo lo que hemos pasado, y ahora me parecería que follar contigo sería como tirarme a mi hermana.

—Quién lo iba a decir, ¿eh? Con lo que hemos sido...

—Bueno, al menos tuvimos una despedida por todo lo alto. No pudo ser más propia de nosotros.

—¡Y que lo digas! Me lo pasé muy bien ese *finde*.

—Créeme, Carmen, se notaba —me dijo, burlón.

—Imbécil —lo insulté, cariñosa.

—Oye, ¿te parece si Robert te llama alguna vez cuando vaya a Nueva York?

—Emmm… Creo que es mejor que no.

—¿Qué pasa, nena? ¿Estás bien?

—¿Qué posibilidades crees que hay de que si Robert me llama no acabemos follando?

—Nena, no te voy a mentir. Te llamaría solo para eso. No le caes tan bien. —Se rio.

—Pues por eso. La oferta es muy tentadora, pero creo que voy a pasar.

—Nena… ¡Hazlo ya, joder!

—¿De qué hablas, loco?

—Vete a buscar a Gonzalo, coño. Llevas posponiéndolo desde que volviste de París. Te mueres por verlo, y me juego la puta cabeza a que él está solo.

—No sé, Julio, lo he pensado, pero estoy aterrorizada.

—Carmen, has pasado demasiadas cosas en la vida como para estar ahora acojonada por esto. Es Gonzalo, sabes que te quiere. En el fondo de tu alma, estoy seguro de que siempre has sentido que él seguía queriéndote, estuviera donde estuviera.

—No lo sé, Julio. Tengo mucho que pensar. Aún estoy saliendo del hoyo en el que me metió el accidente.

—¿Qué tal sigues?

—Bien, bien. Corrí cinco kilómetros ayer.

—¡Guau! ¡Enhorabuena! Se lo diré a Robert, siempre me pregunta por ti.

—Díselo, y mándale un beso de mi parte.

—¿Cómo van tus novelitas de amoríos?

—Bien. Presento la décima en un par de semanas. Y luego locura promocional. Este año creo que me mandan a la costa oeste, incluso. Hay mucho mercado hispano por allí.

—¡Qué bien! Oye, me tengo que ir. ¿Me mantienes informado si pasas por Nueva Orleans a firmar?

—Julio, ¿te has leído alguno de mis libros?

—Emmm…

—O sea que no, ¿no? —Me reí.

—Nena, ya sabes que yo soy más de acción que de lección.

Y, dicho eso, colgó.

Qué maravilla vivir en un mundo en el que hay gente como Julio.

�ीं

Reflexioné mucho en los siguientes días acerca de lo que Julio me había dicho sobre Gonzalo. ¿Por qué no? ¿Qué era lo peor que me podía pasar si trataba de buscarlo, de recuperarlo, de regalarnos la oportunidad que en los últimos nueve años nos habíamos negado? No era solo una cuestión de «el no ya lo tengo» sino más bien de «quiero tener el sí y lo quiero ya». La clave de todo me llegó inspirada un día en que fumaba uno de mis ya escasísimos cigarrillos en la escalera de incendios de mi apartamento. La clave era que ya no necesitaba a Gonzalo. Lo quería, sí, pero no lo necesitaba. Y quererlo, amarlo, adorarlo incluso, era algo infinitamente más sano que necesitarlo.

Había sobrevivido a todo. Al vacío de los primeros meses, al dolor desgarrador de recordarlo en cada calle de París, a convertirme en prostituta porque no había ninguna conexión emocional entre mi cuerpo y mi alma, a enamorarme de nuevo y romper el corazón del hombre más bueno que había conocido jamás y a volver a meter toda mi vida en una maleta e irme al otro lado del mundo.

Para amarlo de nuevo, limpia y curada de heridas, para quererlo sin toxicidades, sin suciedad a nuestro alrededor, había tenido que esperar mucho tiempo. Había curado mis heridas y rezado para que él hubiera curado las suyas. Había vivido una experiencia en la que podría haber muerto; y lo habría hecho sin volver a mirar a sus ojos negros, de los que no había olvidado ni un solo matiz, incluso aunque en aquella tarde aciaga en que nos vimos en París no me hubiera atrevido a mirarlos ni una sola vez; sin volver a besarlo, sin volver a deshacerme entre sus caricias.

Me habría muerto sin volver a vivir.

36

Una mañana de noviembre, recibí una llamada eufórica de mi editor. El canal latino de televisión más visto del estado de Nueva York había accedido a entrevistarme en su *late night*. El programa era en realidad un refrito de todo tipo de contenidos, la mayor parte de ellos de dudosa calidad, pero a juzgar por el seguimiento que tenía en las diferentes redes sociales, no cabía duda de que su público era fiel. Pensé en el empujón que podría suponer para mi carrera la entrevista, aunque había decidido ya tomarme un tiempo sin escribir. Necesitaba unas vacaciones largas, y las musas debían de saberlo, porque me tenían abandonada desde hacía un tiempo. Yo lo achacaba al cansancio de llevar tantos años dedicándome en cuerpo y alma a las tramas, los personajes y sus cuitas amorosas. Una parte de mí, con la que no me apetecía ponerme en contacto, sabía que debía resolver mi propio conflicto antes de atreverme a pensar en el de mis obras.

El día de la entrevista me levanté muy tarde, ya que había tardado horas en dormirme. No es que me atenazara el miedo escénico de exponerme ante miles de espectadores o que estuviera en una época demasiado autocrítica con mi trabajo. Simplemente, me veía a mí misma tropezando al entrar en el plató y rompiéndome la cabeza contra la mesa del presentador. O quedándome en blanco y haciendo el ridículo ante toda la población hispana de Nueva York. O estornudando y dando la entrevista con un moco colgando de la nariz. Sí, todos esos me parecían motivos suficientes para justificar una noche sin dormir.

Debía estar en el plató a media tarde para las tareas de maquillaje y peluquería, así que decidí no comer —podría decir que estaba tan nerviosa que se me había cerrado el estómago, pero la verdad es que estaba con el trauma de «la tele engorda»—. Toda aquella rutina preparatoria a la que me iban a someter en el estudio me recordó a las tardes en la peluquería de Danièle, en otra ciudad y otra vida. No se me ocurrió nadie mejor que Petite para elegir mi atuendo, así que la llamé por Skype, y recorrimos mi armario con la *web cam*. Al final, se decidió por un atuendo de «ex putita parisina», según sus propias palabras, aunque yo me veía muy elegante. Rescaté del olvido un vestido negro de cóctel que había encontrado tirado de precio en un *outlet* de Calvin Klein cuando Ana había venido a visitarme y que no había llegado a estrenar. El cuello bebé en blanco le daba un toque inocente que rompí con un broche rojo en forma de corazón sangrante que me había regalado Petite en las primeras Navidades que celebré en París. No pensaba darle opción a la maquilladora tampoco a pintarme los labios en otro tono. Tacones de catorce centímetros —esos que iban a ser los causantes de que entrara aterrizando en el plató— y llamada a un taxi. Allá vamos.

3

—Buenas noches, Carmen. ¿Qué tal estás?

—Buenas noches, Andrés. Pues un poco nerviosa, la verdad. Es mi primera vez en televisión y, bueno, todo esto da un poco de vértigo.

—Bueno, Carmen, no tienes de qué preocuparte. Solo nos están viendo unos dos millones de personas.

El público se echó a reír. Yo cada vez estaba más arrepentida de no haberme tomado un copazo antes de entrar en directo. La mayor parte de la entrevista consistió en una narración por mi parte de cómo empecé a escribir, de cómo era mi vida en París —la parte para todos los públicos—, de cómo era mi rutina diaria en Nueva York y de un montón de temas profesionales que me hicieron sentir cómoda ante la cámara. Pero, de repente, la entrevista tomó tintes más personales.

—Nos hemos enterado de que eres una apasionada del *running*. ¿Una escritora deportista?

—Bueno, algo así. La verdad es que empezar a correr fue terapéutico para mí en un momento un poco complicado, algún tiempo después de instalarme en Nueva York. No tenía amigos, acababa de empezar de cero por segunda vez en mi vida y las pocas horas que me dejaba libre mi trabajo, no sabía en qué emplearlas.

—Y empezaste a correr.

—Sí, un amigo me animó durante unas vacaciones en México. Al volver a casa, un día estaba comiendo en Central Park, vi a toda esa gente corriendo y me dije: «¿Por qué no yo?». Al día siguiente me compré toda la equipación y empecé a correr a diario.

—Tuviste que dejarlo un tiempo a causa de un accidente, ¿no es cierto?

—Sí. Hace poco más de un año, cuando iba camino de Central Park a entrenarme, un coche me atropelló. Ahora pienso en lo mucho que lloré porque me iba a perder el Maratón de Nueva York, para el que me estaba preparando, y me siento idiota. Cuando vi las imágenes del atropello de una cámara de tráfico, me di cuenta de lo afortunada que era de estar viva.

—¿Tuviste lesiones graves?

—Sí, sí, bastantes. Sobre todo en la pierna izquierda. Me la rompí por varios sitios, me tuve que someter a dos cirugías importantes y estuve muchos meses haciendo rehabilitación. De hecho, aun hoy en día, voy un par de veces al mes a la clínica a comprobar que todo sigue en su sitio.

—¿Te ayudó anímicamente tu trabajo en el proceso de recuperación?

—Mi trabajo apenas cambió. Una vez pasadas las primeras semanas, en las que llegué incluso a estar en coma, lo único que podía hacer en realidad era escribir, así que mi ritmo de trabajo era aún mayor de lo habitual. Por supuesto, agradecí mucho los mensajes de cariño de mis seguidores a través de las redes sociales y traté de responder a todos los mensajes posibles. Pero, bueno, el auténtico milagro de mi recuperación fue irme a Nueva Orleans.

—¿*New* Orleans? Buena ciudad para una escritora erótica.

—Sí, sí, sin duda. —Me reí—. Aunque mis condiciones no eran las mejores. No fue la ciudad la que me ayudó, sino un gran amigo que vive allí y que me obligó a irme a vivir con él durante mi recuperación.

—¿Solo amigo?

—Sí. Un gran amigo.

—Eres soltera y no se te conocen relaciones estables. ¿No tienes ganas de enamorarte?

—Es difícil subir a un tren cuando ya está lleno, ¿no?

—¿Eso es una metáfora de escritora? ¿O estás desviando la atención sobre tu vida privada?

—Un poco de ambas. Pero no, a lo que me refería es a que no te puedes enamorar cuando ya lo estás, ¿verdad?

—No, supongo que no. ¿Vives, entonces, un amor platónico?

—Algo así. Digamos que hace ya unos años que me di cuenta de que no merece la pena tratar de enamorarse cuando sabes que siempre estarás enamorada de una persona que es, en cierto modo, inalcanzable. Inalcanzable porque en el pasado hiciste las cosas muy mal con él y ya nunca lo recuperarás.

—Suena bien como argumento para una próxima novela.

—No suena mal. Pero jamás lo haré. Mi historia de amor puede ser triste, pero es mía y me niego a compartirla.

—Para finalizar, íbamos a pedirte un consejo para tus románticas lectoras, pero con esta triste historia de amor de la que nos hablas, no sé si es buena idea.

—Claro que sí. ¿Un consejo? No sé si soy quien para dar consejos. Pero si algo he aprendido de mi propia experiencia es que enamorarse es lo mejor que te puede pasar en la vida. Y que todo el sufrimiento del mundo se compensa con ese momento en que ves amor en los ojos de la persona a la que quieres. Yo lo vi durante casi quince años, así que sé de lo que hablo.

⊙

Amanecí el día después de la entrevista con una sensación de ansiedad desconocida para mí desde hacía muchos años. Pero no era esa ansiedad que te impide respirar, que lo mismo te paraliza en un rincón que te hace recorrer dos mil kilómetros caminando en círculo. Era una ansiedad feliz. Una explosión de emoción interior que no comprendía de dónde procedía. Sentía como si el mundo, mi mundo, hubiera cambiado después de haber dicho, alto y claro, ante quien me quisiera escuchar, que seguía enamorada de Gonzalo. Fue como si aquella declaración me hubiese purificado.

Mi primera decisión fue llamar a un cirujano plástico que me había recomendado Robert. Quería operarme la pierna para eliminar la enorme cicatriz que la atravesaba en vertical hasta más allá del tobillo. Me dio cita para el día siguiente a las doce de la mañana, y me decidí a pasar el resto del día convirtiendo mi casa en un lugar habitable. La asistenta que venía dos veces por semana a evitar que me ahogara en mi propio desorden llevaba varios días ya de vacaciones, y yo no había hecho nada por evitar el desastre, inmersa como estaba en la vorágine de la entrevista.

Recibí un *whatsapp* de Julio a media tarde: «Ayer te vimos en la tele por cable. Robert me dijo que te arrancaría el vestido a mordiscos, y le contesté que no fuera guarro. ¿Nos hemos vuelto locos? Creo que me estoy haciendo viejo. En serio, estuviste fantástica. Besos». Sonreí y celebré internamente el nuevo estatus de mi relación con Julio.

Me quedé dormida en el sofá con un libro entre las manos y me arrastré a la cama ni medio despierta en torno a la una de la madrugada. Mejor dormir bien, que el día siguiente se presentaba repleto de cosas que hacer.

37

*E*l teléfono despertó a Julio a las doce de la noche. No es que se hubiera reformado y se acostara temprano, sino que a media tarde se había metido en la cama con una pelirroja («¿Era Wendy? ¿Cindy? Mierda, ni idea»), que ahora mismo retozaba contra su pecho desnudo en un duermevela cachondo.

—¿Julio?

—¡Hostia! ¿Eres quien pienso que eres?

—El mismo.

—Joder, tío, cuánto tiempo. ¿Cómo te va todo?

—Bien, esto… Julio, no me voy a andar con rodeos. Necesito un favor.

—¿Te llega su teléfono o quieres también su dirección?

—¿Sabes lo que voy a pedirte?

—¿Que si lo sé? Llevo años esperando esta llamada.

38

Eran las once de la mañana. La consulta del cirujano quedaba bastante cerca de mi casa, así que había decidido ir caminando para purgar las culpas por no haber salido a correr los tres últimos días. Sonó el timbre, y deduje que mi vecino ligón vendría, como tantas veces, a acercarme el correo e intentar que lo invitara a un café que nunca llegaba.

Entonces abrí la puerta, y el tiempo se detuvo.

—Hola, enana.

Él. Gonzalo. Mi amor. Mi vida. La vida. Sentí que todo el oxígeno del mundo no era suficiente para llenar mis pulmones. Me agarré al marco de la puerta, tratando de que me sostuviera, pero también el marco se tambaleaba. Todo el planeta Tierra había dejado de girar. O al contrario. Había empezado a dar vueltas a cien mil revoluciones por minuto.

—Gonzalo —susurré.

—¿Puedo pasar?

Me hice a un lado, incapaz todavía de emitir sonido alguno, más allá de su nombre, la palabra que siempre acudía a mis labios cuando se resquebrajaba la coraza que llevaba nueve años construyendo alrededor de mi alma.

—Te preguntarás qué estoy haciendo aquí.

Asentí.

—¿No vas a hablar?

—No sé si puedo.

—Di algo, por favor. Llevo nueve años sin escuchar tu voz, salvo aquella mierda que nos hicimos en París.

—¿Cómo… cómo has sabido dónde encontrarme?

—Tienes muy buenos amigos. Julio me lo dijo.

—¿Julio?

—Sí. Lo llamé y le pedí que me diera tu dirección. No tuve que suplicar mucho, la verdad.

—Dios mío, Gonzalo, tengo tanto que decir y tan poco a la vez… Necesito calmarme, necesito… ¿Quieres beber algo?

—Lo que tengas está bien.

—¿Whisky?

—Son las once de la mañana. —Sonrió. Esa sonrisa, sincera al fin—. Pero sí. Estoy seguro de que en algún lugar del mundo es hora de tomar whisky.

—Aunque no lo fuera…

Tuve que pasar por su lado para entrar en la cocina. Evité tocarlo, incluso rozarlo. No estaba preparada aún para ello. Gonzalo tenía ya cuarenta y seis años. Las canas que había empezado a vislumbrar en París cubrían ahora una porción algo mayor de su pelo. Lo llevaba más largo de lo que yo recordaba, aunque perfectamente peinado, claro. Sus ojos no habían perdido ni un ápice de brillo; podría haber pasado el resto de mi vida perdida en aquel color negro en el que casi no se distinguían la pupila y el iris. Seguía siendo altísimo y, pese a que Fabio o Julio eran también mucho más altos que yo, no recordaba haber tenido que alzar tanto el cuello para mirarlos a ellos. Quizá no era una cuestión de estatura, sino de adoración. Vestía muy informal, con un pantalón vaquero que habría jurado reconocer y una camiseta gris. En su mano derecha, una mochila azul. Podría estar cerca de los cincuenta años, pero seguía teniendo el aspecto de un treintañero ligón.

—Gonzalo, explícame… Estoy muy confusa.

—Vi tu entrevista.

—¿Mi entrevista? ¿Cómo?

—Llevo años poniendo tu nombre en Google de vez en cuando. En los últimos tiempos, más.

—¿Por qué?

—Porque no podía más sin verte, Carmen. Desde que te fuiste, pensé que todo sería más sencillo. Que pasaría un infierno al principio... bueno, *infierno* se quedó un poco corto para lo que significó el primer año. Y que luego se iría calmando. Que conocería a alguien, o no, pero que el dolor remitiría. Pero últimamente... Dios, últimamente no salías de mi cabeza.

—Cuando viniste a París tenías pareja.

—Sí. —Sonrió. Una sonrisa amarga—. Cuando fui a París, estaba empezando con alguien, una compañera de la facultad, llevábamos unos meses saliendo, estábamos a punto de dar el paso de vivir juntos. El día que volví a casa, le dije que no debíamos seguir viéndonos.

—Lo siento.

—No lo hagas. Me estaba engañando a mí mismo. Al menos, desde ese día, tuve claro que nunca iba a querer a nadie que no fueras tú.

Bajé la cabeza. Me abrumaba la intensidad de sentimientos que se condensaba en el salón de mi apartamento. Abrí un cajón del escritorio y cogí un cigarrillo.

—¿Fumas? —Le ofrecí.

—No. Pero dame uno. Pensé que viviendo en Estados Unidos y preparando maratones —me guiñó un ojo, divertido—, lo habrías dejado.

—Es que lo he dejado. Llevo dos años casi limpia. —Le hice el signo de la victoria con dos dedos—. Pero guardo siempre tabaco en el cajón de emergencias emocionales.

—¿Por si aparecía yo algún día a las once de la mañana en el umbral de tu puerta?

—No. Para eso habría necesitado incluir un desfibrilador.

Nos reímos. Fumamos en silencio. Me mareé un poco, y me recordó a aquellas tardes de mi adolescencia, con él, en su casa de la piscina. El olor a tabaco y whisky. Lo miré.

—¿En qué piensas? —me preguntó.

—Creo que en lo mismo que tú.

—La cabaña de la piscina.

—No me he permitido pensar en eso en nueve años.

—Yo tampoco. Ni siquiera he vuelto a entrar. Ahora vivo con mis padres, pero ni siquiera aparco el coche en el garaje para no tener que verla.

—No me atrevía a preguntar. ¿Tus padres…?

—Están bien. Mayores pero bien. Pero no quiero hablar de ellos aún.

—¿Sleepy?

—Sleepy murió hace tres años. —Me miró—. Lo siento.

—Lo imaginaba. No te preocupes.

—No preguntaste por ellos en París, ¿sabes?

—¿Cómo?

—Cuando nos vimos, no preguntaste ni por mis padres ni por el perro. Fue… raro.

—¡Dios mío! Es cierto. No… No sé, Gonzalo, en aquella conversación fue como si no fuera yo, como si… Perdóname, por favor.

—Olvídalo. Hace unas semanas que me di cuenta. Fue revelador.

—¿De qué? No te estoy entendiendo.

—Estaba un día pintando en mi estudio, y, de repente, la mente me hizo un clic. Y me vino a la cabeza aquella conversación en París y el hecho de que no hubieras preguntado por ninguno de ellos… Y, ¿sabes?, en ningún momento te lo reproché. Solo pensé en lo falso que era todo. En que tú, la verdadera tú, si estabas bien, si estabas enamorada y querías casarte con Fabio, habrías preguntado, estarías bien, nerviosa al principio…

—Estaba histérica.

—Sí. Y no eras tú.

—No. Seguramente no lo fuera.

—Carmen. Yo he venido aquí a hacerte una pregunta. —Suspiró profundo, mesándose el pelo—. ¿Lo que decías en la entrevista era verdad?

—¿Qué parte?

—La de que no querías tener una relación porque al fin habías asumido que ibas a estar toda tu vida enamorada de alguien de tu pasado.

—Sí. Es verdad.

—¿Soy yo?

—Joder, Gonzalo. —Empezaba a derrumbarme—. Pues claro que eres tú.

—¿Y Fabio? ¿Y Julio?

—¿Quieres la verdad? ¿Cruda?

—Sí. Es lo que he venido a buscar.

—Me enamoré de Fabio. Me enamoré de verdad, no es que creyera que estaba enamorada, es que lo estaba. Me saltaba el corazón dentro del pecho cuando me miraba, volvía a casa corriendo de donde estuviera para verlo. No voy a mentirte, ni mentirme a mí misma, diciendo que aquello no fue amor.

—¿Y qué pasó?

—¿Es que no lo sabes? Pasaste tú.

—Ibais a casaros.

—Sí, bueno, eso siempre fue más idea suya que mía. Yo no lo veía necesario, creía que estábamos bien como estábamos. Entonces él se empeñó en que te viera.

—Se condenó él solo.

—No, fue muy honesto y esperó lo mismo de mí. Y creo que lo hice bien. Te vi, supe que jamás sentiría por Fabio lo que aún sentía por ti y me fui. Ya tenía la oferta de la editorial para venirme a Nueva York y pensé que era la mejor salida. Para todos.

—Para mí no. Si hubiera sabido que rompías con él por mí, habría ido a buscarte.

—¿Sabes? Acabaste traicionando aquella cosa tan loca que me prometiste la noche que me pediste que me casara contigo.

—No dejarte en paz si me dejabas por otro. No me había vuelto a acordar.

—Yo tampoco. Me ha venido ahora a la mente.

—¿Por qué no me lo dijiste, Carmen? Habríamos ganado estos años.

—Gonzalo, me habías dicho que estabas con alguien, que estabas empezando una historia. Quise dejarte vivir.

—Yo hace nueve años que no sé lo que es vivir.

—Dios mío, lo siento.

—Shhh… No he venido a oír disculpas. Enana, te perdoné lo que pasó antes siquiera de que te fueras a París. La herida se curó enseguida. ¿No te estoy diciendo que hablé con Julio para venir a buscarte? Hemos coincidido alguna vez, es un tío de puta madre.

—¿Entonces?

—Yo estaba muy ofuscado, Carmen. Venía de una etapa muy depresiva, y de repente pasó todo aquello, con aquella escenografía además, y me entero de que soy estéril, y tú estabas embarazada. Fue una locura.

—No puedo ni recordarlo sin que se me pongan los pelos de punta.

—Pero me equivoqué. Tú te equivocaste en Madrid, y yo me equivoqué en casa. Te fuiste, y tardé muy poco en saber que podríamos haber superado aquello sin problema. Lo que no se podía superar era estar separados. Eso era insoportable.

—¿Intentaste buscarme?

—¿Intentarlo? Los primeros seis meses, no. Me limité a autodestruirme: alcohol, putas, salir como si no hubiera un mañana. Un día llegué a clase de reenganche. Al salir, fui al cuarto de baño y oí que dos alumnos comentaban que se me veía *puestísimo* de coca. Y era verdad. Así que me planté delante de mis padres y les dije que ya habían perdido una hija y que si no me ayudaban iban a perder al hijo que les quedaba. Y les conté todo lo que estaba haciendo: les dije que me había acostado con prostitutas, que llevaba un tiempo bebiendo y metiéndome un poco de todo según el estado de ánimo. No hicieron ningún drama de ello, supongo que en el fondo lo sabían. Me mudé a vivir con ellos una temporada y seguí con mi vida. Me anestesié, supongo.

—No suena muy diferente a mi historia. Solo que, en la mía, la puta era yo.

—O sea que la leyenda es real.

—Sí. Solo Fabio y Julio lo saben. Bueno, y mis editores. Pero no hagamos un drama de ello. No hice nada que no quisiera hacer, ni me arrastré…

—He leído el libro, sé lo que hiciste.

—¿Has leído el libro?

—He leído todo lo que has publicado. Decenas de veces.

—Ah.

—Eres buena. Eres muy buena.

—Gracias. No tengo ni idea de cómo he acabado haciendo esto, pero lo cierto es que estoy contenta escribiendo.

—¿Y la cocina?

—No he vuelto a cocinar desde que me fui. O como fuera, o pido la comida o meto algo en el microondas.

—¿Por qué?

—Al principio no podía, estuve años sin poder. Solo cociné una vez. Cuando Fabio estaba en la cárcel, me suplicó que le preparara el pastel de fresas de Concha. En su situación, no tuve cuajo para negarme, aunque ahora me doy cuenta de que me lo pidió poco después de que yo le confesara que no podía cocinar. Supongo que lo hizo para obligarme.

—¿Pudiste hacerlo?

—Sí. Bueno, me tuve que emborrachar un poco. —Sonreí—. Luego, ya me había acostumbrado a no cocinar y seguí con mi rutina.

—Lo siento.

—Oye, ¿qué pasó después de aquel primer año? ¿Me buscaste? —cambié de tema.

—Me volví loco. Nadie sabía dónde estabas, no había ni una sola pista. Llegué a ponerme agresivo con Ana, joder, apenas me habla ahora. Pensé que ella me lo estaría ocultando hasta que supe por su marido que ella también estaba destrozada. Pero yo sabía que estabas en París, en eso no me equivoqué. Viajé mil veces, llegué a ir nueve veces en un año. Fui a buscar a Marcel, a tus antiguos compañeros del Ritz, los localicé a todos. Pero no fui capaz de dar contigo. La gente me decía que tú sabías dónde estaba y que si no te ponías en contacto era porque no querías, pero yo sabía que no era así. En el fondo de mí, y corrígeme si estoy equivocado, sabía que estabas tan avergonzada por lo que había pasado que querías torturarte y desaparecer. Llegué a temer que…

—Lo pensé, no te voy a engañar.

—¿Qué te lo impidió?

—Ya me conoces. Aún me conoces, ¿no?

—Seguro que sí.

—Pues que en el fondo más remoto de mi alma, a donde mi raciocinio no era capaz de llegar, siempre supe que podría haber un final feliz para nosotros. Y que podría atravesar cualquier infierno con tal de vivir ese final feliz un solo segundo.

—Carmen…

—¿A qué has venido, Gonzalo? —le corté.

—He venido a por ti. ¿A qué si no?

Y entonces lo supe. Supe que no había nada que decidir. Podría haber mucho que hablar, pero la decisión estaba tomada. Ambos lo sabíamos.

—El otro día metí tu nombre en Google y vi que te entrevistaban en un canal hispano. —Gonzalo siguió explicándose. Había tirado la bomba y ahora estaba nervioso y no dejaba de hablar. Me alegraba tanto volver a oír su voz que yo también dejé en suspenso lo que acabábamos de decirnos—. Así que me dieron las cuatro de la mañana viendo el programa por internet. Cuando dijiste que seguías enamorada del gran amor de tu vida, salté como un resorte, llamé a Julio para que me diera tu dirección porque sabía que estaríais en contacto viviendo los dos aquí, metí cuatro cosas en una mochila y compré un billete para el siguiente avión. Pasé horas de infierno en la escala en Madrid, solo podía pensar en que quería llegar ya. Creo que al volver tendré que hipotecar la casa para pagar el puto vuelo. —Sonrió. Yo sabía que estaba haciendo una de sus bromas típicas para relajar tensión. Era el mismo de siempre—. Me voy mañana, Carmen, es una visita de cuarenta y ocho horas.

—¿Por qué? Tengo tanto que decirte, tanto que hablar…

—Hablaremos. Si no da tiempo a todo en estos dos días, hablaremos más adelante. Pero he venido respondiendo a un impulso, no sabía cómo ibas a reaccionar y quiero que tengas tiempo, que tengamos tiempo los dos para asimilar esto.

—Siempre tan cuerdo.

—No te creas. Pero hay una realidad: mis padres son muy mayores, y no puedo dejarlos. He hablado con ellos, y están dispuestos a venirse a vivir aquí si es necesario. Lo que sea, Carmen, pero yo no puedo pasar un puto minuto más de mi vida separado de ti. —Se le llenaron los ojos de lágrimas.

—No, no, no llores, cariño. Vamos a pensar las cosas con calma.

—Carmen, te lo tengo que preguntar. ¿Tú quieres intentarlo?

—Yo quiero empezar por poder tocarte. Por no morirme de miedo a que si te toco desaparezcas porque todo esto esté siendo fruto de mi imaginación.

—Soy real, enana, y tú también lo eres. Ven aquí. —Tiró de mí, y nos fundimos en el abrazo que llevábamos nueve años esperando.

Gonzalo apenas había cambiado. Cuando nos habíamos visto en París, no nos atrevimos a tocarnos, a abrazarnos, nos habíamos dado dos besos casi al aire, como quien saluda a un conocido. El pecho que ahora me abrazaba era el que yo había conocido como adolescente, como adulto, como hombre. Me sentía en casa.

Ese abrazo era mi primer beso a los quince años. Era una cabaña llena de velas en la pérdida de mi inocencia. Eran carreras en bicicleta por un monte embarrado. Los nervios camino del buzón esperando sus cartas. Una tarde en París diciéndonos «te quiero». Un viaje por Estados Unidos añorándonos ya antes de despedirnos. Una boda al sol improvisando los votos. Un masaje en los pies al llegar cansada a casa. Sus labios en mi piel robándole minutos al tiempo antes de irnos a trabajar. Mis manos tirando de su pelo, sujetándome a él como a un salvavidas. Aquel abrazo era mi hogar.

—Ni siquiera tengo un hotel.

—No necesitas hotel, no digas gilipolleces.

—Creo que todo esto está siendo muy intenso. ¿Te parece si me doy una ducha y descansamos un poco? Por cierto, no te he preguntado, pareces lista para salir, ¿te he interrumpido algún plan?

—Es gracioso. Supongo que te enteraste por la entrevista de lo del accidente.

—Sí, prefiero ni pensar en ello. Sentí que me moría cuando lo oí. ¿Estás bien?

—Ahora sí. Fue horrible, pero al fin estoy recuperada. Hoy iba al cirujano plástico a que me examinara la cicatriz de la pierna para operarme.

—No lo hagas.

—¿Perdona?

—No lo hagas aún. Déjame tiempo para contar tus cicatrices, las del cuerpo y las del alma, todas las que hayas tenido que curarte sola estos nueve años. Y haz tú lo mismo conmigo. Quiero saber cada cosa, cada detalle, quiero conocer a tus amigos, quiero saber si sigue sin gustarte la nata, quiero que me cuentes cómo te preparas para el Maratón, qué modelo de móvil tienes y si en París encontraste al fin el *croissant* perfecto. —Se me inundaron los ojos de lágrimas, y él empezó a recogerlas con su pulgar—. Y yo quiero contarte que hace siete años me caí de la bici y me rompí un diente y quiero que juegues a adivinar cuál es, y que hace cinco hice una exposición que me devolvió a la primera plana y que hace dos me operaron de apendicitis y que el mes pasado me encontré una cana en los pelos de los huevos.

Estallé en una carcajada. Me encantaba esa cualidad de Gonzalo de disfrazar con humor las conversaciones más serias.

—Y ahora me voy a dar una ducha y a descansar, si no te importa. Porque si sigo hablando, en algún momento empezaré a llorar y no podré parar y no quiero que haya ya más lágrimas.

Le indiqué dónde estaba la habitación de invitados y le di un juego de toallas limpio. Le dije que yo también necesitaba estar sola un rato y creo que no solo lo comprendió, sino que se sintió aliviado.

Entre su *jet lag* y las horas que tardé yo en conciliar el sueño, despertamos ambos alrededor de las siete de la tarde. Era de noche, y el piso estaba en calma, en silencio. Dos almas abiertas en canal en medio de la ciudad que nunca duerme, y se respiraba quietud. El mundo es un lugar muy loco.

—Buenos días. —Le sonreí.

—Hola.

—¿Comemos algo? ¿Prefieres salir?

—Prefiero que nos quedemos aquí. Pide algo de comer y, por Dios santo, ponme un whisky y saca ese tabaco de emergencias.

—Ha sido verme y darte a los vicios, ¿eh?

—Sí. —Su mirada se volvió aún más oscura, y creí oír ronca su voz—. Luego hablaremos de eso.

Pedí la cena, serví unas bebidas y nos acomodamos en el sofá. Gonzalo encajaba tanto en aquel apartamento que parecía que fuera yo la invitada. Supongo que lo había llevado tan dentro de mí que, en cierto modo, siempre había estado en ese sofá conmigo.

—¿Te has acostado con muchas? —No sé por qué hice esa pregunta. Podría psicoanalizarme durante años y no entendería el porqué.

—Sí.

—Ajá.

—¿Tú?

—En París, no. En París, fueron cinco. Bueno, y una mujer. Eso ya te lo contaré en otro contexto, que seguro que sabes darle valor. —Me reí.

—Te repito que he leído tu libro. Me la pelé como un mono con esa parte.

—El whisky te ha soltado la lengua, por lo que veo.

—El whisky me está ayudando a reunir valor.

—Lo que decía… —Decidí ignorar para qué estaba reuniendo valor, no fuera a ser que me diera un ataque de nervios—. Aquí sí me he acostado con bastantes. Con lo de Fabio asumí que no podría encontrar el amor, así que decidí no buscar nada más allá de sexo sin compromiso.

—¿Y Julio? ¿Qué pinta en todo esto?

—Te repito lo de antes: ¿quieres la cruda verdad?

—Sí.

—Me lo he tirado muchas veces. Ya pasó en París, estuvimos juntos un tiempo. Era un puto desastre, aunque a nosotros en aquel momento nos parecía bien. Pero él tenía tantas ganas de follarse a otras como yo de llorar abrazada a tu foto. Luego, aquí, nos reencontramos, y acabé tirándomelo a él y a su ayudante de cocina, simultáneamente, un fin de semana.

—¿Y los dos lo sabían?

—Me parece que no has entendido muy bien el significado de *simultáneamente*.

—Oh. —Se echó a reír.

—Pero se acabó. Hace poco nos dimos cuenta de que somos demasiado amigos y sabemos que jamás volverá a pasar.

A continuación hubo un silencio. Largo. Solo se oía el tintinar de los hielos en los vasos y las brasas de nuestros cigarrillos consumiéndose. Pero no fue un silencio denso. Ni fue incómodo.

—Es raro esto, ¿no?

—¿Por qué? Carmen, nos lo hemos contado todo siempre.

—Pero lo que pasó…

—Necesito… Necesitamos que dejes de pensar en lo que pasó. Lo que pasó no fue nada. Un polvo con Julio. Oh. —Se burló de nosotros mismos—. Por lo que oigo, habéis echado mil polvos. Y nos jodimos la vida por uno de mierda.

No había rencor en sus palabras. No había más que la madurez de la idea de que nada, ni aquello tan horrible que nos ocurrió, compensaba lo que habíamos sufrido.

—Nos queda mucho por hablar, Carmen, pero yo no he venido hasta aquí solo para eso.

Todo mi vello se erizó como si una corriente de aire helado hubiera entrado en la estancia. Se levantó, me cogió la mano para ayudarme y me pegó contra su pecho.

—Llevo nueve años esperando para hacer una única cosa en la vida. Iba a pedirte permiso, pero prefiero no hacerlo porque no sé si aceptaría un no por respuesta.

Y, dicho eso, me besó. Clavó sus labios en mi boca exorcizando todo el amor que no pudo darme en nueve años. Nuestros pechos estaban muy juntos, y estoy segura de que ambos sentíamos los latidos del otro, no porque se nos acompasaran, sino porque parecían querer derribar a golpes nuestra separación. Entreabrí los labios para sentir su sabor, aquel sabor que tanto había añorado, el sabor de la persona por la que habría dado mi vida, por la que había dado mi vida. No puedo decir cuánto duró aquel beso, seguramente aún no ha terminado.

—Dios, enana, qué bien sabes.

—Eres… eres tú —dije entre lágrimas.

—Sí, soy yo —respondió, cogiéndome en brazos, sus manos bajo mis nalgas, nuestras frentes rozándose—. Y voy a seguir siendo yo el resto de tu vida.

—Llévame a la cama, Gonzalo.

No tardó ni un segundo en hacerlo. Cuando se sacó la camiseta, y vi su torso desnudo, sentí que no podría volver a respirar jamás. Seguía manteniendo su pecho firme, torneado, sin apenas vello, excepto una fina línea vertical bajo el ombligo. Contuve tanto el aliento que olvidé desnudarme. Él lo hizo por mí. Retiró cada prenda de mi cuerpo sin dejar de mirarme a los ojos. Esperaba que me hiciera el amor con ternura, que me acariciara con las manos y con la lengua. Pero solo me acarició con la mirada mientras se clavaba en mí con dureza, el músculo de su mandíbula rígido, los dientes apretados. Sentí que estaba haciendo mucho más que follarme, sentí que estaba dejando atrás todo el dolor. El suyo. El mío. Varias veces, se nos llenaron los ojos de lágrimas mientras hacíamos el amor sin dejar de observarnos. Podían haber pasado nueve años, pero reconocí cada gesto, cronometré cada movimiento sin ser consciente de ello. Supe que iba a correrse una milésima de segundo antes de verlo estremecerse, y saberlo me precipitó a mí también al orgasmo más bonito de mi vida.

—Te quiero —susurramos al mismo tiempo, en cuanto recuperamos el aliento.

Caí sobre su pecho como un náufrago sobre su tabla, mi tabla de salvación. Se durmió a mi lado, y lo observé durante minutos, horas quizá. Su respiración acompasada, el leve movimiento de su pecho meciéndose al ritmo de su sueño, el ceño un poco fruncido.

Cuando conseguí salir de la hipnosis que me provocaba tenerlo allí, en mi casa, y no solo en mis sueños, me levanté a por el ordenador. Tenía que reservar un billete de avión. Solo ida.

Al día siguiente, volvimos a casa.

EPíLOGO

Cinco años después

¡Gonzalo! Déjame —chillé, sorprendida, y traté de dar seriedad a la protesta, pese a que mis manos retrocedieron de inmediato hacia él, que me abrazaba por detrás.

—Están dormidas. ¡Están dormidas! Es un milagro. Hagámoslo bajito, por favor.

Me di la vuelta y lo besé. Y fue como todos los besos que nos habíamos dado en los últimos cinco años. Urgente, desesperado, ansioso. Me preguntaba si algún día volveríamos a besarnos como si no temiéramos que el otro desapareciera al abrir los ojos. En el fondo de mi alma, deseaba que nunca olvidáramos que un día no nos tuvimos.

«¡Papáááááááá!».

—Se acabó la tregua, *papi*, y te está llamando a ti.

—Qué raro, ¿no?

Me recosté en el sofá y esperé a que regresara con Vega en brazos. Verlo aparecer en el salón, con aquella princesa rubia, vestido solo con el pantalón del pijama, me disparó el ritmo cardíaco como siempre que los veía interactuar. Vega le daba palmadas en las mejillas, y él llenaba la boca de aire para que ella hiciera pedorretas. Se sentó a mis pies y la acomodó entre los dos.

—¿Lía?

—Aún duerme. Son las ocho de la mañana de un domingo, por Dios santo, deberíamos estar todos durmiendo.

—Voy a hacer el desayuno —le dije. Sí. Desde que había vuelto a casa, había recuperado también mi puesto en la cocina. No fue algo traumático, ni forzado. Simplemente, un día me levanté, abrí el frigorífico y empecé a preparar un plato de pasta sin grandes pretensiones. Tardé unos minutos en darme cuenta de lo que estaba haciendo. Supongo que, en cierto modo, había recuperado la conexión con la persona que era antes de mis dos exilios autoimpuestos, y las rutinas surgían de modo natural.

 G

Adoptamos a Vega y Lía dos años después de volver a casa. No habían pasado ni dos meses desde mi regreso cuando comenzamos los trámites. No resultó sencillo, Gonzalo tenía cuarenta y seis años y yo casi cuarenta. Pero, tras dar muchos tumbos por los agotadores trámites de la adopción internacional, un día de mayo entramos con ellas por la puerta de nuestra casa.

Gonzalo y yo vivíamos ahora en la que había sido la casa de sus padres en Gijón, la casa en la que yo había pasado la mitad de mi infancia. Las niñas se bañaban en la piscina y, con lo guerreras que eran, pronto empezarían a provocarnos pesadillas haciendo las mismas locuras que nosotros hacíamos muchos años atrás.

El regreso a casa no fue fácil. Decidí volver el mismo día que Gonzalo, aunque más tarde tuviera que regresar a Nueva York a cerrar mi etapa allí. La simple idea de separarme de él, tan poco tiempo después de haberlo recuperado, me resultaba inconcebible. Después de que Gonzalo me devorara a besos al saber que no iba a regresar solo, y de hacer las maletas sin saber para cuánto tiempo debía prepararme, apenas nos quedaron unos minutos para llamar un taxi para ir al aeropuerto.

Fue en el avión cuando empezaron los nervios. Me aterraba la idea de ver a los padres de Gonzalo, por más que él me tranquilizara diciéndome que, si nos veían felices, no se preocuparían por nada más. Me atenazaba el miedo a encontrarme con Eva. No sabía si podría soportar ver a Fabio y descubrir que no me había perdonado. Todo fueron nubarrones durante aquellas siete horas de vuelo. Hasta que en Madrid, mientras comíamos un menú improvisado esperando el vuelo a Asturias, decidí que todo, absolutamente todo lo que estuviera por venir, lo acometería de frente. Carmen había dejado de huir.

G

—Hola, Rosa. Alfredo. —Me mordía las uñas mientras miraba a los padres de Gonzalo, en quienes los años habían hecho mella, sin duda. Nunca habían sido unos padres jóvenes, pero, ahora que Gonzalo aparentaba diez años menos de los que tenía, la diferencia de edad entre ellos se hacía más obvia.

—¡Pequeña! —Alfredo se acercó a mí y me abrazó con la voz quebrada. Gonzalo se había empeñado en llevarme allí sin avisarlos con antelación—. Te hemos echado tanto de menos.

Cerré los ojos para contener las lágrimas en la medida de lo posible. Cuando los abrí, vi a Rosa observándonos desde el sofá con una expresión inescrutable.

—¿Rosa? —pregunté, aterrada a su rechazo.

—Mamá, por favor —terció Gonzalo.

—Ven aquí que te vea, Carmen —rompió al fin el silencio Rosa. Me acerqué a ella—. Estás igual que siempre, no has cambiado nada.

—Rosa, ¿sigues enfadada conmigo? —Miré a Alfredo—. ¿Podréis perdonarme algún día?

—Cariño, no hay nada que…

—Sí, Alfredo, sí que lo hay —interrumpió Rosa a su marido. Me aterroricé—. Carmen, estuvimos a punto de perder a nuestro hijo por aquello que pasó.

—Mamá… —trató de intervenir Gonzalo.

—Déjame terminar. Perder a un hijo es lo peor que les puede pasar a unos padres, ¿sabes? Entiendo que para ti no debió de ser fácil todo lo que ocurrió, pero ni así creo que puedas comprenderlo. Gonzalo estuvo mal, muy mal. Seguro que tú pasaste tu propio infierno, no lo dudo, pero te aseguro que lo que quedó aquí no era mejor.

—Rosa, yo… yo… ¡lo siento! —Lloré y sentí revivir mis peores pesadillas.

—Todo eso está perdonado, Carmen. Lo que me va a costar olvidar es que te fueras sin decirnos nada, que nos abandonaras. A Gonzalo no lo perdimos, pero perdimos a nuestra hija.

—Rosa, la niña está llorando que se va a ahogar. —Alfredo siempre intercediendo por mí, incluso en ese momento.

—Da igual, Alfredo. Me lo merezco, ¡joder! —intervine, cuando las lágrimas me dejaron respirar.

—¡Esa boca! —me abroncó Rosa, sin darme tregua—. Ya ves, han pasado diez años, y sigo riñéndote como cuando eras un bebé.

Sonreí. Vi caer sus barreras.

—Habrás oído mil veces que a un hijo se le perdona todo. No vamos a fingir a estas alturas que no eres como una hija para nosotros.

Me acerqué a ella y le pedí permiso para abrazarla. Me lo dio, y fue un abrazo tenso. Quedaba trabajo por hacer, pero el primer paso para reconquistarla estaba dado.

☌

Los padres de Gonzalo vivieron lo suficiente para conocer a sus nietas. Rosa llevaba enferma unos años, aunque Gonzalo no quiso contármelo hasta que nos asentamos en su casa a vivir con ellos. Hacía años que Gonzalo había vendido el apartamento en el que vivimos los peores días de nuestras vidas. Tuvo que enviar a alguien a recoger sus cosas porque sufrió un ataque de ansiedad el día que intentó entrar allí después de mi marcha. Cada vez que Gonzalo y yo hablábamos de los años que pasamos separados —y fueron muchas horas de conversaciones en aquellos primeros meses—, descubría que habíamos pasado etapas muy similares pese a la distancia que nos separaba.

Rosa murió una mañana de enero, ocho meses después de conocer a Vega y a Lía. Su final no fue una sorpresa para nadie, llevábamos días esperándolo, días en los que ella se aferró a su último aliento para no separarse de ninguno de nosotros. Alfredo no se movió de su lado durante todos aquellos días de horror y, menos de dos meses después de que ella se marchara, a él se le paró el corazón una noche mientras dormía.

Fueron tiempos horribles para todos, sobre todo para Gonzalo, que había volcado toda su vida en sus padres después de nuestra separación. Él siempre dice que no habría podido sobrevivir a aquel dolor sin mí, pero yo sé que fueron sus hijas, nuestras hijas, las que lo obligaron a continuar. Con ellas no había espacio para el llanto, apenas llegaban al año y medio y necesitaban que su padre estuviera ahí, firme y fuerte.

Dentro del dolor, nos tranquilizaba al menos saber que les habíamos regalado un día que no olvidarían nunca en el último junio en que Rosa celebró su fiesta de San Juan.

G

—Gonzalo, en serio, ¿no es un poco topicazo volver a casarnos en San Juan?

—¿Miedo al gafe? —Me miró por encima de las gafas de sol negras. Habíamos dejado a las niñas con Ana, que tenía toda la práctica posible en lidiar con bebés, y nos habíamos permitido escaparnos a la playa, aprovechando un radiante día de primavera.

—No digas tonterías. Además, no sé qué haces hablando de boda cuando ni siquiera me lo has pedido formalmente.

—Te lo pedí hace veinticuatro años en París y te dejé elegir la fecha. Claro que entonces no sabía que iba a haber dos bodas. —Me sonrió burlón. Habíamos conseguido bromear con nuestros peores momentos—. Elige, dime cuándo prefieres hacerlo.

—¿Y si te digo que no?

—Enana, tú a mí —se acercó con lentitud, acariciándome la mejilla—, no me vas a decir que no jamás.

Nos besamos en la playa como unos quinceañeros. No recordaba lo que era sentir un vuelco en el estómago por la simple presencia de la persona a la que amas. Hacía más de dos años que había vuelto a casa y estaba segura de que nunca dejaría de sentirlo.

—Créeme, si no te he dicho que no a esa loca idea de boda-bautizo, no te voy a decir que no a nada.

G

Gonzalo y yo nos casamos en una ceremonia muy parecida a la que habíamos celebrado diecisiete años antes. En el jardín de la que era ahora nuestra casa, y con la presencia de las personas que más queríamos. No me llevó al altar su padre, como en aquella ocasión, sino que llevé yo a mi hija Lía. Y Gonzalo llevó a Vega. La lista de invitados se limitaba a los padres de Gonzalo, Julio, Robert, Fabio, Petite, Ana y sus cuatro hijos. Fabio y Petite fueron los padrinos de Vega, y Ana y Julio, los de Lía.

3

El reencuentro con Fabio fue más sencillo de lo que jamás imaginé. Cuando llevaba pocas semanas en Gijón, fue él quien me llamó. Había vuelto seis meses antes y trabajaba como guía turístico para el Ayuntamiento. Me dijo que se había enterado de mi regreso y quería verme.

Quedamos en la cafetería del Parque. Cuando lo vi, nos abrazamos y, en sus ojos, siempre francos, leí que no había lugar al rencor.

—Hola, Carmen.

—Fabio, ¡tu melena! —Fue la primera tontería que se me pasó por la cabeza.

—Ya ves… —me dijo, acariciando su cabeza casi rapada.

—¿Quién es ella?

—¿Perdona?

—Tú solo te has podido cortar la coleta por una mujer.

—Hay una mujer, sí. —Y levantó la mano para mostrarme un anillo.

—¿¿Te has casado??

—Sí, hace dos años.

—Felicidades. De corazón.

—Gracias.

—¿Y quién es ella?

—No te lo vas a creer. Fui a conocer a una asturiana en la torre Eiffel.

—¿En serio?

—Sí. Era un grupo de estudiantes, de viaje de fin de carrera y, bueno, no volvió a casa después del viaje. He tardado dos años en conseguir que mi suegro me lo perdonara. Nos casamos tres meses después de conocernos.

—Un flechazo, supongo.

—Sí, algo… No sé, algo diferente. Me esfuerzo en no compararlo con lo que tuve contigo porque es, no sé, es eso, diferente.

—Es mejor.

—Sí. No quería decirlo, pero es mejor. Supongo que con Gonzalo también es mejor.

—Ahora ya no hay lugar para tapujos. Siempre fue Gonzalo. Luché contra ello cuando estábamos juntos y te juro por Dios que me enamoré de ti como creí que era imposible enamorarse de nuevo. Pero…

—Pero no era Gonzalo.

—Exacto. Ese fue tu único fallo. —Sonreí con cariño—. Supongo que ya podemos ser amigos, ¿no?

—Claro. Me encantará. Le he hablado mucho a Leti de ti. Al principio se celaba, pero ahora está deseando conocerte.

—Me alegro mucho, de verdad. Mucho.

—¡Carmen! —Vi que Fabio me miraba fijo a las piernas—. ¿Qué coño…? ¿Qué te ha pasado?

—¡Ah! Esto. Tuve un accidente en Nueva York, me atropellaron.

—No suena bien.

—No. Estuve… estuve cerca, joder. Pero ahora estoy fenomenal.

Había decidido, casi en un impulso, no operarme las cicatrices. Estaban ahí para recordarme lo que había pasado, y no tenía ningún rubor en utilizar faldas cortas o *shorts*. Durante nueve años, había llenado mi alma de cicatrices y no quería olvidarlas. Las que eran visibles, como aquellas que ahora miraba Fabio, eran un recordatorio constante de la fragilidad de la vida.

ᘓ

El día de nuestra boda amaneció soleado como la vez anterior. Gonzalo se había empeñado en que llevara el mismo vestido de la primera boda, lo cual a mí me parecía un guiño espantoso. Me convenció el día que me lo enseñó, conservado en un rincón de su armario, y me dijo que lo había guardado siempre con la esperanza de volver a verme con él puesto.

Petite llegó en avión cuatro días antes de la boda. Se deshizo en caricias y mimos hacia su futura ahijada y su hermana, justo antes de sugerirme que las dejáramos con Gonzalo unas horas y fuéramos a emborracharnos. Lo hicimos, claro. En esa tarde de cervezas, vino y *gintonics*, descubrí lo especial que era yo para Petite. Lo supe en el momento en que me confesó que no había salido de París —no de Francia, de París— en toda su vida, hasta ese momento. Cuando vio el mar y lloró, sentí tal ternura hacia ella que no pude evitar abrazarla. Fui consciente, entonces, de que hasta del infierno que viví en París, podían salir cosas maravillosas.

Gonzalo y yo nos vestimos juntos la mañana de nuestra segunda boda. No había lugar a tradiciones cuando nos iban a llevar al falso altar nuestras dos hijas. Hijas que iban a ser protagonistas también de un falso bautizo. Como dijo Julio en una cena que celebramos unos días antes, «cualquier excusa te vale para montar un *sarao*».

Gracias a la mediación de Ana, que a esas alturas de la vida conocía a todas las modistas infantiles de Asturias y parte del extranjero, Lía y Vega vestirían una especie de réplica de mi vestido, adaptado a sus pequeños cuerpecitos. Por fortuna, eran demasiado pequeñas para entender nada porque, si tantos años antes había roto mis votos delante de todos los invitados, esta vez había preparado unos que ni siquiera sabía si me atrevería a leer. Gonzalo había insistido en que no quería votos, pero, dado que no había juez, ni cura ni maestro de ceremonias siquiera, alguien tendría que decir algo o aquello parecería cualquier cosa menos una boda.

Salimos al jardín y nos miramos. Los dos sabíamos que estábamos pensando en lo mismo, en aquel día en que habíamos recorrido el mismo camino creyendo que jamás nada nos podría separar. Yo pensaba también en las diferencias de invitados. Echaba de menos a Concha como lo había hecho cada minuto de mi vida desde que se había ido. Siendo sincera, no echaba nada de menos a Nuria ni al ya exmarido de Ana, que había puesto incluso problemas para que los niños estuvieran con su madre ese día, que no les correspondía según el calendario de la custodia. Pero sí pensaba en Eva, expulsada de aquel grupo de amigos en el que seguíamos los demás, por culpa de mi traición compartida con Julio. Seis meses después de llegar a Gijón, me había armado de valor y había decidido llamarla.

3

—Hola. —Carraspeé—. ¿Eres Eva?

—Sí, soy yo. ¿Quién es?

—Soy… Soy Carmen.

—¿Qué Carmen? —preguntó, prudente. Noté en el ligero temblor de su voz que sabía perfectamente quién era yo.

—Carmen… del restaurante, ya sabes.

—Ajá. ¿Qué quieres?

—Eva, me gustaría verte, hay… hay cosas que quiero decirte desde hace años.

—¿Verme? Obviamente, no. De hecho, no tengo ningún interés en seguir con esta conversación…

—No cuelgues, por favor —la interrumpí—. Perdona que te moleste, de verdad, pero, bueno, acabo de volver a Gijón después de todos estos años y…

—¿Y querías hacer una cena de antiguos empleados? —ironizó.

—No, Eva, quería pedir perdón.

—Un poco tarde, ¿no crees?

—Sí, muy tarde.

—Pues tú misma lo estás diciendo. No sé de qué crees que me serviría a mí una disculpa diez años después. Aunque, en realidad, tampoco me habría valido cuando pasó todo.

—Lo comprendo, de verdad.

—No seas condescendiente, por favor. Me importa una mierda si lo comprendes o no. —Pese a lo duro de sus palabras, en ningún momento elevó la voz.

—Bueno, yo solo quería disculparme. Siento mucho lo que pasó.

—No, Carmen, no. Lo que querías era limpiar tu conciencia. Y no te ha importado hacerlo a mi costa. Yo no tengo por qué estar ahora recordando el peor momento de mi vida solo porque tú estés… ¿qué?, ¿reconciliándote con tu pasado?

—Eva, han pasado diez años.

—Pues por eso mismo. Estoy casada, tengo un hijo y no me apetece saber nada de nadie que me recuerde a aquella época horrible.

—Me alegro mucho por ti.

—Bien, si has acabado, tengo muchas cosas que hacer.

—Sí, sí, claro, no te molesto más.

—Solo una cosa. Ahora vivo en Oviedo, pero paso mucho tiempo en Gijón. Supongo que antes o después acabaremos por encontrarnos. Si ocurre, por favor, finge que no me conoces. No me apetece tener que saludarte, ni saludar a Gonzalo o a Julio o a quien sea que tengas metido en la cama ahora mismo.

—He vuelto con Gonzalo.

—Pues enhorabuena. ¿Has acabado?

—Sí, he acabado. Mucha suerte, Eva.

—Adiós.

Lloré avergonzada cuando colgué el teléfono, quizá porque sabía que ella tenía razón. Había hecho algo horrible y ni siquiera me había molestado en pedir perdón, regocijada como estaba en mi propio dolor. No siempre se consigue lo que se quiere, no sé qué pretendía yo con esa llamada a Eva. ¿Su perdón? ¿Recuperar una amistad atravesada por la traición? Colgué sintiéndome impotente, pero —al menos— orgullosa de haberme atrevido a dar el paso.

☙

Avanzábamos por el jardín de nuestra casa con las dos niñas en brazos y cogidos de la mano. Estaba tan emocionada que no sabía si podría hablar, aunque no les iba a dar a mis amigos una excusa para llamarme llorona o alma atormentada. Así que sonreí, los miré a todos y le di un beso a Gonzalo. Dejamos a las niñas con Ana y nos dirigimos a pronunciar nuestros votos.

Empezó Gonzalo.

Yo, Gonzalo, te tomo a ti, Carmen, como esposa. Esta misma frase la dije en este mismo lugar hace diecisiete años. E incumplí todo lo que prometí aquella vez y también lo que había prometido antes. Te prometí llorar juntos nuestros dramas, te prometí buscarte si algún día no estábamos juntos, te prometí no juzgarte nunca por lo que hicieras. Y, sin embargo, hace once años decidí que lo mejor que podía hacer

era encerrarme a llorar solo mi dolor, dejarte vivir tu vida y no volver
a saber de ti. Por eso, hoy no quería pronunciar mis votos, porque ya
los incumplí una vez. Lo único que te pido es que me creas ahora,
porque el único voto que voy a hacer es no dejarte marchar jamás.

Me tragué el nudo de emoción que sentía. Oír a Gonzalo culparse en la misma medida que yo de aquello que había pasado era la mayor prueba de amor de la que había tenido noticia en toda mi vida. Lía lloró en brazos de Julio —¿qué hacía Julio con un bebé en brazos, por Dios santo?—, y me acerqué a consolarla. Julio me sonrió, y Ana se hizo cargo de mi llorona hija.

☙

Julio había llegado a Gijón dos meses antes. El hotel en el que se ubicaba su restaurante estaba realizando reformas, y se había cogido seis meses sabáticos. Me llamó un día desde el aeropuerto para que lo fuera a recoger; al parecer no se le había ocurrido hacerlo antes de despegar. En el trayecto en coche hasta Gijón, lo noté nervioso, tenso, una imagen de él que nunca había visto.

—¿Te pasa algo, Julio?

—¿Tanto se me nota?

—Sí. Mucho. ¿Nervioso por volver a casa?

—Sí, supongo. No sé, ¿crees que he hecho bien? Yo le prometí a Eva…

—Ay, Julio, me muero de pereza con toda esa historia. No vayas a convertirte tú ahora en el alma atormentada de los dos.

Se rio, y lo vi mirarme con ojos orgullosos. Julio, que tanto había insistido en que yo retomara las riendas de mi vida, esas que tuve abandonadas durante casi una década, veía en mí al fin la paz y la felicidad que siempre había querido que recuperara.

—Hablé con Eva —continué.

—¿Cuándo? —Se sorprendió.

—Al poco tiempo de llegar. No fue agradable.

—Me lo imagino.

—El caso es que… me dijo que si algún día nos la encontrábamos, y te nombró a ti expresamente, fingiésemos no conocerla.

—Vaya.

—Quiero decir, Julio, que incluso ella da por hecho que eso puede llegar a ocurrir, así que no te atormentes. Yo superé mi exilio, supera tú el tuyo.

—Estoy muy bien en Nueva Orleans, me vengo aquí a… bueno, a superar mi exilio yo también. Pero supongo que será algo temporal.

—¿Por qué tengo la sensación de que ni el exilio ni tus nervios tienen nada que ver con Eva?

—No sé por qué dices eso. —Se tensó.

—Sabes muy bien por qué lo digo. —Hice una pausa y lo miré—. Se ha divorciado, Julio.

—No sé de qué me hablas.

—Lo sabes. Y ella también. Ojalá, Julio, ojalá.

Dejó la mirada perdida a través de la ventanilla de mi coche por toda respuesta.

3

Era el turno de mis votos.

Yo, Carmen, te tomo a ti Gonzalo como esposo. Hace diecisiete años llegué a este mismo lugar y rompí mis votos porque no me parecía que hubiera palabras suficientes para explicar lo que sentía por ti. Hoy no pronuncio mis votos solo para ti, sino para todos los que habéis venido a acompañarnos. Hace once años estropeé todo aquello con lo que soñaba. Todos los que estáis aquí sabéis a lo que me refiero, y lo generoso que ha sido Gonzalo culpándose. Hui y dejé atrás todo aquello que amaba porque necesitaba torturarme. Viví seis años en París en los que conocí a gente maravillosa, como Petite, a la que un día le dije que me había salvado la vida y hoy se lo repito. Después apareció alguien que me devolvió las ganas de vivir y de ilusionarme.

—Miré a Fabio—. *Y le hice daño. Y volví a huir. En Estados*

Unidos me reencontré con un gran amigo —sonreí a Julio—, y estuve a punto de morir. Cuando te despiertas en una cama, y alguien te dice que llevabas cuatro días en coma, te das cuenta de que no merece la pena seguir posponiendo todo aquello con lo que sueñas. Y mucho menos cuando todos tus sueños se condensan en una sola persona. Gracias, amigos, por estar hoy aquí con nosotros. Pero, sobre todo, gracias por todas las veces que a lo largo de estos años me recordasteis que Gonzalo y yo teníamos una historia por la que merecía la pena luchar. Y gracias, Gonzalo, muchas gracias, por venir a buscarme a Nueva York.

Nos besamos entre los aplausos de nuestra gente y nos dispersamos por el jardín. Como no sabíamos qué marcaba el protocolo para un falso bautizo, nos limitamos a hacernos un millón de fotos con las niñas, sus abuelos, padrinos y *primos* —Ana había decidido inventarse ese parentesco entre sus hijos y mis hijas, y a mí me parecía perfecto—.

Montamos una pequeña piscina infantil al lado de la grande y allí dejamos chapoteando a los más pequeños, bajo la estricta vigilancia de las gemelas de Ana, que ya tenían casi catorce años. Fabio se despidió temprano; había hecho un gran esfuerzo para estar en nuestra boda, ya que su mujer estaba fuera de cuentas de su primer embarazo, y la había tenido que dejar en casa. Quedamos en vernos en cuanto naciera su niño. Robert y Petite parecían hacer buenas migas y, pese a la diferencia de edad, me hice una idea bastante certera de cómo iban a acabar pasando la noche. Julio y Ana eran otra historia. Seguían jugando a ser los grandes amigos que se reencuentran tras muchos años separados, pero no había que conocerlos tanto como yo para darse cuenta de que allí estaba ocurriendo algo. Quizá, algún día, conseguiría que me lo contaran.

Gonzalo y yo tampoco fuimos tradicionales en el viaje de novios. Nos fuimos a París, adonde yo no había vuelto en cinco años, con Lía y con Vega. Pasamos más tiempo sentados en parques, viéndolas jugar, que en museos o grandes atracciones turísticas. Nos escapamos un día a Disneyland, y me volví loca de emoción con sus caritas de ilusión. Fueron solo cuatro días, los suficientes para reencontrarme con aquella ciudad a la que tanto había amado y en la que tanto había amado.

ଓ

De Nueva York sí que había tenido que despedirme de forma forzosa. Mes y medio después de volver a casa, dejé de posponer lo inevitable y comuniqué a mis editores que me retiraba por tiempo indefinido. Sabía que en el futuro volvería a escribir, pero, en aquel momento, mi única prioridad era disfrutar de mi recién recuperada vida y criar a mis hijas en cuanto las tuviéramos con nosotros. Volví a Nueva York con Gonzalo, y nos quedamos dos semanas hasta que empaqueté todas mis cosas, todos los recuerdos de mi huidiza vida anterior, y pudimos regresar a casa.

Hace tres años de nuestra boda, y Lía y Vega acaban de cumplir cuatro. Ya van al colegio, y a Gonzalo y a mí se nos pone un nudo en la garganta cuando hablamos de lo rápido que están creciendo. Vega habla de novios desde que estaba en la guardería, y Lía nos preguntó hace poco a qué edad le dejaríamos tener una moto. Sé que a Gonzalo le restan un año de vida con cada comentario porque, desde que es padre, se ha convertido en un tirano protector. En la casa de al lado — la antigua casa de mi infancia—, se ha instalado hace poco una familia con dos hijos un poco mayores que ellas, y revive a diario la pesadilla de que nuestras hijas hagan con ellos algún día lo que yo hacía con él hace dos vidas y media. Ha dicho tantas veces que va a contratar a un francotirador para vigilar la separación de las dos fincas que empiezo a sospechar que no es broma.

Gonzalo sigue con su trabajo en la facultad y pinta cada vez más en su tiempo libre. Además de sus abstractos, las pinta a ellas en situaciones cotidianas, y tenemos la casa invadida de pequeños lienzos que yo me niego a relegar a un rincón.

Yo estoy volviendo a escribir, después de mucho tiempo sin hacerlo. Ya tengo varias tramas esbozadas y pronto contactaré con mis editores de París para decirles que he vuelto al trabajo.

Pero antes he de hacer algo que llevaba demasiado tiempo en el departamento de asuntos pendientes de mi cerebro. Estoy acabando de cerrar las maletas para meterme en un avión con esos dos pequeños monstruos que tengo por hijas y ese padre consentidor en que se ha convertido mi marido. El domingo correré el Maratón de Nueva York que tuve que posponer hace siete años por mi accidente y los seis años posteriores por distintas coyunturas que me impidieron entrenarme: mi regreso a España, la adopción de las niñas, la muerte de mis suegros… Ahora ya no había excusa.

El domingo amanece nublado pero seco. Y cuando digo *amanece* no es literal, porque me levanto a las cuatro y media de la madrugada, y todavía es de noche. Gonzalo insistió en que la noche previa a la carrera la pasara en una habitación individual del hotel en el que llevamos cinco días alojados, para que él pudiera hacerse cargo de las niñas, y yo descansara lo necesario. A las cinco y cuarto, ya estoy subida a un autobús que me llevará hasta el puente Verrazano, donde da inicio la prueba. En el autobús, recuerdo las largas horas entrenando, obsesionada con cumplir ese sueño que me marqué un día y que querría lograr ahora, cuando todos los demás ya están en mi haber. Nunca podría haber llegado hasta aquí sin la ayuda de Gonzalo, que se hizo cargo de una gran parcela de nuestra vida familiar en los últimos meses de entrenamiento. No sé si seré capaz de acabar la carrera, ahora mismo me da vértigo pensar en cuánto son cuarenta y dos kilómetros. Pero, aunque ese es mi objetivo, lo importante de verdad es estar aquí, haber luchado por conseguirlo y haber convertido esta locura en una metáfora de la lucha que llevé a cabo durante tantos años por lograr llegar a mi meta final en la vida. Y esa meta no era Gonzalo, como descubrí en una de las muchas reflexiones que me venían a la cabeza cuando las piernas empezaban a fallarme en los entrenamientos. La meta era volver a ser yo, redescubrirme, saber que nada de lo que me había pasado en la vida, de lo que —en muchas ocasiones— yo misma me había buscado, podría apartarme jamás de la lucha por mis objetivos. Destruirme, reconstruirme y redescubrirme.

Casi cinco horas después, sin sentirme las piernas y con la sensación de que alguien me había partido el cuerpo por la mitad, abracé a Gonzalo, a Lía y a Vega más allá de la línea de meta. El objetivo estaba logrado.

AGRADECIMIENTOS

Que este libro esté en manos de un lector, aunque sea uno solo, supone mi sueño cumplido. «Sueño cumplido» es un concepto tan manido que me resulta imposible condensar en esas dos palabras lo que significa para mí ver publicado *Pecado, penitencia y expiación*. Por tanto, mi primer agradecimiento tiene que ser para la persona que tiene este libro entre sus manos y que, si ha llegado hasta esta página, espero que haya disfrutado leyendo al menos la millonésima parte de lo que yo disfruté escribiendo.

Para escribir una novela, hay que estar un poco loca y tener muy poco miedo a poner emociones a flor de piel. Para atreverse a publicarla, hace falta un poco de confianza en uno mismo, algo de rebeldía y bastante más locura, incluso, que para escribirla. Por esas emociones, por esa confianza, por esa rebeldía, por esa locura y por tantísimas cosas más, mi agradecimiento más profundo a mis padres. Con respecto a ellos, es imposible añadir nada más sin quedarme corta.

Durante muchos años, la idea de esta novela estuvo solo en dos lugares: mi cabeza y la confianza inquebrantable de alguien que me creía capaz de escribirla muy por encima de mi propia fe en el proyecto. Gracias, Juan, por obligar a Abril Camino a llegar hasta aquí.

Gracias a mi familia *lejana*, por despojar a ese adjetivo de su significado. Supongo que hice muchas trampas el día que se sortearon primos segundos, sobrinos terceros y todos esos parentescos que ni siquiera entendemos, porque no creo haber hecho nada para mereceros. Gracias, en especial, a quienes me permiten ejercer desde hace años de prima mayor algo loca, sin duda el papel en el que más cómoda me siento en toda mi vida.

Gracias, con toda mi alma, a mi *grupo de terapia*. Ese grupo de WhatsApp que me mantuvo cuerda cuando más necesitaba estarlo y que creyó en este proyecto con fe ciega desde el día en que me atreví a comunicárselo. Gracias, Lore, por ser mi constante, la que siempre está y nunca falla. Gracias, Pati, por ser mi *coach* cuando ni siquiera sabía que necesitaba una. Gracias, Alba, por haber sido mi primera lectora y por aquel mensaje a las cuatro de la madrugada que me hizo creer en esta historia. Gracias, Helen, porque todos necesitamos una amiga dispuesta a matar a quien nos haga daño; y por la teoría de las fases, sobre todo, por la teoría de las fases. Gracias, Genma, por prestarme el nombre de Vega para mi novela. Gracias, Leti, por tantas risas ante los cristales.

Gracias a todos esos amigos siempre dispuestos a compartir unas cervezas y unas risas. Sobre todo a ti, Mati, por todas esas cosas que a mí me da apuro escribir y a ti te da vergüenza leer, pero que los dos sabemos.

Y, por último, gracias a todos los escritores que, a lo largo de mi vida, me han robado risas, lágrimas, emociones y, sobre todo, horas de sueño. De ellos nace Abril Camino, y de Abril Camino nació *Pecado, penitencia y expiación*. Y como todo recién nacido, esta novela necesitó una madrina. Mi más profunda gratitud a Érika Gael, la persona que le dio el empujón definitivo a este proyecto y que me llevó de la mano hacia mi sueño. Sin ella, no habría sido posible.